무공총람

武功總覽

무공총람 1

임하 新무협 판타지 소설

초판 1쇄 찍은 날 § 2006년 1월 2일
초판 1쇄 펴낸 날 § 2006년 1월 10일

지은이 § 임하
펴낸이 § 서경석

편집장 § 문혜영
편집책임 § 최하나
편집 § 장상수 · 서지현

펴낸곳 § 도서출판 청어람
등록번호 § 제1081-1-89호
등록일자 § 1999. 5. 31
어람번호 § 제2-0794호

주소 § 경기도 부천시 원미구 심곡1동 350-1 남성B/D 3F (우) 420-011
전화 § 032-656-4452 팩스 § 032-656-4453
http://www.chungeoram.com
E-mail § eoram99@chollian.net

ⓒ 임하, 2006

ISBN 89-5831-912-7 04810
ISBN 89-5831-911-9 (세트)

武功總覽

Fantastic Oriental Heroes

무공총람

|은혜를 원수로 돌려받다|

1

임하 신무협 판타지 소설

도서출판 청어람

목차

사람 사는 것은 어딜 가나 마찬가지라는 말이 있습니다. 어느 나라나, 어느 지방이나, 나쁜 사람이 있는가 하면 좋은 사람도 있고, 똑똑한 사람이 있는가 하면 멍청한 사람도 있고…… 뭐, 다 그런 거 아니겠습니까.

무협의 세상 역시 그런 점에서 볼 때는 마찬가지일 것입니다. 사람 때리는 방법 연습하고, 사람 잡는 흉기 들고 다니니 좀 살벌하긴 하겠지만 말입니다.

우리가 모두 나름대로의 인생이 있듯이, 무협 세계의 등장 인물도 나름대로의 인생이 있습니다. 비록 가상 속의 허구의 인물이긴 하지만요.

그들의 인생을 담아보려고 노력해 봤습니다. 그것이 제대로 되었는지는 독자 여러분께서 읽고 판단해 주시기 바랍니다.

가족에게 닥친 화

때는 화창한 봄날이었다. 아직 정월이 얼마 지나지 않아 지난겨울의 흔적이 남아 있지만, 하늘에 떠 있는 태양은 따뜻한 햇살을 대지에 뿌리고 있었다.

한 대의 마차가 가도를 나아가고 있었다. 산천의 경치를 느긋하게 구경하려는 듯 마부는 결코 빠르지 않게 마차를 몰고 있었다.

"우리가 사는 강북은 아직 얼음이 녹지도 않았는데, 이곳 강남은 벌써 곳곳에 꽃이 피었네요."

마차 안에서 한 여성의 목소리가 들려왔다. 이어 남성의 웃음 섞인 대답이 들렸다.

"그러니까 우리가 강남으로 유람을 온 것이 아니오. 새외가 따뜻해서 꽃이 피었다면 우린 새외로 갔겠지."

마차 안에는 삼십대로 보이는 한 쌍의 남녀와 열두 살 정도 되어 보이는 어린 소녀가 앉아 있었다.

남자의 이름은 임한정이었다. 그는 숭산파의 제자로 창천검이라는 별호를 가진 강호의 고수였고, 여성은 화산파의 제자인 이매산이었다. 둘은 부부로, 어린 소녀는 임예정이라 하여 그들의 딸이었다.

창천검 임한정은 일찍이 천하를 떠돌며 명성을 떨쳤고, 결혼 후 강북에 자리를 잡고 사업을 벌였다. 그의 사업은 최근 크게 성공하였는데, 문득 일에 바빠 가족들을 챙기지 않았다는 생각에 함께 강남으로 유람을 오게 되었던 것이다.

부부는 마차 안에서 창밖으로 경치를 내려다보며 이런 저런 이야기를 나누었다. 아름다운 산천의 모습은 부부에게 속세의 잡다한 일을 잊게 하는 즐거움을 주었지만, 반면 딸인 임예정의 눈에는 그저 바윗덩어리와 나무 몇 그루로만 보일 뿐이니 그다지 재미를 느끼지 못했다.

"아버지, 아버지가 강호에서 협행하던 이야기를 해줘요."

아버지 임한정이 젊었을 적 강호에서 겪은 모험은 임예정이 가장 즐겁게 듣는 이야기였다. 임한정은 웃음을 터뜨렸다.

"하하, 우리 공주님이 심심했나 보구나."

이매산은 부부의 담화를 방해한 딸에게 눈을 흘겼다.

"어린애가 어릴 때부터 피 튀기며 싸우는 이야기만 좋아하니 커서 뭐가 될지."

임예정은 재빨리 답했다.

"아버지처럼 협객이 되지요. 그래서 악당들을 무찌르고 위기에 빠진 잘생긴 청년을 구해 나에게 장가 오게 하지요."

옛날 임한정은 악인들에 의해 위기에 빠진 이매산을 구했고, 그 만

남이 발전해 결혼하게 되었다. 평소 그 이야기를 들어서 기억하고 있던 임예정은 남녀를 바꾸어 말한 것이다. 딸의 맹랑한 이야기에 부부는 웃음을 금치 못했다.

"좋아, 우리 예정이는 분명 대여협객이 될 거다. 그러기 위해서는 강호의 일을 잘 알아야겠지. 내 오늘은 청평산의 산적들을 무찌르던 이야기를 해주마."

임한정은 딸을 즐겁게 하기 위해 진실 반 과장 반을 섞어 산적들을 무찔렀던 이야기를 해주었다. 임예정은 산적들이 백성들을 괴롭히는 부분에서는 작은 주먹을 불끈 쥐고 분개했고, 아버지가 산적들을 무찌르던 부분에서는 손뼉을 치며 통쾌해했다. 산적들의 함정에 위기에 빠졌다는 대목에선 조마조마해하던 그녀는 아버지가 무사히 함정을 빠져나와 산적들을 토벌했다고 이야기를 끝내자 안도의 한숨을 내쉬었다.

"정말 큰일날 뻔했네요. 하마터면 제가 태어나지 못할 뻔했어요."

딸의 말에 임한정은 고소를 금치 못했다.

"걱정할 필요 없다. 네가 태어나지 못했다면 넌 걱정할래야 할 수가 없었을 것이 아니냐. 하하하!"

이야기를 끝마치자 어느새 해가 져 바깥이 어두워지고 있었다. 밖에서 마차를 몰고 있던 마부의 말이 들려왔다.

"나으리, 조금만 더 가면 마을이 나오니 오늘은 그곳에서 묵는 것이 좋겠습니다."

임한정은 쭉 강북에서만 살았기에 강남의 지리에 어두웠다. 그는 별생각 없이 고개를 끄덕였다.

"그리하도록 하게."

마차는 한 작은 현의 객점 앞에 멈추었다. 임한정은 마부에게 마차를 맡기고 가족과 함께 객점으로 들어갔다. 그는 강남에서만 먹을 수 있는 요리를 돈을 아끼지 않고 주문했다. 그들이 앉은 자리에는 곧 푸짐한 한상이 차려졌다.

가족들은 음식을 먹으며 점소이에게 요리의 이름을 일일이 물었다. 점소이는 이들 가족이 비단옷을 입고 비싼 음식을 시키는 것으로 보아 잘만 대접하면 크게 한몫 챙길 것 같자 묻는 말에 꼬박꼬박 대답하며 요리의 조리법과 유례까지 떠들어댔다.

그런데 그때 밖에서 귀에 거슬리는 노랫소리가 들려왔다.

"마시자, 한 잔의 술~ 빌어먹을 세상 다 마시고 죽자~ 너 죽고 나 살자~"

노래는 음정, 박자 모두 엉터리에 엉망진창이었다. 노랫소리가 점점 가까워지는 것으로 보아 아무래도 노래의 장본인이 이곳으로 오고 있는 것 같았다. 한창 요리를 설명하던 점소이가 돌연 인상을 찡그리며 욕을 내뱉었다.

"그 빌어먹을 새끼가 또 왔군."

그는 손님들이 보는 앞에서 말을 함부로 했다는 생각에 황급히 입을 다물었다. 그러자 이매산이 물었다.

"저 노래를 부르는 사람에 대해 아는가?"

점소이는 즉시 공손히 대답했다.

"이 근처에 사는 거지입니다. 어르신께서 신경 쓰실 가치도 없는 놈입니다."

그러는 사이 노랫소리의 주인공인 거지가 객점 문 앞에 이르렀다. 거지는 열다섯 정도 되어 보이는 소년이었는데, 누더기를 걸쳐 지저분하기 짝이 없었다. 임예정은 나타난 거지가 노랫말과 어울리지 않게 어린 것을 보자 퍽 재미있다는 생각이 들었다.

객점의 주인과 점소이는 어린 거지가 나타나자마자 욕지거리를 내뱉으며 몽둥이를 들고 달려들었다. 그러자 어린 거지는 그 즉시 뺑소니를 쳤다. 하지만 도망치면서도 귀에 거슬리는 노래는 멈추지 않았다.

"어이쿠, 어머니! 개 떼들이 무더기로 달려드니 어쩌면 좋습니까!"

어린 거지는 도망치다 점소이들이 쫓아오지 않자 다시 객점으로 돌아왔다. 여전히 입으로는 엉터리 노래를 불러 제꼈다. 그는 점소이들이 쫓아오면 도망가고, 그만두면 다시 오는 것을 반복했다. 어린 거지는 발이 빨라 점소이들이 아무리 애를 써도 잡을 수가 없었다.

임한정은 이것이 어린 거지의 구걸 방법이란 것을 알 수 있었다. 이런 식으로 계속 듣기 싫은 노래가 들리면 손님들이 싫어할 테고, 객점에서는 별수없이 먹을 걸 줄 수밖에 없을 것이다.

"저 거지의 몸놀림이 보통이 아니네요. 아마도 개방의 거지인 듯싶네요."

이매산의 말에 임한정은 고개를 끄덕였다.

"내가 보기에도 그런 것 같소."

임예정이 재미있어 하며 말했다.

"개방이라면 천하에서 손꼽히는 대방파잖아요. 저 거지가 개방의 제자라면, 우리 식탁에 그를 초대하는 것이 어때요?"

임한정을 대답하지 않았다.

'저 소년이 개방의 제자라고 해도 나이도 어린 것이 그다지 대단치 않은 위치일 것이다. 게다가 저렇게 더러운 거지와 함께 식사를 한다

면 식욕이 제대로 나겠는가.'

하지만 딸이 자신이 해준 이야기에서처럼 강호의 고수를 친구로 사귀는 것을 흉내 내려 하는데 딸의 흥취를 막는 것도 좋지 않은 것 같았다. 이번 여행의 목적도 아내와 딸에게 봉사하기 위해서가 아닌가.

임한정은 아내를 돌아보았다. 남편의 생각을 읽은 이매산은 괜찮다고 고개를 끄덕였다. 그제야 그는 웃으며 말했다.

"강호의 친구들은 많으면 많을수록 좋지. 하지만 우리 여협객께서 처음으로 사귄 친구가 거지라면 나중에 후회하지 않을까?"

"저는 괜찮아요."

냉큼 대답한 임예정은 자리에서 내려와 어린 거지에게 다가가 소리쳤다.

"소협, 소협을 저희가 초대하고 싶은데 어떠신지요?"

그때 어린 거지는 점소이들을 따돌리고 다시 한 번 노래 한가락을 뽑으려는 중이었다. 그는 임예정이 부르는 소리에 잠시 어리둥절해하다가 손가락으로 자신을 가리켰다. 자기보고 하는 소리냐는 것이었다.

임예정은 웃으며 이리 오라고 손짓했다.

"그래요, 소협에게 하는 소리예요."

어린 거지는 소협이라는 소리를 살면서 처음 들어봤다. 그것도 귀여운 어린 소녀가 자신을 그렇게 불러주자 기분이 좋아 헤벌쭉 웃었다.

"소저께서 저를 청하시니 사양하지 않겠습니다."

임예정 역시 아직 어린 나이라 아가씨라는 말을 들어봤어도 소저라 불리기는 처음이었다. 그녀는 좋아하며 어린 거지를 식탁으로 데려왔다. 점소이들은 어린 손님이 그를 데려가는 것을 보고 감히 더 이상 쫓아오지 않았다.

"저의 아버님, 어머님이세요. 저희 아버님은 강호에서 창천검이라 불리시죠."

어린 거지는 포권을 하며 인사했다.

"명성은 익히 들었습니다. 장소산이라고 합니다."

딸을 즐겁게 하기 위해 허락은 했지만, 별로 상대할 마음이 없던 임한정 부부는 가볍게 고개를 끄덕이고는 상대하지 않았다.

임예정은 어린 거지, 장소산을 자리에 앉게 했다. 장소산은 식탁에 차려진 푸짐한 음식을 보고는 신이 나서 마구 손을 뻗어 집어먹었다. 그 모습을 본 임한정 부부는 속으로 눈살을 찌푸리며, 식욕이 떨어져 젓가락을 놓았다.

하지만 임예정은 그다지 상관하지 않았다. 생글생글 웃으며 장소산이 먹는 것을 지켜보다 그에게 이것저것 물었다. 장소산은 먹는 데 바빠 건성으로 대답하거나 고개를 끄덕였다.

배가 빵빵해질 때까지 실컷 음식을 먹은 장소산은 트림을 꺼억 한 다음 자리에서 일어났다. 그는 임한정 부부와 임예정에게 고개를 숙였다.

"덕분에 잘 먹었습니다. 저는 그만 가보겠습니다."

임한정은 장소산이 딸의 말에 제대로 대꾸도 안 하고 자기 먹을 것만 실컷 먹고 가려고 하자 화가 치밀었다. 하지만 딸인 임예정이 여전히 웃는 낯으로 잘 가라고 인사하자 참을 수밖에 없었다.

"오늘 만남은 정말 즐거웠습니다. 언제고 저희 낙양 임가장에 오시길 기대하겠습니다."

임예정의 정중히 인사하며 자기 주머니에서 용돈으로 받은 은 한 냥까지 꺼내주었다. 장소산은 감사하다고 고개를 숙인 다음 객점을 떠났다.

"얘야, 저런 거지에게 그렇게까지 할 필요는 없지 않니?"

이매산은 딸이 성심성의를 다하고 돈까지 주는데 상대는 예의가 없다고 생각하며 불쾌해했다. 하지만 임예정의 생각은 달랐다.

"기인에게 어찌 세속의 예의를 따지겠어요."

임한정은 어이가 없어졌다.

'저런 거지가 기인이면 세상에 기인 아닌 사람이 없겠다.'

때는 이미 밤이었다. 임한정은 객점의 방을 하나 잡고 가족과 함께 묵었다. 다음날 가족들은 다시 마차를 타고 출발했다. 임한정 부부는 곧 어린 거지 일을 깨끗이 잊어버렸다.

2

임한정의 가족들은 마차를 타고 여행을 계속했다. 장소산을 만난 마을을 떠나 태평산이라는 산을 넘어가고 있었다. 한창 산길을 오르고 있을 때 덜컹 하는 소리와 함께 마차가 크게 흔들렸다. 놀란 임한정은 창밖으로 고개를 내밀고 물었다.

"무슨 일인가?"

마부가 송구스러워하며 대답했다.

"죄송합니다. 그만 마차 바퀴가 빠져 버렸습니다. 곧 수리할 테니 기다려 주십시오."

임한정 가족은 마차에서 내려 근처의 바위에 자리를 잡았다. 마부는 도구를 꺼내 바퀴를 수리하기 시작했다. 그런데 한참이 지나도 수리가 끝나지 않았다.

"도대체 언제 끝나는가? 이러다 해가 지겠네."

임한정의 다그침에 마부는 연신 고개를 숙였다.

"죄송합니다. 곧 됩니다, 곧 됩니다."

그러나 꼬박 두 시진이 지나서야 수리가 끝났다. 상황을 보니 오늘 내에 산을 넘기는 틀린 것 같았다. 마부는 조심스럽게 말을 건넸다.

"여기서 조금만 올라가면 절이 하나 있습니다. 오늘은 그곳에서 묵는 것이 어떻겠습니까?"

부인과 딸을 길에서 노숙하게 할 수 없었던 임한정은 고개를 끄덕였다.

그렇게 마부의 안내를 따라 산을 조금 올라가니 감숙사라는 이름의 절이 있었다.

"실례하겠습니다!"

임한정이 소리치자 한 승려가 밖으로 나왔다.

"시주님들께서는 어인 일이십니까?"

"산을 넘다 그만 지체하게 되었습니다. 오늘 하룻밤 묵어가도록 허락해 주십시오."

"얼마든지 편히 쉬십시오."

승려는 임한정의 가족들을 선방에 안내했다. 임한정은 조금 이상하다는 생각이 들었다. 처음 나온 승려 외에 다른 승려들을 한 명도 볼 수 없었기 때문이다.

"다른 승려 분들은 어디 계십니까?"

"예, 주지 스님과 다른 분들은 볼일이 있어 잠시 산을 내려갔습니다. 그럼 편히 쉬십시오."

승려가 말을 마치자마자 물러가자 임한정은 눈살을 찌푸리며 중얼거렸다.

"이 절은 손님에게 식사도 안 내오는군."

"다들 나가서 사람이 없다고 하잖아요."

이매산은 말하며 마차에 음식이 좀 있으니 가져오겠다고 나갔다. 그런데 시간이 한참 지났는데도 그녀는 돌아오지 않았다.

"왜 이렇게 늦지?"

임한정은 중얼거리며 딸에게 기다리고 있으라 말하고는 방을 나섰다. 그는 마차를 세워놓은 곳으로 갔는데, 마차는 텅 비어 있어 이매산도 마부도 보이지 않았다.

"부인! 부인!"

임한정은 소리쳐 이매산을 불렀다. 그러나 그의 외침은 절간을 메아리칠 뿐, 그 누구도 답하는 사람이 없었다. 그는 그제야 뭔가 잘못되었다는 것을 깨달았다.

'다들 어디 갔단 말인가!'

그는 급히 선방으로 돌아가 문을 열었다. 그런데 방에서 기다리고 있어야 할 임예정조차 사라지고 없는 것이 아닌가!

"부인! 예정아!"

임한정은 다급히 절간 이곳저곳을 돌아다니며 아내와 딸을 찾았다. 그러나 절 안에는 가족뿐 아니라 마부와 안내하던 승려까지 하나도 없었다. 당황한 그의 음성이 점점 떨리기 시작했다.

"부인! 예정아!"

그는 젊었을 적만 해도 하늘 높을 줄 모르고 날뛰며 어려운 일이 닥치면 오히려 힘이 났다. 그러나 결혼하고 자식을 낳고 가족을 꾸리고 사는 동안 젊은 시절의 웅심은 이미 사라지고 없었다. 갑자기 이런 일을 겪자 그는 손발이 어지러워지고 어찌해야 할지 몰라 갈팡질팡했다.

'지, 진정하자. 당황하지 말고 차근차근 생각하자.'

대청에 주저앉은 임한정은 곰곰이 생각했다.

'아내는 그렇다 치고 딸은 없어진 지 일각 정도밖에 지나지 않았다. 또한 내가 마차를 보고 방으로 돌아간 것은 짧은 시간이다. 분명 이 절 안 어딘가에 잡혀 있을 것이다.'

그는 누군가 자신을 노리고 함정을 판 것이 분명하다고 생각했다. 아내와 딸이 적에게 잡혀 있다는 생각을 하자 그는 가슴이 찢어질 것 같았다. 그는 허리에 차고 있던 검을 뽑아 들고 소리쳤다.

"비겁하게 숨어 있지 말고 당장 나와라! 나와 정정당당하게 자웅을 겨루자!"

그때였다. 웃음소리가 들리며 검은 복면을 한 세 명이 절 뒤편에서 모습을 드러냈다. 가운데 선 복면인이 엄지손가락을 치켜들며 칭찬했다.

"창천검의 이름이 참으로 명불허전이오. 이 몸은 크게 탄복했소."

임한정은 분명 이들이 아내와 딸을 납치한 것이라 확신했다.

"내 아내와 딸은 어디 있느냐?"

"두 분은 잘 있습니다. 임 형이 어떻게 나오느냐에 따라 털끝 하나 다치지 않고 그대 품 안으로 돌아갈 것이오."

"원하는 것이 뭐냐?"

"내 임 형이 한 권의 무공총람을 가지고 있다고 들었소이다. 제가 한 번 읽어보고 싶으니 허락해 주시면 감사하겠습니다."

임한정은 깜짝 놀랐다. 자신이 무공총람을 가지고 있다는 것은 아내에게도 말하지 않은 비밀인데, 그들이 어찌 알고 있단 말인가?

과거 그가 숭산파의 제자일 때 그의 무공은 평범했다. 그는 우연히 숭산파 서고에서 한 권의 무공총람을 발견했고, 그 안의 무공을 익혀 일류고수가 될 수 있었다.

그가 강호에서 명성을 떨치고 사업을 일으킬 수 있었던 것도 따지고 보면 무공총람 덕분이라 할 수 있었다. 그러나 숭산파에 있던 것을 사문의 어른들에게 알리지 않은 채 자신이 몰래 차지한 것은 결코 옳은 일이 아니었다. 또한 자신에게 무공 비급이 있다는 것이 알려지면 화를 부를 위험이 있어 그 누구에게도 말하지 않고 있었다.

"넌… 도대체 누구에게 그런 소리를 들은 것이냐?"

임한정의 질문에 복면인은 태연히 대답했다.

"그건 중요한 것이 아니오. 중요한 것은 그대에게 무공총람이 있고, 우리에게는 당신의 처자식이 있다는 것이지. 안 그렇소?"

상대는 그가 무공총람을 가지고 있다는 것을 확신하고 있는 것 같았다. 발뺌해도 소용없다는 것을 안 임한정은 입술을 깨물고 말했다.

"좋다, 무공총람을 주마. 단, 그것은 지금 내가 지니고 있지 않다. 낙양의 집에 숨겨놓았다."

"지금 날 속이는 것은 아니겠지요?"

"처자식의 목숨이 달려 있는데 어찌 위험을 감수하겠나."

"그렇다면 뭘 걱정하고 계시오. 가서 가져오면 되는 것 아니겠소. 우린 얼마든지 기다려 줄 용의가 있소이다."

임한정의 얼굴이 굳어졌다. 여기서 낙양까지는 천 리가 넘는다. 왕복하는 데 아무리 빨라도 족히 한 달은 걸리는 거리, 어느 세월에 그곳까지 가서 책을 가져온단 말인가?

그러나 복면인은 그의 사정 따위는 조금도 개의치 않았다.

"그대가 지금 당장 책을 가져오면 그대의 처자식은 당장 자유로워질 것이고, 그대가 한 달이 걸려 책을 가져오면 처자식이 풀려나는 데 한 달이 걸리겠지. 하지만 그대가 십 년이 넘게 걸린다면……."

복면인은 낄낄거리며 말을 이었다.

"아마 난 당신의 사위가 되어 있을 거요."

임한정을 화가 치밀었지만 처자식이 상대에게 잡혀 있는 한 참을 수밖에 없었다.

"좋다. 기다려라, 무공총람을 가져올 테니."

그는 바로 말을 타고 산을 내려갔다. 그러다 도중에 말에서 내려 경공을 펼쳐 다시 산으로 올라갔다. 그는 복면인들의 말을 듣는 척하다 몰래 절로 숨어들어 처자식을 구할 생각이었다.

책을 준다고 상대가 처자식을 순순히 놓아준다는 보장도 없고, 무엇보다 그동안 처자식이 어떤 고초를 당할지 어찌 안단 말인가?

'한 달이나 처자식을 악인들 손에 맡겨둘 순 없지!'

임한정은 조심조심 절 안으로 숨어들었다. 절 안의 한 방에서 두런두런 말소리가 들려왔다. 그는 조심조심 다가가 귀를 기울었다.

"과연 임가가 순순히 무공총람을 내줄까요?"

그는 이 목소리가 어디서 들었던 목소리 같다고 생각했다. 이어 대답하는 소리가 들려왔다.

"그자는 처자식을 끔찍이 생각하니 안 주고는 못 배길 걸세."

이번 목소리 역시 들었던 음성이었다. 생각해 보니 처음 목소리는 절의 승려였고, 다음 목소리는 마부의 것이었다.

'이것들이 한패가 되어 날 속였던 것이로구나!'

임한정은 처자식의 행방만 알게 되면 저것들을 가만두지 않겠다고 생각하며 이를 갈았다. 계속해서 말소리가 들려왔다.

"하지만 그가 책을 가지고 돌아올 때까지 너무 많은 시간을 지체하는 것 같습니다. 그러다 일이 잘못되기라도 하면……."

"어쩔 수 없지 않나. 낙양에는 그의 친구나 지인이 많아 우리가 불리하네. 여기 강남에서야 홀홀단신이니 우리를 어쩔 수 없을 걸세."

"그러나 그가 낙양에 가서 지인과 친구들을 잔뜩 불러오면 어쩝니까?"

"하하, 걱정 말게. 우리와 그의 관계를 잊었나? 그가 원군을 청하면, 당연히 우리 쪽에도 연락이 있을 테니 충분히 대비할 수 있네."

임한정은 의혹을 느꼈다. 도대체 저들의 정체가 무엇이기에 원군을 청하면 당연히 연락이 간단 말인가?

그는 참을 수 없어 창호지에 침을 묻혀 손가락으로 구멍을 뚫고 안을 들여다보았다. 안에 앉아 있는 사람들을 확인한 그는 경악하고 말았다. 방 안의 사람은 바로 자신의 사문인 숭산파의 사람들이 아닌가!

3

방 안에는 총 다섯 명의 사람이 있었는데, 세 명은 임한정도 익히 알고 있는 이들이었다. 흰 수염을 길게 기른 사람은 그의 사백인 박창거, 그의 양쪽에 앉은 중년 남자 둘은 박창거의 제자이자 사형뻘인 영신추와 김이사였다. 다른 두 명은 그가 사문을 떠난 후에 입문한 제자인 모양인데, 마부와 승려 행세를 했던 이들이었다.

김이사가 말했다.

"우리가 부득이하게 이번 일을 벌일 수밖에 없었지만, 실로 내키지는 않습니다. 임가와 우리는 한집안 사람이라 할 수 있는데… 그는 매년 꼬박꼬박 많은 은자를 숭산에 보내오고 있지 않습니까.”

영신추가 코웃음 치며 말했다.

“일이 이렇게 된 것은 우리 잘못이 아닐세. 임가 녀석이 우리 문파의 무공총람을 훔쳐 갔지 않은가. 감히 사문의 것을 훔쳤으니, 무공을 폐하고 사문에서 축출해도 할 말이 없네. 많은 은자가 무슨 소용인가. 자기가 찔리는 것이 있어 그런 것이니 조금도 고마워할 필요가 없네.”

“하지만 인질을 잡고 협박하는 것은 정파가 할 짓이 아닌 것 같습니다.”

“이는 어쩔 수 없는 일이네. 그 도적놈이 무공총람을 돌려달라고 하면 그게 뭐냐고 시치미를 뗄 것이 뻔하지 않은가. 임가는 무공도 무공이지만 강호의 많은 고수를 친구로 사귀고 있지. 우리가 사문의 법도를 바로 세우려 해도 그놈이 세력을 모아 대항하면 감당하기 어렵지 않은가.”

“그래도…….”

지금까지 잠자코 있던 박창거가 둘의 대화를 가로막았다.

“우린 정체를 숨기고 그의 처자식과 무공총람을 교환하면 된다. 그리고 아무 일도 없었던 것처럼 그와 예전처럼 지내고, 여기 있는 우리가 발설하지만 않으면 되는 것이다.”

“그게 말처럼 쉽게 될까요?”

“안 되면 그를 죽일 수밖에.”

임한정은 속으로 이를 갈며 생각했다.

‘내가 무공총람은 말하지 않고 가져간 것은 분명 잘못한 일이다. 하지만 너희 정파란 것들이 이런 비겁한 짓을 하니 옳다고 말할 수 있는

가? 우리의 관계는 이로써 끝장난 것이니 앞으로 너희를 동문이라고
생각하지 않겠다.'

박창거는 승려로 변장했던 사람에게 말했다.

"임가의 처자식에게 먹을 것을 가져다주어라. 우리의 정체를 눈치채
지 않도록 말을 길게 하지 않도록 해라."

"예."

그는 복면을 쓰고 일어났다. 임한정은 처자식이 있는 곳을 알 수 있
겠다는 사실에 기뻐하며 재빨리 기둥 뒤에 숨었다. 승려로 변장했던
사람은 부엌으로 가 먹을 것을 챙겨 절 밖으로 나갔고, 임한정은 조심
조심 뒤를 따랐다.

승려로 변장했던 사람이 향한 곳은 절 뒤쪽으로 조금 올라가면 있는
작은 동굴이었다. 원래 이 동굴은 이 절의 승려들이 면벽수련을 할 때
사용하던 곳이었다. 그가 동굴에 들어가고 얼마 안 있어 안에서 성난
목소리가 들려왔다.

"내 남편이 돌아오면 너희를 가만두지 않을 것이다!"

임한정은 뛸 듯이 기뻤다. 이 목소리는 분명 그의 아내 이매산의 목
소리였다. 그는 그 즉시 검을 들고 안으로 뛰어들었다.

"누구……."

뒤의 기척을 느끼고 놀라 소리치려던 승려로 변장했던 사람은 임한
정의 일검에 쓰러졌다.

"여보!"

"아버지!"

기뻐하는 처와 딸을 풀어준 임한정은 말했다.

"어서 피하도록 합시다."

그러나 앞장서 동굴을 나오려던 임한정은 동굴을 막고 서 있는 네 인영을 발견하곤 그대로 몸이 굳어지고 말았다.

'들켰구나!'

원래 박창거는 임한정이 방 안을 훔쳐보고 있다는 것을 눈치챘다. 하지만 섣불리 잡으려 하다가 잘못되어 그가 도망가 이 일을 세상에 알리면 큰일이 아닌가. 그래서 일부러 승려로 변장했던 사람에게 임한정의 처자식에게 가도록 하고, 뒤따라간 임한정이 동굴로 들어가는 때를 노린 것이다.

박창거는 일이 이렇게 된 이상 무슨 일이 있어도 임한정과 그의 처자식을 모두 죽일 수밖에 없다는 것을 알았다. 하지만 내색하지 않고 정중히 말을 걸었다.

"임 사질, 이리 나오게. 우린 동문이니 좋게 말로 해결할 수 있지 않은가?"

이매산이 깜짝 놀라 물었다.

"동문이라니! 어떻게 된 거예요?"

임한정은 이를 갈며 대답했다.

"저들은 숭산파 사람이오. 자세한 것은 나중에 말해주겠소."

박창거는 계속해서 말했다.

"자네가 무공총람을 순순히 돌려주기만 하면 모든 일은 깨끗이 해결되네. 이번 일은 내 자네에게 고개 숙여 사과하지. 자네가 숭산에 있을 때, 죽은 자네 사부를 대신해 내가 무공을 가르쳐 준 일도 있지 않은가."

임한정은 소리쳤다.

"당신들이 순순히 물러가 준다면, 내 집으로 돌아가 무공총람을 찾아 숭산파에 친히 돌려주겠소. 하지만 말로만 동문의 정을 운운하면서 우리 가족을 핍박한다면, 당신들은 영원히 무공총람을 찾을 수 없을 것이오.”

박창거는 눈살을 찌푸렸다. 그는 일이 이렇게 된 이상 오늘 임한정의 가족들을 모두 죽일 생각이었다. 임한정의 가족이 모두 죽으면 유산은 사문인 숭산파의 차지가 될 테니, 그때 집 안을 샅샅이 뒤지면 무공총람을 찾을 수 있을 것이라 보았다.

하지만 임한정의 무공이 무서웠다. 여기 있는 넷 중에서 일 대 일로 싸워 임한정을 이길 수 있는 사람은 없었다. 그를 죽이려면 수의 이점을 살려 포위해야 했다. 그러나 동굴은 얕고 좁다 자신들이 안으로 들어가면 수의 이점을 전혀 살릴 수 없었다.

게다가 지금은 밤이라 동굴 안은 더욱 어두웠다. 안으로 들어가다 갑자기 임한정이 검을 찔러오면 피하기 어려웠다.

박창거는 손짓으로 제자들에게 마른 나뭇가지와 짚단을 가져오게 했다. 연기로 숨이 막히게 하여 뛰쳐나오게 할 생각이었다.

임한정은 밖의 눈치를 살피는 중이었는데 곧 박창거의 계획을 눈치챌 수 있었다. 그는 아내인 이매산에게 다가가 그동안의 사정을 설명하였다.

“일이 이렇게 된 이상 목숨을 걸고 싸우는 수밖에 없소. 우리 둘이 힘을 합하면 충분히 승산이 있으니 최선을 다해 싸워봅시다.”

이매산이 고개를 끄덕이자 임한정은 승려로 변장했던 사람이 차고 있던 검을 뽑아 그녀에게 주었다. 그리고 무서워 떨고 있는 임예정을 끌어당겨 안으며 말했다.

“내가 전에 해준 강호 이야기를 기억하느냐?”

임예정은 고개를 끄덕였다.

"예."

"장래 강호를 종횡할 여협에게 이 정도 일은 아무것도 아니겠지?"

아버지가 무슨 뜻으로 하는 것인지 알아차린 임예정은 용기를 내어 다부지게 대답했다.

"물론이지요. 오늘 일은 제가 앞으로 겪을 모험의 서막에 지나지 않아요. 원래 큰일을 해낼 사람은 어렸을 때부터 시련을 겪는다잖아요."

"그래, 맞다."

임한정은 웃으며 딸의 머리를 쓰다듬었다. 그는 딸이 아비가 자신을 걱정하여 제대로 싸우지 못할까 봐 아무렇지 않은 척한다는 것을 잘 알고 있었다.

'이런 아이를 두고 어찌 죽어 눈을 감을 수 있겠는가! 천지신명이시여, 난 죄 많은 자이지만 내 딸은 아닙니다. 부디 이 아이를 지켜주십시오.'

그는 딸의 얼굴을 각인시키려는 듯 한참 동안 바라보다가 정신을 차리고 말했다.

"여기서 꼼짝 말고 기다리고 있어라. 우리가 한 시진이 지나도 돌아오지 않으면 화산으로 가서 풍파천, 풍 도인을 찾거라."

풍파천은 아내의 사부였다. 임한정은 오늘 일이 박창거의 독단인지, 숭산파 전체가 계획한 것인지 알 수 없었다. 화산의 풍파천은 뛰어난 고수이자 악을 원수처럼 미워하기로 유명한 사람이니, 결코 무공 비급 하나 때문에 제자의 어린 딸에게 해코지를 하지 않을 것이라 보았다.

임한정은 가진 은자를 딸에게 모두 쥐어주고는 아내를 돌아보았다.

"우리가 함께 싸우는 것이 몇 년 만인지 모르겠구려."

이매산은 빙그레 웃고는 답했다.

"이십 년 만이에요."

"그렇군. 벌써 그렇게 세월이 지났나……."

잠시 과거를 회상하던 임한정은 웃으며 힘차게 외쳤다.

"자, 그럼 오랜만에 실력 발휘를 해봅시다!"

둘은 일제히 동굴 밖으로 뛰쳐나갔다. 숭산파 사람들은 임한정 부부의 역습을 미처 예상하지 못하였기에 당황했다.

그때 박창거와 영신추는 동굴을 지키고 있었고, 다른 두 명은 나뭇가지를 모으는 중이었다. 임한정은 박창거를, 이매산은 영신추를 공격했다. 다른 두 명이 돕기 전에 둘 중 하나라도 쓰러뜨릴 수 있다면, 임한정 쪽의 승산이 훨씬 높아지게 되는 것이다.

박창거도 그것을 잘 알고 있었다. 그는 결코 서두르지 않고 방어 일변도로 나가며 소리쳤다.

"돌아와라!"

그때 임한정이 검을 왼손으로 바꿔 쥐고 수평으로 휘두르며 오른손의 손가락을 하나로 모아 벼락이 치듯 내려쳤다. 이 수법은 그가 무공총람에서 익힌 것이었다. 사실 그는 창천검이라는 별호로 불리기는 하지만 숭산파의 검법보다 무공총람에서 익힌 수공 쪽이 더 위력적이었다.

박창거는 피하지 못하고 왼쪽 어깨를 맞았다. 맞은 부위가 시큰거리며 뼛속까지 통증이 스며들었다. 기회를 포착한 그는 이번에는 오른손을 수도로 만들어 박창거의 배를 노리고 올려 그었다.

하지만 박창거 역시 숭산파에서 이름 높은 고수답게 상대의 공격을 피하지 못할 것 같자 동귀어진의 수법으로 검을 휘둘렀다. 임한정은 부득이하게 공격을 피해 몸을 뒤로 날릴 수밖에 없었다.

박창거는 임한정의 수공이 무공총람에서 익힌 것으로 대단히 무섭다는 것을 깨달았다. 반면 검법에 있어서는 자신 쪽이 훨씬 위라는 것을 알았다. 상대가 수공을 펼칠 기회를 주면 안 된다고 생각한 그는 대갈일성을 내지르며 미친 듯이 검을 휘둘렀다.

수공은 손을 사용하는 것이기 때문에 검보다 거리가 짧을 수밖에 없었다. 그런데 수공을 쓰려면 박창거의 검공 안으로 들어가야 하는데 도무지 틈이 보이지 않았다. 할 수 없이 임한정은 검을 오른손으로 쥐고 검법을 펼칠 수밖에 없었다.

그러는 사이 다른 두 숭산파 제자가 합세하였다. 한 명은 박창거를, 다른 한 명은 영신추를 도왔다.

임한정은 두 명을 상대로 싸우면서도 간간이 무공총람의 무공을 사용하는 것으로 평수를 이룰 수 있었다. 그러나 그의 아내 이매산은 곧 손발이 어지러워졌다. 얼마 안 있어 '아!' 하는 그녀의 작은 신음 소리가 들렸다.

그 소리를 들은 임한정은 깜짝 놀라며 급히 검을 숭산파 제자를 향해 던지며 양손으로 무공총람의 수공을 사용해 박창거를 후려쳤다. 둘이 당하지 못하고 물러가자 그는 몸을 날렸다. 아내를 공격하던 두 명의 숭산파 제자 중 하나에게 득달같이 손을 뻗어 그의 턱을 잡아 내려쳤다. 그 숭산파 제자는 턱이 빠지며 자빠졌고, 다른 한 명은 깜짝 놀라 뒤로 물러섰다.

적들을 잠시나마 물러가게 한 임한정은 아내에게 물었다.

"괜찮소?"

"조금 다쳤을 뿐이에요."

이매산이 아무렇지 않은 것처럼 대답했지만 그녀의 옆구리에서는 피가 멈추지 않고 계속해서 흘러나오고 있었다. 임한정은 입술을 깨물고는 아내를 안고 경공을 펼쳐 달렸다. 그러나 그의 경공은 다른 숭산파 제자들에 비해 특별히 나을 것이 없었다. 게다가 한 명을 안고 달리니 얼마 못 가 따라잡히고 말았다.

"하하, 그만 포기하지 그러나."

이제 다 이긴 것이나 다름없다고 생각한 박창거의 표정은 여유가 넘쳤다. 임한정은 분노해 소리쳤다.

"정파란 것들이 이런 비겁한 짓을 하다니! 하늘이 두렵지 않은가?!"

박창거는 비웃으며 대꾸했다.

"여기서 너희들이 모두 죽을 텐데 그 누가 알겠는가."

그런데 그때였다. 그들의 뒤에서 누군가의 목소리가 들려왔다.

"내가 알게 되었는데 이를 어쩌지?"

4

모두들 놀란 표정으로 수풀 속에서 걸어 나오는 사람을 쳐다보았다. 나타난 사람은 노인이었는데, 한가롭게 부채를 부치는 모습이나 복장이 늙은 서생으로 보였다. 그는 빙그레 웃으며 박창거에게 물었다.

"그래, 나도 죽여 살인멸구를 할 텐가?"

박창거는 상대가 누군지 모르지만 이렇게 자신있게 모습을 드러내어 날 죽일 거냐고 물어보는 것으로 보아 무공의 고수가 틀림없다고 생각했다.

'오늘 일은 그 누구도 몰라야 하니 저 노인도 반드시 죽여야 한다.

하지만 저 노인과 임가가 힘을 합하면 곤란하니 일단은 비위를 맞춰줘
야겠다.'

생각을 정한 그는 빙그레 웃으며 노인에게 포권했다.

"그럴 리가요. 제가 어찌 그럴 수 있겠습니까. 이 일은 저희 문파 내
부의 일이니 노선배께서는 신경 쓰지 마십시오."

노인은 껄껄 웃으며 말했다.

"좋아, 좋아, 난 싸움 구경을 아주 좋아한다. 어디, 너희들끼리 실컷
싸워보려무나."

그는 바위 위에 앉더니 이쪽을 바라보았다. 무슨 일이 있던지 구경
만 하겠다는 태도였다. 안심한 박창거는 일단 임한정 부부를 처리한
다음 노인을 상대하기로 하고 제자들에게 명령했다.

"사사로이 사문의 물건을 훔친 배반자를 처리하자!"

노인에게 자신들 쪽이 정당하다는 것을 보여주려는 말이었다. 그런
데 노인은 그 말을 듣고는 호기심을 보이며 물었다.

"저 녀석이 무엇을 훔쳤지?"

박창거는 일순 대답을 할 수 없었다. 그때 일이 이렇게 된 이상 숨길
것이 없다고 생각한 임한정이 대답했다.

"무공총람입니다."

일순 노인의 눈이 번뜩였다. 노인은 재미있다는 듯 웃음을 터뜨리더
니 말했다.

"허허, 그런 짓을 했다면 죽어 마땅하지. 내 상관하지 않을 테니 자
네들은 마음껏 사문의 배신자를 처리하게나."

그리고는 아예 바위 위에 누워버렸다. 박창거는 노인의 태도가 영
불안해서 영신추에게 눈짓을 했다. 영신추는 그 뜻을 알아듣고 뒤로

물러나 노인이 급습할 것에 대비했다. 그제야 조금 안심한 박창거는 두 제자와 함께 임한정을 포위했다.

임한정은 오늘 자신이 살아남기 힘들다고 생각했다. 그는 아내인 이매산을 뒤로 물리며 속삭였다.

"정아와 도망치시오. 화산으로 가 그대의 사부에게 부탁해 내 원수를 갚아주시오."

그는 곧 검을 치켜들고 고함을 치며 박창거를 향해 달려들었다.

치열한 싸움이 시작되었다. 이번 싸움은 조금 전보다 훨씬 더 위험하고 살기가 넘쳤다. 박창거 쪽에서는 뒤의 노인이 신경 쓰여 빨리 승부를 결정짓고 싶었고, 임한정 쪽은 상대가 부상당한 아내를 공격할까 두려웠다. 자연 수비보다 공격이 많았고, 매 공격마다 살기가 넘쳤다.

불과 십여 초 만에 숭산파 한 제자의 목이 임한정의 손에 잡혀 꺾여 버렸다. 그러나 임한정 자신도 어깨를 검에 찔리고 말았다. 곧이어 임한정은 다른 숭산파 제자의 어깨를 부러뜨리는 대신 다리에 검상을 입었다.

보다 못한 이매산이 뛰어들었다. 그녀는 남편의 도망치라는 말을 들었으나 차마 그렇게 할 수 없었다. 임한정이 깜짝 놀라 물었다.

"빨리 도망치지 않고 뭘 하는 거요?"

"차라리 함께 죽어요!"

그때 박창거의 검이 빠르게 이매산의 목을 노리고 찔러왔다. 임한정은 급히 검을 들어 막았다. 그러나 그것은 속임수였다. 검은 방향을 바꾸어 임한정의 심장을 노렸다. 임한정은 몸을 틀어 심장이 찔리는 것은 피했지만 검이 가슴에 박혀 버렸다. 승리를 확신한 박창거의 얼굴에 미소가 지어졌다.

그런데 그때, 바위에 누워 있던 노인이 갑자기 양팔과 양다리로 동시에 바위를 박차며 뛰어올라 박창거를 덮치는 것이 아닌가!

영신추가 노인을 경계하고 있었지만 너무나 빠르고, 아무 조짐 없이 움직여 막을 수도 알릴 수도 없었다. 그저 놀란 외침을 토해낼 수밖에 없었다.

"앗!"

그때는 이미 노인의 손에 들린 부채가 박창거의 목에 박힌 후였다. 부채를 뽑자 피가 분수처럼 뿜어지며 박창거는 쓰러졌다.

박창거의 무공은 뛰어났지만 임한정에게 정신을 쏟고 있었고, 노인의 기습이 너무나 빨라 일격에 허무하게 목숨을 잃고 만 것이다.

노인은 박창거를 쓰러뜨리자마자 허공에서 그의 어깨를 박차고 뛰어올라 이번에는 임한정을 공격하던 김이사를 노렸다. 김이사는 임한정에게 이미 어깨가 부러져 있어 검으로 대항하려 했지만 노인은 그것을 간단히 피하며 부채를 펼쳐 손을 떨쳤다. 그러자 그의 머리는 잘려 힘없이 바닥에 떨어졌다.

이제 남은 숭산파 제자는 영신추 하나였다. 그는 자신이 노인의 적수가 되지 못한다는 것을 깨닫고 즉시 몸을 돌려 도망쳤다. 그러나 노인의 신법은 너무나 뛰어났다. 몇 번 훌쩍훌쩍 뛰어가더니 금세 영신추를 따라잡았다. 영신추는 변변한 대항 한 번 못하고 목숨을 잃고 말았다.

노인은 껄껄 웃으며 피 묻은 부채를 아무렇지 않게 부치며 임한정 부부에게 걸어와 물었다.

"자네, 괜찮은가?"

임한정 부부는 서로의 얼굴을 쳐다본 후 앞으로 나서 포권했다.

“목숨을 구해주셔서 감사합니다.”

“허허, 뭐, 별것도 아니네.”

노인은 빙그레 웃고는 임한정 부부를 쳐다보며 물었다.

“자네가 무공총람은 가지고 있다고?”

임한정은 노인이 자신의 무공총람을 노리고 있다는 것을 깨달았다. 하지만 이미 그 사실을 자신의 입으로 말한 이상 숨길 수 없어 사실대로 밝혔다.

“예.”

“허허, 그렇다면 자네나 나나 한 사문이라 할 수 있겠군. 나 역시 무공총람의 무공을 익혔다네.”

놀라는 임한정을 향해 웃으며 노인은 물었다.

“좀 전에 싸우는 것을 보니 자네가 익힌 무공총람의 무공은 수공인 것 같군. 안 그런가?”

“그렇습니다.”

“허허, 내가 익힌 무공총람의 무공은 신법이라네.”

임한정은 좀 전에 보여준 놀라운 신법이 무공총람에 쓰여진 것임을 알아차렸다. 그리고 왜 노인이 그 사실을 일일이 설명하는 것인지 의문이 들었다.

노인은 그제야 자신이 원하는 바를 말했다.

“내가 가진 무공총람과 자네가 가진 무공총람을 서로 바꿔 보는 것이 어떠한가? 그렇게 하면 서로 부족한 점을 보완하고 둘 다 무공을 크게 증진시킬 수 있으니 양쪽 다 큰 이익이지 않는가.”

임한정은 잠시 생각하다 물었다.

“노선배의 존성대명을 어떻게 되십니까?”

노인은 허허 웃고는 말했다.

"나는 무명소졸에 불과하니 들어도 모를 걸세."

"노선배처럼 뛰어난 무공을 가지신 분이 이름이 없을 리가 없지 않겠습니까."

노인은 할 수 없이 대답했다.

"난 최진방이라고 하네."

최진방의 별호는 소면신귀라 한다. 웃는 얼굴로 살인을 밥 먹듯이 하는 흑도의 인물로, 강호의 무인들은 그를 두려워하거나 꺼렸다. 그가 자신의 이름을 밝히기 꺼린 이유는 자신의 악명을 들으면 상대가 자신을 믿지 않을 것이라 생각했기 때문이다.

임한정은 그가 자신이 중상을 입고 나서야 나서 도와주었을 뿐 아니라 수법이 악랄하고 비겁하기까지 한 것을 보고 처음부터 믿지 않았는데, 그의 이름을 듣자 과연 명불허전이라 절대 믿어서는 안 된다고 생각했다.

'지금은 나나 아내의 부상이 심해 이 마두를 당할 수 없다. 상처가 낫기까지 시간을 끌 수밖에 없구나.'

속으로 궁리를 한 임한정은 말했다.

"서로 무공을 교환하는 것은 저 역시 대찬성입니다. 다만 제 무공총람은 낙양의 제 집에 있으니 가져오는 데 시간이 좀 걸리는군요."

최진방은 웃으며 말했다.

"괜찮네. 이왕 이렇게 된 것 자네와 부인의 상처가 심하니 내가 자네를 낙양까지 호위해 주겠네."

"감사합니다."

이매산이 걱정스런 표정으로 임한정에게 물었다.

“여보, 정아는⋯⋯.”

임한정은 재빨리 아내의 말을 가로챘다.

“화산의 풍 선배께 조금 더 맡아달라고 해야지. 그분께는 죄송한 일이지만 정아를 찾아갈 때 귀한 선물을 드리면 화를 내지는 않으실 거요.”

그들이 있는 곳은 임예정이 있는 동굴에서 얼마 떨어지지 않은 곳이었다. 딸이 최진방의 손에 떨어지면 분명 인질로 삼아 자신들을 협박할 것이다. 그렇게 되느니 차라리 놓고 가는 편이 자신들에게나 그 아이 본인에게나 나을 것이라 생각했다.

‘이 마두는 감히 화산에 올라가 내 딸을 납치할 엄두를 내지 못할 것이다.’

이매산도 남편의 뜻을 바로 알아차리고 더 이상 딸에 대해 말하지 않았다. 그녀는 죽은 숭산파 제자의 옷을 찢어 남편의 상처를 묶고 자신 역시 상처를 싸맸다. 그 모습을 지켜보던 최진방은 응급처치가 끝나자 그들을 재촉했다.

“낙양까지 천 리 길이네. 서두르세나.”

임한정 부부는 최진방과 함께 산을 내려갔다. 그들은 최진방의 눈길이 무서워 감히 마음 놓고 돌아보지도 못하고 동굴에서 기다리고 있을 딸이 무사하기를 기원했다.

5

임예정은 부모가 나쁜 놈들을 무찌르고 자신을 데리러 오기만을 기다렸다. 그러나 아무리 기다려도 소식이 없고, 옆에 누워 있는 숭산파 제자의 시체가 당장이라도 일어나 덮칠 것 같아 무서웠다.

결국 그녀는 견디지 못하고 반 시진 만에 밖으로 나왔다.

동굴 앞 바닥에 찍혀진 무수한 발자국만이 이곳에서 싸움이 벌어졌다는 것을 증명할 뿐, 주위에는 아무도 보이지 않았다.

"아버지, 어머니!"

몇 번이나 힘껏 외쳐 불러봤지만 돌아오는 것은 메아리뿐이었다. 임예정은 이제 겨우 열두 살로 부모의 보호를 받을 나이였다. 혼자가 되자 그녀는 어쩔 줄 모르고 엉엉 소리 내어 울었다.

한참을 울자 그녀는 어느 정도 진정할 수 있었다. 나이는 어리지만 총명한 그녀는 우는 것은 아무런 해결책이 되지 않는다는 것을 알고 있었다. 앞으로 어떻게 해야 할까 고민하던 그녀는 바닥에 있는 발자국들을 보자 떠오르는 것이 있었다.

'아버지가 해준 강호의 이야기에 따르면 발자국을 따라가 적을 추격했다고 했지.'

깜깜한 밤이라 발자국들을 분간하기가 어려웠다. 하지만 한참을 차근차근 살피다 보니 날아 밝아 찾기가 쉬워졌다. 마침내 어지러운 발자국들이 이동한 흔적을 발견한 그녀는 뛸 듯이 기뻐했다.

"찾았다! 찾았어!"

그녀는 즉시 발자국을 따라갔다. 잠시 후 그녀는 숭산파 제자들의 시체를 발견할 수 있었다. 시체들을 보고 소스라치게 놀랐지만 곧 진정하고 시체들을 살폈다. 다행히 부모의 시체는 없었다.

'이자들은 우리 가족을 공격했던 나쁜 놈들이다. 이 녀석들이 다 죽은 것 같은데 왜 두 분은 돌아오시지 않는 거지?'

임예정은 뭔가 단서가 있을 것이라 생각하고 시체들이 무서웠지만 하나하나 조심조심 살폈다. 결국 그녀는 피로 쓴 글씨를 발견할 수 있었다.

적에게 잡혀 집으로 돌아간다.

이매산이 붕대로 쓰기 위해 숭산파 제자들의 옷을 찢을 때 슬그머니 피로 숭산파 제자 옷에다 글을 남긴 것이었다. 최진방의 눈이 두려워 그녀는 더 이상 자세한 내용을 쓸 여유는 없었다.

임예정은 부모님이 무사하다는 사실에 기쁘면서도 적에게 잡혀 있다니 걱정이 되었다.

'어떻게든 구해내야 해!'

그녀는 부모를 찾기 위해 산을 내려갔다. 어린 소녀가 혼자서 산을 내려가는 것은 결코 쉬운 일이 아니었다. 더구나 부모를 구해야 한다는 생각에 마음만 급하니 몇 번이나 넘어지고 구르기 일쑤였다. 어느새 귀한 비단옷은 찢어지고 더러워져 귀한 집 딸의 모습은 찾기 힘들게 되어버렸다.

임예정은 자신의 겉모습 따위는 신경 쓰지 않았다. 하지만 배가 고픈 것만은 견디기 힘들었다. 그녀는 산을 내려와 마을에 도착하자마자 객점을 찾았다.

"빨리 나오는 것으로 주세요."

점소이는 지저분한 소녀가 혼자서 객점에 들어와 주문을 하자 미심쩍은 눈초리로 물었다.

"돈은 있니?"

임예정은 품에서 아버지가 준 은자를 꺼내놓았다. 은자가 족히 다섯

낭은 되어 보이자 점소이는 얼른 고개를 숙였다.

"곧 대령하겠습니다."

곧 음식이 나오고 그녀는 허겁지겁 먹기 시작했다. 어느 정도 배가 부르고 정신이 들자 그녀는 점소이를 불러 물었다.

"혹시 여기 한 부부가 지나가지 않았나요?"

임예정은 부모의 인상착의를 설명했지만 점소이는 고개를 흔들었다.

"모르겠습니다."

실망한 그녀는 객점을 나왔다. 몸이 피곤했지만 부모를 만나기 위해서는 쉬어선 안 된다고 생각했다. 그런데 막 마을을 벗어났을 때였다. 뒤에서 장정 두 명이 달려오더니 앞을 가로막았다.

"꼬마야, 잠깐 우리 좀 보자."

임예정은 느낌으로 상대가 좋은 뜻을 가지고 접근한 것이 아님을 알 수 있었다. 그녀는 뒤로 한 걸음 물러서며 물었다.

"무슨 일이에요?"

"너, 그 돈을 어디서 훔쳤지?"

"예?"

"네가 객점에서 돈을 쓰는 것을 봤다. 부모도 없이 혼자 돌아다니는 너 같은 어린아이가 어찌 그리 큰돈을 가지고 다닐 수 있단 말이냐? 분명 어디서 훔친 것이 분명하다."

임예정은 화가 나 소리쳤다.

"이건 아버지가 나에게 준 돈이에요. 당신들이 뭔데 함부로 사람을 도둑 취급하죠?!"

"흐흐, 잘못이 벌어지는 것을 눈 뜨고 볼 수 없어서 그런다."

장정들은 손을 뻗어 임예정을 잡으려 했다. 그녀는 몸을 돌려 도망쳤다. 그러나 그녀의 발걸음으로는 금세 따라잡히고 말았다.

"자, 순순히 훔친 돈을 내놓아라."

도망칠 수 없다는 것을 깨달은 임예정은 발길질을 날렸다. 정강이를 걷어차인 장정은 아파서 펄쩍펄쩍 뛰었다.

"이것이!"

임예정은 무가의 자손으로, 여덟 살 때부터 무공을 익혔다. 그러나 어린 그녀가 장정 두 명을 이길 수는 없었다. 배운 초식대로 팔다리를 놀려 몇 대 때려보긴 했지만, 장정들이 잡아 힘으로 누르자 버티지 못하고 쓰러졌다.

"요것아, 네 까짓 것이 이 어르신들을 당할 것 같으냐?!"

발버둥을 치던 임예정은 결국 힘이 다해 녹초가 되어버렸다. 장정들에게 잡힌 그녀는 마을에서 조금 떨어진 낡은 사당으로 끌려갔다.

이 낡은 사당이 이 두 건달의 본거지였다. 본거지에 오자 대놓고 흑심을 드러낸 그들은 임예정의 품에서 은자를 빼앗았다. 빼앗은 은자의 액수가 천 냥 가까이 되는 것을 보자 그들은 신이 났다.

"이거, 크게 횡재했구나!"

그들은 그것만으로 만족하지 않았다. 임예정의 옷이 여기저기 찢어지고 엉망이지만 고급 비단옷인 것을 보자 부잣집 딸이 분명하니 부모에게 돈을 요구할 계획까지 짜기 시작했다. 꽁꽁 묶여 꼼짝도 못하는 신세가 된 임예정은 부모를 구하기는커녕 스스로도 지키지 못하는 자신의 신세가 한심해 엉엉 울었다.

"이 계집애가! 조용히 못해! 시끄러 죽겠네!"

건달들은 옷자락으로 임예정의 입을 틀어막아 버렸다. 그리고 다시 계획을 의논하는데 멀리서 노랫소리가 들려왔다.

"한 많은 이 세상 야속한 남아~"

순간 건달들의 안색이 새파래졌다.

"어이쿠! 그 마귀가 왔구나."

"큰일났다. 이걸 본다면!"

둘은 다급히 임예정을 사당에 모셔진 신상 뒤에 숨겼다. 그리고 아무 일도 없는 듯 표정 관리에 들어가는데, 어느새 노랫소리의 주인공이 사당으로 들어와 있었다.

"너희 두 쓰레기 놈들이 여기서 무얼하고 있었느냐?"

건달들은 비굴한 표정을 지으며 대답했다.

"형님, 오셨습니까."

대화를 들은 임예정은 순간 우습다는 생각이 들었다. 나타난 사람의 목소리를 들어보니 어린 소년의 것이었다. 그런데 건달들은 자기보다 어린아이에게 형님이라고 하지 않는가.

소년은 건달들의 태도에 의심이 가는지 다시 물었다.

"너희 둘이 여기서 모일 때는 언제나 나쁜 짓을 모의할 때가 아니냐? 또 무슨 짓을 할 생각이지?"

건달 하나가 재빨리 말했다.

"헤헤, 형님의 눈을 속일 수 없군요. 저흰 정 영감네 개를 잡아먹을 생각을 하고 있었습니다. 그놈의 개새끼는 형님이 볼 때마다 늘 재수 없게 짖어대지 않습니까. 그래서 오래전부터 형님을 대신해 혼을 내줄 생각을 하고 있었습니다."

그러자 소년은 노해 소리치는 것이 아닌가?

"그 개새끼는 올해 복날에 잡아먹으려고 내가 찍어놓은 것이다. 감히 너희들이 내 밥그릇을 노려?"

"어이쿠, 죄송합니다. 절대 그 개를 건드리지 않겠습니다."

"좋다. 만일 그 개가 없어지면, 난 무조건 너희들의 짓이라고 생각하고 그 개의 근수만큼 네 살을 뜯어낼 테니 알아서들 해라."

두 건달은 속으로 욕을 퍼부으면서도 연신 고개를 조아렸다.

"알겠습니다."

"그럼 잘 있어라."

소년은 다시 노래를 부르며 떠나갔다. 건달들은 귀를 기울이다가 노랫소리가 멀어지자 안도의 한숨을 내쉬었다.

"큰일날 뻔했구나."

건달들은 신상 뒤에 숨긴 임예정을 다시 꺼내었다. 그런데 그때였다. 천장에서 웃음 섞인 목소리가 들려왔다.

"내 너희들이 맛있는 것을 숨겨놓은 줄 알았는데, 지금 보니 여자 아이로구나."

소년은 건달들이 뭔가 숨기고 있다는 것을 눈치채고 가는 척하다가 사당 지붕 위로 숨어들어 간 것이었다. 건달들은 노랫소리가 멀어지자 소년이 간 줄 알았지만, 소년은 점점 노래를 작게 불러 멀어지는 것 같은 착각을 일으켰다.

"어이쿠!"

건달들은 들켰다는 것을 깨닫고 즉시 몸을 돌려 도망쳤다. 그러나 소년이 천장에서 떨어지며 양발을 날리자 등을 얻어맞고 앞으로 꼬꾸라져 버렸다.

"살려주십시오!"

"암, 살아야지. 단, 내 몽둥이를 견딜 수 있다면!"

곧이어 몽둥이로 때리는 소리와 비명 소리가 함께 들려왔다. 임예정은 묶인 채 몸이 돌려져 있어 상황을 볼 수 없었지만, 건달들의 비명 소리가 처절하게 울려 퍼지자 무서워졌다.

일각이 지나서야 몽둥이질은 끝이 났다. 소년은 그제야 몸을 돌려 임예정의 결박을 풀어주었다.

"괜찮니?"

임예정은 감사를 표하려다가 소년을 보고 깜짝 놀랐다. 소년은 전에 그녀가 식탁에 초대했던 거지 소년 장소산이었다.

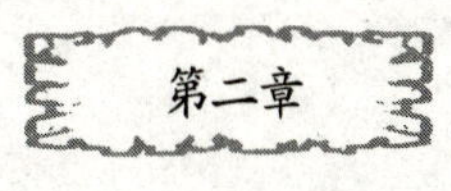

第二章

어린 거지 장소산

임예정은 놀라 떨리는 소리로 물었다.

"당신이… 당신이 어떻게……?"

장소산은 웃으며 답했다.

"그야 여기가 내가 사는 마을이니까. 소저야말로 어쩌다 저놈들에게 잡히게 되었지? 소저의 부모님은 어디 가고?"

임예정은 그제야 정신이 들어 사정을 설명했다. 장소산은 이야기를 모두 듣고 나자 심각한 표정을 지었다.

"창천검 임한정이라면 일류고수인데, 그가 잡혀갈 수밖에 없었다면 상대가 보통이 아닐 것이오. 소저가 쫓아갔다가는 오히려 잡혀 부모님의 걱정만 더할 뿐이니 처음 아버님이 시킨 대로 화산으로 가는 것이 좋겠소."

그러나 임예정은 고개를 저었다.

"그럴 수 없어요. 어찌 자식으로서 부모가 위험한 것을 그냥 둘 수 있겠어요."

그녀는 반드시 부모를 찾아갈 결심이었다. 장소산은 쉽게 판단을 내릴 수 없는 듯 곰곰이 생각했다.

'내가 가만 놔두면 이 아이는 부모를 찾아가 악당에게 잡히거나, 이번처럼 도적을 만나게 될 것이다. 그걸 알면서도 모른 척할 수는 없다. 하지만 이번 일은 결코 쉽지가 않겠구나.'

장소산은 개방의 인물로, 개방 장로인 공공수 채평안의 제자였다. 원래 채평안은 강호의 이름난 도둑이었으나, 강적에게 위기에 빠졌을 때 전대 개방 장문의 구함을 받은 후 도둑질에서 손을 씻고 개방에 입문했다. 그리고 한 명의 어린 거지를 제자로 받아들였으니, 그가 바로 장소산이었다.

그런데 그가 장소산을 제자로 받아들이게 된 경위는 강호의 일반적인 입문과 달랐다. 어느 날 장소산이 갑자기 찾아와 채평안을 붙잡고 소리친 것이다.

"어서 훔쳐 간 내 집안의 돈을 내놓아라!"

채평안은 난데없이 나타난 처음 보는 소년의 모습에 어리둥절하여 장소산에게 너는 누구며, 자신을 왜 찾아왔느냐고 물었다. 그러자 장소산이 대답하기를,

"나는 장사의 장씨 집안 사람이다. 네놈이 우리 집의 삼천 냥을 훔쳐 가는 바람에 아버님이 빌린 돈을 갚지 못하여 집안이 망하고 말았다. 부모님이 모두 목을 매고 돌아가시고 난 이렇게 거지가 되었단 말이다!"

채평안은 곰곰이 생각해 보았지만 장씨 집안의 돈을 훔쳤는지 생각

이 나지 않았다. 그는 평생에 걸쳐 도둑질을 했고, 하루에 십여 채의 집을 한꺼번에 턴 적도 있었다. 장씨란 성은 천하에서 가장 흔한 성 중에 하나이니, 아마 지금까지 자신이 턴 장씨 집이 적어도 수백 채는 되었을 것이다. 그러니 무슨 수로 기억을 해낼 수 있겠는가. 그저 상대가 이렇게 확신을 가지고 있는 것을 보니 그런가 보다 생각할 뿐이었다.

"어서 돈을 내놓아라!"

장소산은 어서 훔쳐 간 돈을 내놓으라고 독촉했다. 채평안은 난감해져 버렸다. 그는 원래 그때그때 훔친 돈을 흥청망청 쓰는 버릇이 있는 데다가 개방에 입문하면서 남은 재산을 모두 가난한 사람에게 나누어 주어 돈이 한 푼도 없었던 것이다.

그렇다고 부모를 잃고 끼니도 제대로 못 잇는 열두 살짜리 어린아이를 내치기도 미안하고, 자신이 그 집의 돈을 훔쳤으니 빚이 있는 셈이라 책임을 피할 수 없었다. 어떻게 할까 고민하던 채평안은 돈 대신 자신이 평생토록 갈고 닦은 절기를 가르쳐 주는 것이 어떻겠느냐고 제의했다.

장소산은 잠시 생각해 보다 대답했다.

"좋소, 돈 대신 당신의 재주를 배우지."

그리하여 하나의 사제지간이 탄생하게 된 것이다. 장소산은 채평안의 제자가 되면서 자연스럽게 개방도가 되었다. 그는 사제 간의 예를 취한 후에 사실대로 말했다.

"제가 당신을 속였습니다."

그의 집안이 망해 그가 거지가 된 것은 사실이었다. 하지만 채평안과는 아무 관계가 없었다. 어린 나이에 홀로 세상을 떠돌게 된 장소산은 갖은 핍박을 받았고, 누군가 의지할 사람을 필요로 하게 되었다. 그러다 채평안을 보게 되고, 주변의 개방도인 거지가 그에 대해 하는 말을 듣고는 꾀를 내어 그의 제자가 된 것이다.

채평안은 자신이 속았다는 것을 알자 껄껄 웃었다. 오히려 그는 화를 내기는커녕 총명한 제자를 얻었으니 복이라 생각하고 정성을 다해 보살피며 무공을 가르쳐 주었다.

하지만 그것은 오래가지 않았다. 채평안은 거지가 되었지만 도둑 시절의 방랑벽을 버리지 못하고 이곳저곳 마음대로 돌아다니기를 좋아했다. 장소산이 어느 정도 무공의 기틀을 잡게 되고 더 이상 보살핌이 필요 없자, 채평안은 방랑벽이 도져 혼자 세상을 떠돌아 다녔다.

덕분에 장소산은 사부 없이 혼자 지낼 때가 많았다. 그러나 이제 그는 더 이상 힘없는 어린 거지가 아니었다. 그는 어느 정도 무공을 갖추게 되자 동네의 건달들을 때려잡아 행패를 부리지 못하게 했다. 건달들은 그를 두려워하며 어린 그를 형님이라 불렀다. 이번에 임예정을 납치한 건달들도 그중에 하나였던 것이다.

장소산은 임예정이 별 볼일 없는 어린 거지인 자신을 진심으로 대접한 일을 잊지 않고 있었다. 그런 그녀가 어려움을 겪게 되었으니 어찌 모른 척할 수 있단 말인가? 그는 최선을 대해 그녀를 돕기로 결심했다.

'사부가 있으면 좋았을 텐데, 벌써 몇 달째 소식이 없고 언제 돌아올지도 모르니 별수없이 혼자 할 수밖에 없겠구나.'

마음을 정한 장소산은 임예정에게 말했다.

"우리 함께 가서 소저의 부모를 구합시다."

임예정은 감격했다.

"저, 정말 고마워요."

"소저가 나를 소협이라 칭했으니 당연히 소협다운 일을 해야 하지 않겠소."

장소산은 자신이 기거하는 동굴에 가서 사부가 돌아왔을 때를 대비해 사정을 알리는 편지를 남기고, 누더기를 가져와 임예정에게 입으라고 했다.

"적이 우리 정체를 알아차리지 못하게 하려면 그대도 거지 흉내를 내야 하오."

임예정은 누더기 옷에서 나는 냄새가 고약했지만 참고 입었다.

'적이 임한정 부부를 데리고 낙양으로 가는 것은 뭔가 노리고 있어서일 것이다. 그렇다면 당연히 가장 빠른 길로 갈 것이다.'

장소산은 길을 예측한 후 임예정을 데리고 추격을 시작했다. 임예정의 돈으로 두 필의 말을 산 둘은 밤낮을 가리지 않고 달렸다.

어린 소녀의 몸으로 이런 여정은 견디기 힘든 것이었다. 결국 임예정은 며칠 만에 녹초가 되었지만 꾹 참았다. 장소산도 그녀가 힘들어한다는 것을 알고 있었지만 어찌할 수 없었다.

"조금만 참으시오. 이제 얼마 남지 않았을 것이오."

며칠을 쉬지 않고 달리자 임한정 부부의 종적을 발견할 수 있었다. 둘은 힘이 나서 더욱 길을 재촉했다. 다시 며칠이 지나 한 마을에 이른 둘은 말에서 내려 객점으로 다가갔는데, 객점 안에서 한 남자의 목소리가 들렸다.

"낙양의 집으로 가면 제가 직접 찾아서 드린다고 하지 않으셨습니까. 왜 자꾸 말을 바꾸십니까?"

그 목소리가 아버지 임한정의 것이란 것을 알아차린 임예정은 뛸 듯이 기뻐 객점 안으로 뛰어들려고 했다. 장소산은 재빨리 그녀를 붙잡았다.

"진정하시오."

장소산의 말에 임예정은 자신이 너무 서둘렀다는 것을 깨달았다. 둘은 조심스럽게 창으로 객점 안을 들여다보았다. 안에는 임한정 부부와 최진방이 앉아 있었는데, 양쪽의 분위기는 그리 좋지 않아 보이지 않았다.

최진방이 말했다.

"난 억지를 부리는 것이 아니네. 그저 자네가 낙양에 도착한 다음 마음이 바뀌어 친구들을 불러 날 쫓아낼까 두려울 뿐이네."

임한정이 인상을 찌푸리며 물었다.

"그럼 어떻게 하자는 겁니까?"

"자네가 필사본을 써주게나."

최진방은 임한정 부부를 데리고 낙양으로 가면서 조금씩 걱정이 되기 시작했다. 임한정 부부는 낙양에 친구와 지인이 많을 테니, 그곳에 가는 것은 호랑이 굴에 들어가는 셈이 아닌가. 게다가 시간이 지날수록 임한정 부부의 부상이 나아가니 부부가 함께 자신에게 덤비면 곤란해질지도 모른다고 생각했다.

임한정은 필사본을 써달라는 말에 내심 솔깃했다. 적당히 써주고 보내 버리면 자기 쪽도 편할 것이다.

"제가 필사본을 써드리면 이제 우린 볼일이 없군요."

"흐흐, 그건 아니지. 자네가 엉터리로 쓸지 어찌 알겠나. 낙양으로 가서 진짜 원본과 대조해 봐서 제대로 맞게 썼는지 확인해 본 다음에 우리 볼일이 끝나는 것이지."

"아니, 그럼 지금 필사본은 뭐 하러 쓴단 말입니까?"

"말했지 않나. 자네가 낙양에 가서 마음이 바뀔 것에 대비한 것이라고."

　최진방이 원하는 것은 원본 무공총람이었지만 낙양에 가서 일이 잘못될 경우를 대비해 일단 필사본이라도 가질 생각이었던 것이다. 임한정이 가지고 있는 무공총람의 무공이 수공이라는 것을 이미 알고 있었고, 자신 역시 또 하나의 무공총람을 가지고 있으니 필사본이 가짜인지 진짜인지 알아채는 것을 어렵지 않을 것이라 보았다.

　임한정은 상대의 내심을 눈치채고 화가 치밀어 올랐지만 지금 당장 최진방을 당할 수는 없었다. 그는 화를 꾹 참고 냉랭하게 말했다.

　"좋습니다. 필사본을 써드리지요. 그럼 약속대로 당신의 것도 보여주서야겠지요?"

　"내 것은 자네 원본을 본 다음에 주어야지. 원본은 원본끼리, 그래야 맞는 것 아니겠는가?"

　임한정의 눈썹이 꿈틀했다.

　"전혀 사리에 맞는 것 같지 않습니다만."

　"그런가? 그렇다면 자네 부인의 팔이 잘린다면 사리에 맞을까?"

　최진방은 히죽거리며 말했다. 그는 지금까지 오면서 살핀 결과, 임한정을 협박하는 데는 그 자신보다 부인을 노리는 편이 효율적이라는 것을 알아차렸다. 과연 임한정의 안색이 새파래졌다.

　"내 아내의 손끝 하나라도 건드린다면 가만두지 않겠소!"

　"그렇다면 필사본을 쓰게."

　숨어서 듣고 있던 장소산은 의문을 느꼈다.

　'원본은 뭐고 필사본은 뭔가?'

　최진방과 임한정은 시종 언성을 높이는 와중에도 무공총람이라는 이름은 입에 담지 않았다. 때문에 장소산으로서는 무엇을 말하는지 알

수가 없었다. 그는 옆에 있는 임예정에게 물었다.

"저자는 소저의 부모에게 뭘 써달라고 하는 것이오?"

"모르겠어요."

임예정도 무공총람에 대해서는 모르고 있었다.

그 후에도 임한정과 최진방의 대화는 몇 번 언성이 높아졌지만, 결국 임한정이 굴복하고 필사본을 써주는 것으로 끝을 맺었다. 그들은 객점의 방으로 들어가자 장소산은 임예정에게 기다리라고 한 다음, 그들이 묵는 방을 확인했다. 그런데 임한정 부부와 최진방은 따로 방을 쓰지 않고 한 방을 쓰는 것이었다. 최진방은 임한정 부부가 도망칠까 염려해 낮이나 밤이나 잠시도 떨어지려 하지 않았다.

'오늘은 아무래도 무리겠다.'

철저한 계획이 필요하다고 생각한 장소산은 그날 구출은 포기하고 며칠 동안 최진방, 임한정 부부의 뒤를 따랐다.

최진방은 마차를 한 대 샀다. 그는 임한정에게 길을 가는 동안에도 마차 안에서 계속 무공총람을 쓰라 하고는 자신은 마차를 몰고 이매산은 자기 옆에 있게 했다.

장소산은 그들의 뒤를 따르며 틈틈이 약방에 들려 몇 가지 약재를 사서는 조합했다. 그리고 책방에서 책을 한 권 사고는 임예정에게 편지 한 통을 쓰게 했다. 준비가 끝이 나자 그는 객점으로 들어가 최진방과 임한정 부부의 식탁 앞에 섰다. 그는 먼저 임한정에게 구걸했다.

"여러 어르신들, 불쌍한 저에게 한 푼만 동정을 베풀어주십시오. 오늘 두 분께서 한 번 덕을 베푸시면, 후에 자신에게 돌아와 예쁜 딸을 낳으실 겁니다."

쫓아내려던 임한정은 장소산의 말뜻이 왠지 심상치 않다고 생각했다. 그래서 동전 하나를 꺼내 내밀었다.

"가져가게."

"감사합니다."

장소산은 동전을 잡았다. 동시에 임예정이 쓴 편지를 슬그머니 임한정의 소매 속으로 집어넣었다. 임한정은 모르는 척하고 음식을 먹었다.

다음으로 장소산은 최진방 앞에 섰다.

"한 푼만 주십시오. 오늘 덕을 베푸시면 후에 큰 복으로 돌아올 것입니다. 남에게 베풀어야 하늘이 감동하여 좋은 일이 있고, 나쁜 화는 물러가는 법입니다."

최진방은 눈살을 찌푸리며 말했다.

"꺼져라."

그는 임한정이 쓴 무공총람을 읽는 중이었다. 혹시 조금이라도 수작을 부린 것이 있을까 정신을 집중하고 읽는 중이었는데 옆에서 거지가 귀찮게 굴자 짜증이 났다. 그러나 장소산은 물러서지 않고 몇 번이고 계속 구걸을 했다.

"꺼지랬지!"

"예예, 꺼지겠습니다."

장소산은 겁을 먹고 일어났다. 그런데 그만 식탁의 잔을 건드려 찻물이 최진방의 옷에 뿌려졌다.

"아이쿠, 죄송합니다."

당황한 장소산은 소매로 젖은 옷을 닦았다. 그러나 오히려 더 더러워졌다. 최진방은 화가 치밀어 장소산을 발로 차버렸다.

"아이쿠!"

장소산은 데굴데굴 굴러 객점 밖까지 나가 버렸다. 벌떡 일어난 그는 욕을 퍼부었다.

"이 죽일 놈의 영감탱이야! 반드시 오늘 일을 후회하게 될 것이다!"

"저놈이!"

최진방은 화가 나 쫓아가려 했으나 장소산은 벌써 도망치고 있었다. 그의 경공이라면 쫓는 것은 어렵지 않았으나 임한정 부부를 감시해야 했기 때문에 포기할 수밖에 없었다.

"죽일 놈의 거지 새끼!"

그는 중얼거리며 다시 자리에 앉았다. 그때 문득 아래를 보니 옷 앞섬이 벌어져 있었다. 문득 떠오른 생각에 급히 품속에 손을 넣어보니 기름종이로 싼 책이 만져졌다. 그제야 안심을 한 그는 다시 임한정이 쓴 무공총람을 살폈다.

한편, 골목으로 숨어든 장소산은 품속에서 기름종이로 싼 책을 꺼내며 중얼거렸다.

"내가 후회하게 될 거라고 했지?"

그는 최진방과 임한정의 필사본이니 원본이니 서로 보여줘야 한다니 하는 말을 듣고 그것이 무공총람을 두고 하는 말인지는 몰랐지만 대충 사정은 짐작하게 되었다. 그래서 그는 책방에서 적당한 책 하나를 사서는 기름종이에 싸서 옷을 닦아주는 척하면서 최진방의 품속의 책과 바꿔치기를 했던 것이다.

장소산의 사부 채평안은 도둑질 실력도 실력이지만 소매치기 실력은 가히 천하제일이었다. 공공수라는 별호도 그의 뛰어난 손재주 때문에 붙여진 것이니 그의 실력을 짐작케 했다. 장소산 역시 사부의 재주를 물려받아 순식간에 두 책을 바꿔치기 해버린 것이다.

장소산은 기름종이를 펼쳐 안에 책을 꺼내 보았다. 책의 겉표지에는 '무공총람 신법편'이라는 글자가 쓰여 있었다. 그는 무공총람이 무엇인지는 몰랐지만 나중에 쓸모있을 것이라 생각하고 책을 챙겼다.

한편, 임한정은 무공총람을 쓰는 척하면서 받은 편지를 꺼내 읽어보았다. 내용은 간단했는데, 내일 '총편객점'이라는 객점에서 묵되 그곳에서 나오는 음식을 먹지 말라는 것이었다. 편지 내용에 의문이 들었지만 틀림없는 딸의 필체라 임한정은 시키는 대로 하기로 마음먹었다.

다음날, 최진방과 임한정 부부는 평소처럼 낙양으로 향하는 길을 갔다. 임한정이 틈만 나면 마차 밖을 살폈는데, 과연 편지의 내용대로 총편객점이라는 객점이 보였다.

"오늘은 늦었으니 저기서 쉬다 갑시다."

최진방이 보니 객점이 초라하기 짝이 없었다. 별로 마음에 들지 않아 그는 눈살을 찌푸리며 말했다.

"다른 곳에 묵는 것이 낫겠는데?"

"언제 다른 곳을 찾고, 찾아도 이곳보다 낫다는 보장도 없지 않소. 그냥 대충 묵읍시다."

아내인 이매산은 깔끔한 임한정이 지저분한 객점에서 묵자는 것이 이상했지만 이의를 제기하지 않았다. 최진방 역시 이 객점이 임한정과 관련이 있다는 것은 꿈에도 생각지 못하고 결국 그의 의견에 따랐다.

"그러지."

셋은 객점 안으로 들어갔다. 점소이 하나가 기다렸다는 듯이 달려나와 깍듯이 인사했다.

"어서 오십시오!"

점소이는 다름 아닌 장소산이었다.

2

개방도라고 꼭 거지는 아니었다. 생업에 종사하면서도 개방에 가입한 제자가 적지 않았다. 이 총편객점은 개방의 정보 수집 장소이자 연락 장소로, 객점의 주인이 개방의 제자였다.

장소산은 임한정에게 이곳에서 묵으라고 한 다음, 자신이 한발 먼저 와서 객점 주인에게 사정을 설명하고 임시로 점소이가 된 것이었다.

최진방이나 임한정이나 전날 만난 장소산의 용모를 제대로 보지 않아 점소이가 바로 그란 것을 알아차리지 못했다. 조금도 이상한 점을 눈치채지 못한 그들은 평소처럼 음식을 주문했다.

"예이~ 곧바로 대령하겠습니다!"

장소산은 즉시 주방으로 들어가 주문 내용을 알렸다. 주방장이 조리를 시작했고, 장소산은 옆에서 준비한 약을 냄비에다 조미료 뿌리듯 뿌려 댔다. 그리하여 주방장과 장소산의 합작품인 약을 잔뜩 친 요리가 완성되었다.

"오래 기다리셨습니다!"

나온 음식을 최진방은 아무 의심 없이 먹었다. 객점은 지저분하지만 음식은 맛이 있다는 칭찬까지 했다.

"아니, 자네들은 왜 안 먹나?"

임한정 부부가 먹는 시늉만 내다 젓가락을 놓는 것을 보자 최진방은 의아해하며 물었다.

"별로 식욕이 없군요."

임한정의 대답에 잡혀 있는 신세니 그럴 만도 하다고 생각한 최진방은 신경 쓰지 않았다. 그는 임한정 부부의 남긴 음식까지 먹어버렸다.

저녁을 마친 이들은 방으로 돌아갔다. 평소처럼 이들은 바로 잠들지 않고 임한정은 무공총람을 쓰고, 최진방은 이를 감시했다.

그런데 두 시진 정도가 흘렀을 때였다. 최진방은 갑자기 배가 아파 왔다. 너무 많이 먹어서 배탈이 났다고 생각한 그는 벼락같이 몸을 날려 임한정 부부를 점혈했다.

"뒷간에 갔다 오겠네."

그는 길을 가는 동안 자신이 볼일을 볼 때 임한정 부부가 도망칠 것에 대비해 점혈을 해두곤 했다. 임한정 부부는 저항하지 않고 점혈당했고, 안심한 최진방은 뒷간으로 달려갔다.

최진방이 밖으로 나간 지 얼마 후였다. 숨어 있던 장소산이 안으로 들어와 임한정 부부의 점혈을 풀어주었다.

"자, 객점 뒷문에서 따님이 기다리고 있으니 함께 도망치십시오."

임한정은 기쁘기도 하고 의아스럽기도 하여 물었다.

"자넨 누군가? 왜 우릴 도와주는가?"

장소산은 웃으며 대답했다.

"기억나지 않으십니까? 얼마 전에 절 식사해 초대해 주시지 않으셨습니까."

"아!"

그제야 임한정은 그가 그때의 거지 소년이라는 것을 기억해 냈다. 그때 딸의 장난을 받아준 일이 이런 식으로 복이 될 줄은 상상도 못한 그는 연신 감사를 표하고는 아내와 함께 도망쳤다.

"고맙소, 소형제. 오늘 은혜는 잊지 않겠소."

부부가 떠난 후 장소산이 방 안을 보니 임한정이 쓰다 만 무공총람 필사본이 잔뜩 쌓여 있었다. 그는 그것을 챙겨가지고 뒷간으로 갔다.

그때 뒷간에서 최진방은 볼일을 끝내고 나가려는데 뒤를 닦을 것이 없어 당황하는 중이었다. 장소산이 미리 손을 쓴 것을 모르는 그는 객점의 점소이들을 욕하며 소리쳤다.

"누구 없느냐?!"

객점의 주인과 일하는 사람들은 이미 화가 미칠 것에 대비하여 모두 도망간 후였다. 최진방은 답답해하며 계속해서 소리쳤다.

"누구 없느냐?!"

때마침 도착한 장소산은 속으로 웃으며 대답했다.

"무슨 일이십니까? 혹시 닦을 것이 필요하십니까?"

그는 챙겨온 무공총람 필사본을 문틈으로 몇 장 건넸다.

"그럼 이걸 쓰십시오."

최진방은 아무것도 모르고 필사본으로 뒤를 닦았다. 그리고 버리려고 하는데 종이에 써진 글자가 눈에 들어왔다. 순간 뭔가 이상하다는 생각이 들어 종이를 펴본 그는 기가 막혀 입이 쩍 벌어졌다.

"이, 이게!"

장소산은 웃음을 참으며 물었다.

"아직 부족하십니까? 더 드릴까요?"

최진방은 분노해 뒷간 문을 박차고 뛰쳐나왔다. 밖으로 나와 보니 장소산이 한 뭉치의 종이를 들고 있는 것이 보였다. 틀림없는 임한정이 쓴 무공총람이었다.

"네가 그걸 어떻게……?"

"당신 방에 가보니 어찌 된 일인지 당신 동료 둘이 움직이지 못하고 있고, 이게 있더군. 그래서 당신께 드리려고 가져왔소이다."

"이놈, 당장 내놓아라!"

최진방이 달려들자 장소산은 즉시 줄행랑을 쳤다. 최진방의 경공은 장소산보다 훨씬 위라 금세 뒤를 따라잡았다. 그런데 그때 또다시 최진방의 아랫배가 요동을 치며 마구 날뛰는 것이 아닌가!

"아이쿠!"

최진방은 배를 잡고 주저앉았다. 장소산은 웃으며 물었다.

"급하신가 보네요. 닦을 것을 드릴까요?"

그리고는 필사본 몇 장을 내밀었다. 최진방은 화가 치밀어 당장이라도 장소산을 붙잡아 죽여 버리고 싶었지만 다리에 힘이 풀려 제대로 힘을 쓸 수 없었다.

"이, 이놈이……!"

장소산은 최진방이 비록 약에 당해 제대로 힘을 쓰지 못하지만 자신의 무공이 그에 비해 훨씬 떨어진다는 것을 알았다. 그래서 감히 다가가지 못하고 삼 장 정도 떨어진 거리에서 왔다 갔다 하면서 놀렸다.

'이제 이 정도면 되었겠지.'

지금쯤이면 임한정 부부가 딸과 함께 안전한 거리까지 도망쳤을 것이라 생각한 장소산은 빙그레 웃으며 최진방에게 말했다.

"참지 말고 싸시오. 그럼 난 이만."

그때 최진방은 내공을 돌려 어느 정도 뱃속을 진정시킨 후였다. 그는 결코 어리석은 사람이 아니었는지라 냉정하게 생각해 본 결과 이미 임한정 부부가 도망쳤을 것이라 짐작했다.

'이놈이라도 잡아 반쪽이나마 놈이 가진 무공총람을 얻어야겠다. 또한 이 녀석이 임한정과 관계가 있는 모양이니, 잘하면 인질로 무공총람을 전부 얻을 수 있을지도 모른다.'

생각을 정한 그는 전력으로 경공을 펼쳐 도망치는 장소산을 쫓았다.

"네 이놈, 거기 섯거라!"

도망치던 장소산이 뒤를 돌아보니 최진방이 엄청난 속도로 자신을 쫓고 있었다. 상대가 벌써 약 기운을 진정시키고, 더구나 경공이 이렇게 빠를 줄은 몰랐던 그는 깜짝 놀랐다. 급해진 그는 들고 있던 무공총람 필사본을 몇 장 던졌다.

"그렇게 가지고 싶으면 가지시오!"

종이는 바람을 타고 너풀너풀 날아갔다. 놀란 최진방은 하나라도 놓칠 새라 종이를 주워 챙겼다. 장소산은 도망치면서 계속해서 무공총람을 던졌고, 최진방은 그것을 주우며 쫓아갔다. 이렇게 되니 최진방은 여기저기 바람에 날려 흩어지는 종이를 일일이 줍느라 지체하는 바람에 제대로 장소산을 쫓지 못했다.

쫓고 쫓기는 추격전이 계속되다 보니 어느새 둘은 마을을 벗어나 있었다. 장소산은 이제 자신의 손에 무공총람이 몇 장 남지 않아 곧 잡히게 될 것이라는 것을 알았다. 그는 도망치는 중에도 주변을 두리번거리며 숨을 곳을 찾았는데, 마침 드넓게 펼쳐진 갈대숲을 발견하고 그 안으로 숨어들었다.

"쥐새끼 같은 놈!"

최진방은 빽빽한 갈대숲 때문에 장소산을 찾지 못하자 이를 갈았다. 생각 같아서는 확 불을 질러 버리고 싶었지만 자칫 장소산이 가진 무공총람까지 타버릴까 두려워 손을 쓰지 못했다.

반대로 장소산은 느긋해졌다. 그는 들키지 않게 땅을 파기 시작했다. 땅속에 숨으면 최진방이 이 넓은 갈대숲 속에서 어찌 그를 찾을 수 있겠는가. 혹 불을 지르더라도 그는 얼마든지 숨을 참을 수 있었다.

도둑질에 있어서 재빠르게 도망가는 것도 중요하지만, 더욱 중요한 것은 숨어서 때를 기다리는 것이다. 그렇기 때문에 채평안은 뛰어난 귀식대법을 가지고 있었고, 제자인 장소산에게도 전수해 주었다.

"이 쥐새끼 같은 놈! 어서 나와라! 네놈이 언제까지 숨어 있을 수 있을 줄 아느냐?!"

최진방이 고래고래 소리쳤지만 장소산은 깨끗이 무시했다. 최진방은 몸이 달았다. 생각해 보면 장소산을 잡는 것도 중요하지만 그보다 중요한 것은 임한정 부부를 잡는 일이다. 언제까지 여기서 시간을 지체할 수는 없었다.

'고작 몇 장 때문에 진짜 중요한 것을 놓칠 수는 없지!'

결심한 그는 갈대숲에 불을 지르려고 했다. 그런데 그때 저편의 갈대숲이 마구 흔들리는 것이 보였다. 누군가 갈대를 헤치며 달리고 있었다.

'저기 있구나!'

최진방은 기뻐하며 즉시 쫓아갔다.

"너 이놈, 거기 서라!"

물론 말을 한다고 상대가 설 리는 없다. 그냥 해보는 말일 뿐이다. 그런데 놀랍게도 정말로 상대가 서버리는 것이 아닌가?

놀랐던 최진방은 상대방을 확인한 순간 실망했다. 상대는 어린아이인 장소산이 아니었다. 반대로 늙은 거지였다.

늙은 거지는 최진방이 달려오는 것을 멀뚱멀뚱 쳐다보고 있다가 물었다.

"당신, 나 아시오?"

최진방은 대답했다.

“모르오.”

“그런데 왜 나보고 서라고 한 거요?”

“내가 사람을 착각했소.”

최진방은 쓸데없이 시간 낭비하고 싶지 않았기에 바로 몸을 돌렸다. 그런데 갑자기 늙은 거지가 버럭 소리 질렀다.

“너 이놈, 거기 서라!”

깜짝 놀란 최진방은 뒤를 돌아보았다. 늙은 거지는 말없이 서서 히죽거리며 웃고 있었다. 최진방은 눈살을 찌푸리며 물었다.

“나에게 할 말 있소?”

“아니, 없소.”

“그런데 왜 나보고 서라고 한 거요?”

“당신이 한 번 했으니 나도 한 번 해봤소.”

최진방은 화가 치밀었다. 하지만 속으로 참자고 되뇌며 자리를 떠났다. 그런데 늙은 거지가 계속 뒤를 따라오는 것이었다.

“왜 따라오시오?”

“내가 사람을 착각했소. 당신이 내 제자인 줄 알았소.”

“난 당신 제자가 아니오.”

“그건 말해줘도 척 보면 알겠소.”

“알았으면 그만 쫓아오시오.”

그러나 늙은 거지는 여전히 따라왔다. 최진방은 화가 머리끝까지 치밀었다.

“왜 자꾸 따라오는 것이오?!”

“내가 사람을 착각했소.”

“그 말은 방금 전에 하지 않았소!”

"이번에는 내 아들인 줄 알았소."

최진방은 늙은 거지가 일부러 자기에게 시비를 건다는 것을 알아차렸다. 상대가 조금도 뒤처지지 않고 자신을 따라오는 것으로 보아 무공의 고수가 분명했다. 최악의 경우 한판 싸울 각오를 하고 그는 물었다.

"난 최진방이라 하오. 강호의 친구들은 소면신귀라고 하지. 귀하의 존성대명은 어찌 되시오?"

"소면신귀? 별호가 소면인데 왜 당신은 웃지 않지?"

이 상황에서 웃을 기분이 나겠는가? 최진방은 속으로 욕을 퍼부으며 다시 말했다.

"난 밝혔으니 당신도 자신을 밝히시오."

"그게 뭐가 어렵겠는가. 난 채평안이라고 하네."

그는 바로 장소산의 사부였다.

채평안은 며칠 전 여기저기를 떠돌다 집으로 돌아왔다가 제자인 장소산이 남긴 글을 보고 여기까지 오게 된 것이다. 그는 장소산이 남긴 개방의 표식을 따라 별문제없이 여기까지 왔다가 표식이 끊기자 장소산을 찾아 여기저기 돌아다니고 있었다.

그는 장소산이 남긴 내용으로 대충 상황을 파악하고 있었다. 그래서 갈대숲에서 최진방을 보자마자 곧바로 이 사건의 원흉임을 짐작했다.

'이놈이 누군가를 찾고 있는데 임한정 부부가 아니면 내 제자일 것이다.'

그렇게 생각한 그는 일부러 최진방에게 달라붙어 귀찮게 한 것이다.

최진방도 이름을 듣자 채평안이 개방의 장로라는 것을 알았다. 개방은 이름 높은 대방파이다. 건드려 봤자 좋을 것이 없다고 생각한 그는 마음을 진정시키고 말했다.

"이보시오. 난 당신과 아무 원한이 없으니 귀찮게 굴지 말고 가시오."

채평안은 히죽 웃으며 대꾸했다.

"이보게, 난 당신과 장난치고 싶으니 매정하게 굴지 말고 자네가 참게나."

최진방은 더 이상 참을 수 없었다. 부채를 뽑아 든 그는 채평안을 향해 맹렬하게 덮쳤다.

"하하, 사실 자네도 나와 놀고 싶었군."

채평안은 웃음을 터뜨리며 공격을 피했다. 이 둘의 무공은 엇비슷했다. 채평안이 웃으며 공격을 피하고는 있었지만 실제로는 전력을 다하고 있었다.

한편 장소산은 시끄러운 소리가 들리자 땅을 파는 것을 멈추고 귀를 기울였다. 그런데 들리는 소리 중 하나는 바로 사부의 목소리였다. 그는 기뻐하며 살금살금 소리가 들리는 곳으로 나아갔다.

그가 도착했을 때는 채평안과 최진방이 한창 싸우고 있을 때였다. 그는 즉시 최진방을 공격했다.

"쥐새끼가!"

최진방은 당황했다. 숨어 있던 장소산이 나온 것은 기쁜 일이지만 지금은 채평안을 상대하기도 바빴다. 하지만 일이 이렇게 된 이상 물러설 수 없다고 생각한 그는 신법을 절정으로 펼치며 채평안과 장소산, 두 사제지간을 공격해 갔다.

최진방의 신법은 실로 놀라웠다. 그가 동쪽에서 번쩍 서쪽에서 번쩍하며 변화무쌍한 움직임을 보이자 마치 여러 명의 최진방이 동시에 공

격하는 것 같았다. 채평안은 그럭저럭 상대할 수 있었지만 장소산은
감당하지 못하고 손발이 어지러워졌다.

'이러다간 지겠는걸?'

장소산이 고민하는데 그때 채평안의 품에서 삐죽 튀어나와 있는 종
이 끝이 눈에 띄었다. 바로 무공총람 필사본이었다. 순간 생각이 떠오
른 장소산은 자신이 가지고 있던 남은 몇 장의 필사본을 위로 던지며
소리쳤다.

"가져가시오!"

그리고는 사부에게 외쳤다.

"응조수로 기습!"

최진방은 무공총람 필사본을 보자 자신도 모르게 반사적으로 즉시
몸을 날려 낚아챘다. 그런데 그때 채평안이 제자의 말을 듣고 그의 가
슴을 향해 매의 발톱처럼 손을 뻗었다. 필사본을 잡느라 신법이 단순
해져 있던 최진방은 날카로운 공격이 날아들자 다급히 몸을 뒤집었다.

채평안의 손은 아슬아슬하게 최진방의 가슴을 스쳐 지나갔다. 그런
데 옷이 찢어지며 품 안의 무공총람 필사본들이 모조리 허공으로 흩어
지는 것이 아닌가?

"안 돼!"

최진방은 당황해 소리를 질렀다. 가뜩이나 급히 피하느라 자세가 불
안했던 그는 당황하는 바람에 더욱 큰 허점을 만들었다. 그 순간을 노
려 채평안이 그의 대혈 몇 군데를 찔렀다.

채평안의 별호가 공공수인 만큼 손의 빠르기는 천하에 손꼽힐 만한
실력이었다. 최진방은 그만 두 군데의 혈을 찍히고 말았다. 가슴이 답
답해지고 기혈이 막히는 것을 느낀 그는 오늘은 틀렸다는 것을 깨닫고

즉시 몸을 돌려 도망쳤다.

"오늘은 그냥 물러가지만 다음에 만나면 너희 두 놈 다 가만두지 않겠다!"

말을 시작한 곳은 바로 앞이었지만 말이 끝나는 곳은 수십 장 밖이었다. 최진방의 도망치는 속도는 실로 놀라워 채평안은 쫓아갈 엄두조차 내지 못했다.

"정말 무서운 놈이었다. 하마터면 우리 둘 다 저자에게 목숨을 잃을 뻔했구나."

채평안은 안도하며 장소산에게 물었다.

"임한정 가족은 무사하냐?"

"예."

장소산은 자신이 그들 가족을 대피시킨 과정을 설명했다. 이야기를 들은 채평안은 껄껄 웃었다.

"하하, 그것참 재미있었겠군! 그래, 그 배탈이 나게 하는 약을 어떻게 만들었지?"

"제가 떠돌아다닐 때 잠시 약방에서 일한 적이 있는데, 그때 배웠습니다."

"그런데 차라리 독약이면 더 좋았을걸. 최진방은 죽어 마땅한 악당이고, 그 녀석이 죽었으면 좀 전의 위기도 없었을 것이 아니냐."

채평안의 말에 장소산은 대답했다.

"제가 아직 살인은 내키지가 않는군요. 또한 미리 말을 해두긴 했지만 그때 임한정 부부가 음식을 먹지 않는다는 확실한 보장도 없지 않습니까."

"과연 그렇구나. 네 말이 맞다."

채평안은 자신의 제자가 아직 나이가 어리고 무공도 부족하지만 머리가 좋고 협의도 있는 것을 보자 크게 만족했다. 한곳에 오래 있는 성격이 아닌 그는 최진방을 물리친 이상, 이제 자신의 힘은 필요없다고 여기고 몇 가지 당부의 말을 남기고는 그대로 훌쩍 몸을 날려 사라져 버렸다.

3

혼자 남은 장소산은 갈대숲을 뒤지며 임한정의 필사본을 챙겼다. 상당수를 찾았지만 일부분은 멀리까지 날아가 버렸는지 처음보다 제법 양이 줄어 있었다.

'아깝게 되었구나. 그런데 이제 어떡할까? 어차피 돌아가도 할 일도 없고, 한번 하기로 한 일은 끝을 봐야겠지?'

그는 임한정 가족이 무사히 집으로 돌아가는 것을 확인하기로 마음먹고 낙양을 향해 길을 떠났다. 그런데 며칠 간 쉬지 않고 길을 가며 임한정 가족을 찾았지만 찾을 수 없었다.

'분명 최진방의 추격을 피하기 위해 숨어서 가고 있겠지.'

자신이 그들을 찾기 힘들다면 최진방 역시 찾기 힘들 것이다. 그렇게 생각하니 느긋해진 그는 임한정이 쓴 무공총람 필사본을 읽어보기로 했다.

이 책에는 온갖 종류의 수공이 설명되었다. 그러나 중간에 여러 장이 빠져 있는데다가 원본의 반 분량도 되지 않았다. 순서 역시 뒤죽박죽이라 그 안에 담긴 의미를 제대로 파악하기 힘들었다. 제대로 된 책이 아니라는 생각에 실망하던 그는 문득 최진방에게 훔친 무공총람 신법편이라는 책이 생각나 꺼내 읽어보았다.

무공총람 신법편은 수공이 아닌 신법에 대해 설명하는 책이었다. 신법의 기본적인 이론부터 사용하는 요령, 때에 따라 바꾸어야 하는 신법의 운용 방법과 수천, 수만 가지의 온갖 변화들이 순서대로 차근차근 자세하게 적혀 있었다.

장소산은 이번에는 책에 깊이 빠져들었다. 완벽한 원본인 데다가 그 역시 신법에 조예가 있어 이해하기 쉬웠던 것이다. 읽으면 읽을수록 책 안에 담겨진 깊고 광범위한 내용에 그는 감탄하지 않을 수 없었다.

'갈대밭에서 최진방이 변화무쌍한 신법을 펼칠 때, 나는 물론이고 사부조차 감당하지 못했다. 그런데 지금 보니 그가 펼친 신법은 이 책 안에 담긴 내용의 극히 일부분에 불과하구나. 천하에 모든 신법의 이치가 모두 이 안에 담겨 있으니 무공총람이라는 제목이 붙을 만하다.'

그는 임한정의 필사본으로 시선을 옮겼다.

'이것 역시 분명 무공총람일 것이다. 최진방의 책이 신법편이니 이건 수공편이겠군. 그렇다면 어딘가에 무공총람 권법편이라든가 검법편, 내공편 같은 것이 있을지도 모르겠다. 도대체 누가 이 책을 쓴 걸까?'

책을 살펴보았으나 제목만 있을 뿐, 작자는 적혀 있지 않았다.

"이런 무공 비급을 썼다면, 분명 무학의 대종사가 분명한데 이름이 없으니 누군지 모르겠군."

장소산은 더 이상 생각하지 않고 임한정의 필사본도 버리기 아까워 차근차근 순서를 정리하며 끈으로 묶어 책자처럼 만들었다. 그리고 틈틈이 시간 날 때마다 읽으면서 낙양으로 가는 길을 재촉했다.

어느덧 장소산은 장강에 이르게 되었다. 그는 강을 건너기 위해 나루터로 향했다. 나루터에는 한 척의 작은 배가 세워져 있고, 배에는 중년의 뱃사공과 십여 명의 사람들이 앉아 있었다.

장강의 배편은 많았고, 중원 여기저기로 통하고 있었다. 하지만 돈 없는 가난한 사람들은 뱃삯을 내기 힘들었다. 그래서 이렇게 작은 배로 싼값에 강 건너편으로만 옮겨주는 나룻배가 성업하고 있었다.

장소산 역시 거지인 처지라 돈이 있을 리가 없었다. 임예정과 있을 때는 그녀의 부모를 구하기 위해서이니 아낌없이 그녀가 가진 돈을 썼지만, 헤어지면서 모두 그녀에게 돌려준 후였다.

그는 뱃사공에게 다가가 물어보았다.

"건너는 데 얼마입니까?"

"열 푼이오."

주머니를 뒤져 보니 가진 돈은 여덟 푼밖에 없었다.

"가진 돈이 부족한데 좀 깎아주시면 안 되겠습니까?"

뱃사공이 생각해 보니 곧 출발할 텐데 어차피 자리가 한 사람 들어갈 정도 남으니 돈을 덜 받더라도 하나라도 더 태우는 편이 이익이었다.

"그렇게 하시오."

"감사합니다."

장소산은 돈을 내고 배의 한구석에 비집고 앉았다. 뱃사공은 자리가 꽉 차자 출발하려고 했다. 그런데 그때였다.

"사공, 멈추시오!"

한 소녀가 저편에서 달려오고 있었다. 그녀는 나루터에 도착하자마자 곧바로 배에 타려 했으나 이미 배는 사람들로 꽉 차 더 이상 태울 자리가 없었다. 뱃사공은 소녀가 검을 차고 있는 것을 보자 굽실거리며 말했다.

"아가씨, 죄송하지만 자리가 없습니다. 다음 차례를 기다려 주십시오."

소녀는 인상을 찌푸리더니 은자 한 냥을 내밀었다.

"지금 바로 날 태우고 가면 주겠어요."

은자를 보자 뱃사공은 욕심이 났다. 이 돈이면 하루종일 배를 저어도 벌기 힘든 돈이다. 뱃사공은 시선을 돌려 배에 탄 승객들을 바라보았다. 이들 중 하나가 알아서 내려주기를 바란 것이다. 하지만 모두들 뱃사공의 눈길을 피해 버렸다.

장소산 역시 눈길을 피해 고개를 돌렸다. 그런데 슬쩍 보니 뱃사공이 자신만을 주시하고 있는 것이 아닌가?

뱃사공으로서는 자리를 비키라는 말을 하기에 장소산이 가장 만만했던 것이다. 그도 그럴 것이 나이도 어리고 행색도 형편없고, 무엇보다 뱃삯도 제대로 내지 않았기 때문이다.

"이보게, 미안하지만 자넨 다음 배를 타게나."

장소산은 속으로 화가 났다. 그가 비록 지금은 거지지만 예전에는 부잣집 아들이었다. 과거의 부귀 따위에 미련을 두진 않지만 돈을 가지고 사람을 차별하는 것에는 화가 나곤 했다.

"왜 나보고 비키라 하는 것입니까? 먼저 자리를 차지한 사람이 임자 아닙니까!"

"어차피 자넨 돈을 다 내지도 않았지 않나."

"그 문제는 이미 그쪽이 허락하지 않았습니까?"

장소산과 뱃사공이 실랑이를 하는 것을 보자 소녀는 다른 은자 한 냥을 꺼내 내밀었다.

"이봐요, 어린 친구. 자리를 양보해 주면 이 돈을 주지요."

장소산은 더욱 화가 났다.

'난 거지가 아니오. 동정은 필요없소!' 라고 말하고 싶었지만 생각해 보니 한 가지 문제가 있었다.

'제기랄, 난 거지가 맞잖아!'

스스로 생각하기에도 어이가 없어 그가 멍하니 서 있으니 소녀는 돈이 부족해서라고 생각했는지 한 냥을 더 꺼냈다.

"이 정도면 되겠어요?"

그러자 가만히 사태를 지켜보던 다른 승객들이 앞다투어 일어났다.

"제가 양보하겠습니다!"

"여기 앉으시지요."

결국 소녀는 다른 승객의 양보로 배를 탈 수 있었다. 그런데 하필이면 장소산의 옆 자리였다.

배는 곧 출발했고, 장강의 한가운데로 나아갔다.

장소산은 힐끔 옆의 소녀를 쳐다보았다. 나이는 자신보다 한두 살 많아 보였는데 대단한 미녀였다. 또한 방금 전까지 달려오느라 땀에 젖은 머리칼과 홍조를 띤 얼굴은 사내의 마음을 설레게 하기에 충분했다.

'예쁘군.'

장소산으로서도 인정할 수밖에 없었다. 여자에게는 별로 관심이 없는 그도 잠시 멍하니 그녀의 얼굴을 쳐다보았다. 그런데 소녀가 갑자기 그를 흘긋 보더니 눈살을 찌푸리며 코를 막는 것이 아닌가?

분명 장소산에게서 냄새가 나기 때문일 것이다. 하지만 장소산은 부끄러워하기보다 화가 났다.

‘아니, 사람 몸에 냄새가 좀 나기로 그게 어때서? 그러는 넌 냄새가
안 나는 줄 아느냐?’

장소산은 일부러 옷자락을 펄럭거리고 겨드랑이를 올려 득득 긁는
등 최대한 냄새를 풍겼다. 소녀의 얼굴은 더욱더 일그러졌다.

“이봐!”

“뭐요?”

“좀 옆의 사람을 생각하는 것이 어때?”

“내가 뭐 어때서?”

장소산은 대꾸하며 이번에는 신발을 벗고 발톱과 발가락 사이의 때
를 긁기 시작했다. 그리고는 때를 긁은 손가락을 코에 가져가 킁킁 냄
새까지 맡았다.

소녀는 구역질이 날 것 같았다. 그녀는 견디지 못하고 다른 승객에
게 부탁해 자리를 바꿔 앉았다. 장소산은 승리감에 의기양양해졌다.

이윽고 배는 건너편에 도착해 승객들을 배에서 내려 제각기 갈 길을
떠났다. 장소산 역시 낙양을 향했는데, 공교롭게도 소녀 역시 같은 방
향인 모양이었다.

소녀가 앞에서 가고 장소산은 일 장쯤 떨어져 갔다. 그렇게 길을 가
던 둘은 마을을 벗어났는데 갑자기 소녀가 몸을 홱 돌려 장소산을 노
려보며 물었다.

“왜 자꾸 따라오지?”

장소산은 웃으며 반문했다.

“누가 따라왔다는 말이오? 난 내 갈 길을 가는 것뿐이오.”

소녀는 화가 나 붉어진 얼굴로 따졌다.

“넌 어디로 가는데?”

“그러는 당신은 어디로 가시오?”

“난 낙양으로 간다.”

“그것참, 공교롭군. 나 역시 낙양으로 가오.”

소녀는 장소산이 일부러 자신과 같은 곳으로 간다고 말한다 생각했다. 그래서 다시 따져 물었다.

“낙양 어디로 가지?”

“임가장으로 가오.”

소녀는 놀라 눈이 커졌다.

“임가장이면, 창천검 임한정의 집을 말하는 건가?”

“그렇소.”

소녀는 의심스런 눈으로 장소산의 위아래를 훑어보았다. 여길 보고 저길 봐도 영락없는 거지였다.

“그분은 깔끔한 것을 좋아하고 예의가 있는 이름있는 강호인사만 친구로 사귀는데, 어째서 네가 그분의 집을 간다는 거지?”

장소산은 화가 났다.

‘그러니까 네 말인즉, 난 더럽고 예의가 없고 무명소졸이라 이거구나.’

소녀는 갑자기 뭔가 알겠다는 듯 입을 삐죽거리며 말을 이었다.

“아하! 그분이 부자고, 손님을 거절하지 못한다는 것을 알고 몇 푼 얻어볼까 하는 모양이구나.”

장소산은 화가 났다.

‘네가 날 그렇게 대하면 나 역시 너를 똑같이 대해주겠다.’

속으로 정한 그는 히죽 웃고는 물었다.

“뭐 눈에는 뭐만 보인다고, 그대야말로 몇 푼 얻으러 가는 것이 아니오?"

소녀는 화를 벌컥 내며 외쳤다.

"뭐라고? 웃기지 마라! 네가 구걸이 목적이 아니면 왜 그분을 찾아가는 거지?"

장소산은 퉁명스럽게 대꾸했다.

"당신이 임 선배도 아닌데 왜 내가 대답해 주어야 하지?"

"창천검은 나의 숙부뻘 되신다."

"숙부뻘이면 진짜 숙부는 아니군."

소녀는 화를 내려다가 참고 설명했다.

"창천검의 부인은 화산파의 제자로 나의 사숙이시다. 게다가 그분들의 외동딸인 예정이와 난 의자매지간이니 한집안 사람이라 할 수 있다."

장소산은 그제야 소녀가 화산파의 제자라는 것을 알았다. 하지만 상대가 명문대파의 제자라고 해서 숙이고 들어가고 싶진 않았다.

"나 역시 임 선배와 친한 사이지. 형님 동생 하는 사이라고나 할까? 그렇다면 그대는 나의 조카라 할 수 있겠군."

장소산은 말하며 속으로 생각했다.

'분명 임한정은 그때 나보고 소형제라고 했다. 설사 나중에 대질을 하게 되더라도 은혜를 잊지 않겠다고 했으니 날 책하지는 않겠지.'

"뭐, 뭐라고?!"

소녀의 얼굴은 붉그락푸르락 변했다. 그녀는 식식거리며 물었다.

"네, 네 이름이 뭐지? 나중에 임 숙부님을 만나면 확실히 따져 볼 것이다."

"그러는 조카의 이름은 뭐지? 웃어른께 먼저 이름을 대는 것이 순서가 아닌가?"

"내 이름은 강연수이다."

"난 장소산이네. 그대는 물이고 나는 산이니, 이름부터가 내 위치가 높구만."

강연수는 더 이상 참을 수 없었다. 그는 손을 뻗어 장소산의 가슴을 밀었다. 이 한 수는 평범해 보였으나 무공의 이치를 담고 있어 장소산은 피하지 못하고 뒤로 넘어져 버렸다. 강연수는 비웃음을 보냈다.

"숙부님의 무공이 이렇듯 형편없으니 조카의 존경을 받을 수 있겠습니까?"

장소산은 화가 나 덤벼들었다. 그러나 상대의 손을 피하지 못하고 다시 넘어져 버렸다. 그는 상대의 무공이 자신보다 위라는 사실을 알아차렸다.

그가 채평안의 제자가 된 것은 겨우 삼 년 전이다. 아직 기초도 떼지 못한 상태라 실전에서 쓸 만한 무공이 몇 개 있지도 않았다. 반면 강연수는 그보다 화산 입문이 훨씬 빨랐고, 나이도 많아 배가 넘는 세월 동안 무공을 익혔다. 그러니 무공의 차가 날 수밖에 없었다.

'뭔가 방법이 없을까?'

장소산은 생각하다 무공총람 신법편에 적혀 있던 변화 중 하나를 떠올렸다. 그는 즉시 책의 내용대로 동쪽으로 가는 듯하다가 몸을 비틀어 중심을 바꾸어 번개같이 강연수의 뒤로 이동하려 했다.

"어?"

강연수는 상대가 갑자기 기묘한 신법을 펼쳐 자신이 헛손질을 하자 놀랐다. 하지만 즉시 몸을 날리며 뒤로 이동하는 장소산의 어깨를 쳤다. 막 중심을 옮기려던 장소산은 한 대를 맞자 그만 데굴데굴 굴러 넘어졌다.

"아하하하하! 꼴좋구나!"

장소산은 벌떡 일어났다. 그는 생각했다.

'분명 방금 신법은 효과가 있었다. 단지 내가 전혀 연습하지 않아 제대로 펼치지 못한 것뿐이다.'

마음속으로 작정을 한 장소산은 소리쳤다.

"오늘은 내가 몸이 좋지 않아 그런 것뿐이다! 내일 다시 대결하자!"

강연수는 동문과 대련하는 것 외에 싸워본 경험이 없었다. 그녀는 다시 싸우자는 말에 흥미를 느끼고 고개를 끄덕였다.

"좋아, 얼마든지 도전하시지."

둘은 다시 길을 갔다. 전처럼 일 장 정도 거리를 둔 채였다. 마을에 도착하면 강연수는 객점에 묵었지만 돈이 없는 장소산은 길거리에서 그냥 잤다. 음식 역시 강연수는 사 먹었지만 장소산은 구걸을 하거나 실패하면 그냥 굶어야 했다.

"이봐, 거지. 나에게 구걸을 해보지 그래?"

강연수가 놀렸지만 장소산은 무시하고 무공총람 신법편의 내용을 생각하며 어떻게 하면 그녀를 이길 수 있을까 고민했다. 그리고 잠시 쉬는 틈틈이 신법을 연습했다. 어느 정도 한두 가지의 신법에 익숙해지자 장소산은 소리쳤다.

"다시 싸워보자!"

기다리고 있던 강연수는 즉각 응대했다.

"얼마든지."

장소산은 숨을 가다듬고는 땅을 박차고 훌쩍 뛰어 강연수를 덮쳤다. 강연수는 이번에도 장소산을 밀어 넘어뜨리려고 손을 뻗었다. 그런데 그 순간 장소산이 공중에서 몸을 반 바퀴 회전시켜 공격을 피하더니 바로 눈앞까지 접근하는 것이 아닌가?

강연수는 깜짝 놀라 피하며 양손을 번개같이 놀렸다. 화산파의 절기인 매화십삼수였다. 강소산은 신법을 펼쳐 다시 공격을 피했다. 그런데 몇 번 피하고 나니 연습해 둔 신법의 변화를 모두 다 써버리고 말았다. 별수없이 아직 연습하지 않은 신법을 펼쳤고, 이번에도 강연수의 손에 맞아 넘어지고 말았다.

장소산은 즉시 벌떡 일어나 소리쳤다.

"내일 다시 싸우자!"

강연수는 고개를 끄덕였다.

"좋아!"

다음날도 장소산은 몇 개의 신법을 더 익히고 강연수에게 도전했다. 하지만 이번에도 연습한 것을 다 써버리자 지고 말았다. 전에 한 번 펼쳤던 것은 다시 펼쳐 봐야 이미 상대가 알고 있어 제대로 효과를 발휘할 수 없었다.

하루에 익힐 수 있는 신법의 변화는 두세 가지이고, 다 쓰면 언제나 패했다. 장소산은 무공총람을 꺼내 읽으며 고민에 빠졌다.

'이런 식으로는 책 속의 모든 변화를 다 익혀도 못 이기겠구나. 열심히 익혀봤자 한 번 쓰면 쓸모가 없으니 무슨 소용이람?'

무공총람은 뒤로 갈수록 신법이 복잡하고 오묘했다. 장소산은 이제까지는 앞쪽의 익히기 쉬운 것만 익혔는데 기대에 못 미치자 뒷부분의 어려운 부분으로 넘어갔다. 그런데 뒷부분의 신법은 너무나 기묘하고, 과연 인간의 몸으로 익힐 수 있는 것인지 의심까지 갔다.

'아니, 무슨 수로 허공에서 이 자세로 갑자기 몸을 뒤집을 수 있을까? 어떻게 바닥에 등을 대고 누워 팔다리를 쓰지 않고 일 장이나 솟구칠 수 있지?

장소산이 처음 이 책을 읽었을 때, 그는 삼분의 일 정도를 봤다. 그때는 세상에 이처럼 신묘한 신법이 다 있냐고 감탄했는데, 뒤로 가니 누군가 골탕 먹이려고 말도 안 되는 내용을 써놓은 것이 아닌가 하는 생각이 들었다.

짜증이 난 그는 마구 책장을 넘겼다. 그러다 보니 어느새 마지막 장에 이르렀다. 그런데 마지막 장에는 신법이 아닌 설명이 적혀 있었다.

사람이 아무리 빨라봐야 한계가 있다. 사람이 펼칠 수 있는 속도라면 역시 사람이 막을 수 있다. 빠른 것은 시간이 지나면 익숙해지기 마련이다.

보통 무인들은 신법이 빠르면 빠를수록 좋다고 여기지만 이는 동전의 앞면만 보고 뒷면이 있음을 알지 못함이다.

빠름과 느림, 이 두 가지가 함께 존재하여 조화를 이루어야 진정한 신법의 진수이다.

장소산은 그 의미를 곰곰이 생각해 보았다.

'빠른 것에는 한계가 있다. 시간이 지나면 익숙해진다. 빠름과 느림이 함께 존재해야 한다.'

그는 순간 머리 속이 환해지는 것을 느꼈다.

"그렇구나!"

그는 한 가지 깨달음을 얻을 수 있었다. 신이 난 그는 지금까지 익힌 신법들을 다시 연습했다. 지금까지 몰랐던 변화 속에 담긴 또 다른 변화를 알게 되었다.

다음날, 그는 강연수와 다시 대결하게 되었다. 그는 시작하자마자 역시 신법을 펼쳤는데, 강연수는 의아해했다. 그가 펼치는 변화는 어제 것과 똑같은 것이었기 때문이다.

'과연 이 녀석이 밑천이 다 떨어졌나 보구나.'

그녀는 요 며칠간 장소산이 끊임없이 기기묘묘한 신법을 끝도 없이 펼쳐 내자 내심 두려운 마음이 들고 있었다. 그런데 지금 보니 더 이상 새로운 신법의 변화가 없어 보이자 안심하고 손을 뻗었다.

강연주는 장소산의 신법이 앞으로 가는 듯싶다 몸을 돌리며 번개처럼 오른쪽으로 향한다는 것을 알고 장소산이 오른쪽으로 올 때에 맞추어 손을 뻗었다. 그런데 그녀가 손을 뻗었을 때 장소산은 그제야 오른쪽으로 몸을 트는 중이었다. 그러자 그녀의 손은 공격이 아닌 상대가 공격하라고 팔을 내밀어 대준 꼴이 되고 말았다.

"앗!"

깜짝 놀란 그녀는 손을 움츠렸다. 속으로 큰일날 뻔했다고 생각하며 그녀는 장소산의 신법을 자세히 살폈다. 어제보다 느려져 있었다. 방금 전 상황이 그렇게 된 것은 자신이 그 점을 모르고 너무 빨리 공격을 했기 때문임을 알 수 있었다.

그녀는 안심하고 다시 손을 뻗어 장소산을 치려 했다. 그런데 이번에는 갑자기 빨라져 순식간에 피해 버리는 것이 아닌가?

장소산의 신법은 느려졌다 빨라졌다 하여 종잡을 수가 없었다. 게다가 빨라질 때는 전광석화 같았다. 강연수는 가슴이 철렁했다.

'이 녀석의 몸놀림이 어떻게 갑자기 빨라졌지?

사실 장소산의 움직임이 빨라진 것이 아니었다. 느리다가 갑자기 빨라지니 상대적으로 더 빨라졌다고 느끼는 것뿐이었다. 그녀는 속도 변화에 적응하지 못하고 쩔쩔맸다.

'이대로는 안 되겠다!'

강연수는 이러다간 자신이 패할지도 모른다 생각하곤 정신을 가다듬고 전심전력을 다해 화산의 절묘한 초식을 펼치기 시작했다. 이제까지 그녀가 사용한 것은 매화십삼수뿐이었지만 이제는 이형권, 화형권, 복호권, 죽엽수 등 자신이 배운 절학을 모조리 펼쳤다. 하지만 시종 장소산의 몸을 아슬아슬하게 스쳐 갈 뿐이었다. 반면 장소산도 피하기에 바빠 공격 한 번 하지 못했다.

근 반 시진의 겨룸은 마침내 끝이 났다. 결과는 장소산의 패배였다. 신법 덕분에 공격을 피할 수는 있었으나 시간이 지나자 내공이 달려 결국 패할 수밖에 없었던 것이다.

이기긴 했지만 강연수 역시 지쳐 버렸다. 그녀는 상대의 신법에 감탄하지 않을 수 없었다.

"네 신법의 이름이 뭐지?"

장소산은 히죽 웃고는 대답했다.

"광견회피라는 신법이지. 미친개의 이빨을 피하는 데 이보다 더 뛰어난 무공을 없지."

강연수를 미친개라고 놀린 것이었지만 그녀는 개방에 타구봉법이란 이름은 속되지만 신묘한 봉법이 있다는 것을 들은 적이 있기에 신법에 개가 들어간다고 해도 이상하게 생각하지 않았다.

"좋아, 우리 내일 다시 겨뤄보자."

"좋지!"

장소산은 생각했다.

'나는 오늘 몇 번이나 좋은 공격 기회를 잡았다. 하지만 신법을 펼쳐 피하는 데만 정신이 팔려 공격할 생각을 하지 못했다. 피하기만 해서야 어찌 이길 수 있겠는가. 내일은 반드시 공격을 하여 승리해야겠다.'

그러나 다음날 장소산은 반각도 못 되어 패하고 말았다. 공격해야겠다는 생각이 앞서는 바람에 신법이 약해졌기 때문이다. 실망하던 그는 임한정의 무공총람 필사본을 떠올렸다.

'한 권의 무공총람으로 피하는 법을 배웠으니, 다른 한 권으로는 공격하는 법을 배워야겠다.'

그는 임한정의 무공총람 필사본에서 몇 가지 쓸모있는 부분을 골라내 익혔다. 덕분에 몇 번의 날카로운 공격을 해 강연수를 놀라게 할 수는 있었지만 신법처럼 놀라운 위력을 보일 수는 없었다. 임한정의 무공총람 필사본은 원본의 반도 안 되고, 내용도 정확하지 않았기 때문이다.

결국 장소산은 낙양까지 가는 동안 단 한 번도 강연수를 이길 수 없었다. 하지만 그는 이제 승패에 연연하지 않았다.

'원래 나와 그녀는 무공 차가 크게 났다. 그런데 불과 보름도 되지 않아 차이가 거의 없어졌다. 앞으로 일 년, 아니, 반년이면 그녀를 능가할 수 있을 것이다.'

4

싸우는 데 정신이 없는 와중에도 길을 가는 것을 멈추지 않아 둘은 마침내 낙양에 도착할 수 있었다. 장소산은 임한정의 집을 몰랐지만

강연수의 뒤를 따르기만 하면 되니 길을 찾는 문제는 신경 쓰지 않아
도 되었다.

"임 숙부님을 만나면 네 거짓말이 탄로날 테니 지금이라도 용서를
구하는 것을 좋을걸."

강연수가 말했지만 장소산은 말없이 웃어주었다. 강연수는 어디 두
고 보자며 임가장의 문을 두드렸다. 그런데 한참을 기다려도 아무도
나오지 않았다.

"이상하네?"

주인이 없더라도 최소한 하인 하나 정도는 남겨져 있어야 정상이다.
강연수가 의아해하며 문을 미니 문은 힘없이 열렸다. 안으로 들어간
그녀는 소리쳐 사람을 불렀다.

"아무도 없나요?!"

그러나 그녀의 외침은 허공 속에 흩어져 사라질 뿐이었다. 대낮임에
도 불구하고 넓은 장원에 아무도 없다는 사실에 강연수는 겁이 났다.
그녀는 장원 안을 돌아다니며 소리쳐 불렀다.

"임 숙부! 이 사숙! 임 매!"

대답이 없자 강연수는 집 안까지 들어가 살펴보았지만 아무도 없었
다. 가구나 일상용품까지 아무것도 남아 있지 않고 텅 비어 있었다.

"이게 어떻게 된 일이지?"

장소산은 대충 사태가 짐작이 갔다.

'임한정 가족은 나처럼 시간을 지체하지 않았을 테니 집에 훨씬 빨
리 올 수 있었을 것이다. 아마도 집에 돌아와서도 안전하지 못하다 여
기고 최진방이 공격해 올까 봐 자산을 정리하고 떠난 것이겠지.'

그는 집 안을 뒤지고 있는 강연수를 보며 쓸데없는 데 시간 낭비한

다 생각하며 말했다.

"여기서 찾는 것보다 근처에 사는 사람들에게 사정을 물어보는 것이 빠르지 않겠소?"

듣고 보니 일리가 있는 말이라 고개를 끄덕인 강연수는 집밖으로 나가려 했다. 그런데 막 문을 여는 순간, 담장 위로 훌쩍 뛰어오르는 인영이 보였다. 장소산은 급히 강연수의 입을 틀어막고 집 안으로 들어갔다.

"읍! 읍!"

워낙 갑작스러워 피하지 못하고 잡혀 버린 강연수는 발버둥 쳤다. 장소산은 창밖을 내다보았다. 담장을 넘어 들어온 사람은 다름 아닌 최진방이었다. 그는 그녀의 귀에다 작은 소리로 말했다.

"절대 소리를 내지 마시오. 무서운 적이 왔소."

강연수가 고개를 끄덕이고서야 장소산은 손을 풀었다. 강연수는 불신의 빛을 띠며 작은 소리로 물었다.

"누가 왔다는 거지?"

"소면신귀 최진방."

그의 이름과 악명을 그녀도 들은 바 있기에 표정이 변해 밖을 내다보았다. 최진방은 정원을 돌며 집 안의 기척을 살피고 있었다. 아무래도 곧 안으로 들어올 것 같았다.

"집 안에 어디 숨을 데 없소?"

장소산의 질문에 강연수는 잠시 생각하다 대답했다.

"지하실이 있어."

그녀는 장소산을 안내해 지하실이 있는 장원 서쪽으로 이동했다. 그런데 그때 휙 하는 바람 소리와 함께 최진방이 앞을 가로막는 것이 아닌가? 그는 정문으로 들어오지 않고 인기척이 느껴지자 곧바로 창문을 통해 안으로 들어온 것이다.

최진방은 곧바로 장소산을 알아보았다. 그는 히죽 웃으며 물었다.

"임한정 부부는 어디로 빼돌렸지?"

그는 채평안과 장소산에게 당해 뺑소니를 친 후 다시 임한정 부부를 쫓을까 말까 망설였다. 쫓아가 봐야 이미 늦은 것 같았기 때문이다. 그리고 그때서야 그는 자신의 품에 있던 무공총람이 바꿔치기 당해 있다는 것을 알아차렸다.

자신이 무공총람을 가지고 있다는 것을 아는 사람은 극소수고, 그중에 최근 만난 사람이라고는 임한정 부부밖에 없었다. 최진방은 장소산이 훔친 줄은 꿈에도 모르고 임한정이 함께 길을 가는 동안 그들이 훔쳤다고 확신했다.

상대의 무공총람을 빼앗으려다 오히려 자신의 것을 빼앗기고 말았으니 이 얼마나 기가 막힌 일인가! 최진방은 길길이 날뛰며 임한정 부부를 찾다가 이곳까지 온 것이었다.

장소산은 상황이 위급하게 되었다고 생각했지만 빈틈을 보이지 않기 위해 웃는 낯으로 반문했다.

"그걸 왜 저에게 물으십니까?"

최진방은 화가 치밀어 목소리를 높였다.

"빨리 그것들이 있는 곳을 말해라! 그렇지 않으면 네놈의 사지를 찢어버리겠다!"

강연수는 상대의 태도로 보아 임한정 부부의 적이라는 것을 알 수 있었다. 그녀는 검을 빼 들며 물었다.

"두 분을 왜 찾지?"

최진방은 그녀의 검이 화산파의 것이라는 것을 알아차렸다. 동시에 임한정이 딸을 화산파의 풍파천에게 맡겼다고 말한 것을 기억해 냈다.

"네가 임한정의 딸년이구나. 그것참, 잘됐군!"

임한정의 딸 임예정은 이제 겨우 열두 살의 어린아이고, 눈앞의 강연주는 열일곱 살의 처녀티가 나는 소녀이다. 척 봐도 구별할 만큼의 큰 차이였지만 임한정에게 어린 딸이 하나 있다는 말만을 들었던 최진방은 강연수를 임예정으로 착각해 버렸다.

'자기 딸이 잡혀 있으면 임가 놈이 무공총람을 내놓지 않고는 못 배길 것이다.'

생각을 정한 최진방은 강연수가 진실을 밝힐 틈조차 주지 않고 다짜고짜 손을 써서 그녀를 사로잡으려 했다.

강연수는 상대가 곧바로 손을 쓰자 당황했지만 이미 검을 뽑고 어느 정도 대비를 하고 있었기에 재빨리 상대의 손아귀를 피하고는 검을 찔렀다.

"얍!"

"어린 것이 제법이군!"

최진방은 손을 움츠리고는 신법을 펼쳐 단숨에 지척으로 접근하여 금나수법으로 강연수의 맥문을 잡으려 했다.

얼마 전까지의 강연수라면 귀신처럼 다가온 최진방의 신법에 놀라 대항하지 못하고 잡혀 버렸을 것이다. 그러나 요 며칠간 장소산이 기기묘묘한 신법을 펼치는 것을 보았기에 최진방의 신법에 당황하지 않고 왼손으로 이형권을 펼쳐 최진방의 어깨를 후려쳤다.

"어?"

상대의 대응이 신속하자 최진방은 깜짝 놀랐다. 그는 두 번이나 상대를 잡는 것에 실패하자 경시하는 마음을 버리고 공격을 펼쳤다.

실력 차가 뚜렷했기에 강연수는 곧바로 열세에 놓이게 되었다. 그때 옆에서 보고 있던 장소산이 뛰어들어 그녀를 도왔다. 그러자 놀라운 일이 벌어졌다. 둘의 손발이 척척 맞아떨어지며 놀라운 위력을 나타내는 것이 아닌가?

장소산과 강연수, 이 둘은 낙양으로 오는 동안 줄곧 싸워왔다. 덕분에 상대의 무공을 속속들이 알게 되어 서로의 부족한 점을 메우게 되었고, 강적을 맞게 되어 한마음 한뜻으로 힘을 합치자 놀라운 상승 효과를 만들어낸 것이다.

최진방은 둘의 합공이 위력적이자 당황했다. 이곳은 집 안이라 자신의 절기인 신법을 펼치기에 적합하지 않은 데다가, 그는 평소에 상대를 일격에 살해하는 악랄한 공격만을 장기로 삼아왔다. 그런데 강연수를 사로잡을 생각에 살초를 쓰지 못하자 가진 무공의 절반도 내지 못했다.

상황이 이렇게 되자 그는 조금씩 뒷걸음질치기 시작했다. 용기백배한 강연수는 전력으로 검초를 뿌렸고, 마침내 최진방의 팔에 검상을 남기는 데 성공했다.

"이 연놈들이!"

상처를 입자 최진방의 얼굴에는 노기가 충천했다. 장소산은 지금은 운 좋게 우위를 점하고 있지만, 그것이 얼마가지 못하리란 것을 알았다. 어중간한 검상을 입힌 것이 오히려 상대가 전력을 다하게 만들었다는 것을 깨닫고 그는 즉시 최진방의 뒤편을 바라보며 소리쳤다.

"사부님, 지금이에요! 이 악적을 해치웁시다!"

최진방은 채평안에게 당해 도망친 후로 그를 경계하는 마음을 가지고 있었다. 장소산이 소리치자 그는 정말로 뒤에 채평안이 있는 줄 알

고 깜짝 놀라 뒤를 돌아보았다. 그때를 노려 장소산은 강연수의 팔을
잡아끌며 창밖으로 도망쳤다.

'속았구나!'

최진방은 속았다는 것을 깨닫고 장소산과 강연수를 추격하려다가
검상을 입은 자신의 팔에서 피가 나 옷이 피로 물들어 있는 것을 보았
다.

"망할 연놈들!"

상처는 그다지 대단치 않았지만 그는 일단 옷을 찢어 상처를 싸맸
다.

"네놈들이 어디까지 도망갈 수 있나 보자."

최진방은 밖으로 뛰쳐나갔다. 둘의 모습은 보이지 않았지만 그들이
아무리 빨라봐야 이 근처에 있을 것이 분명했다. 그는 지붕 위를 뛰어
다니며 소리쳤다.

"이것들아, 배알이 있으면 나와 덤벼봐라!"

그때 장소산과 강연수는 집 안에 있었다. 최진방이 밖으로 도망쳤을
것이라 생각하고 쫓을 것을 노려 밖으로 나오자마자 다시 집 안의 한
방으로 숨어든 것이다.

강연수는 지붕 위에서 최진방이 고래고래 소리 지르는 것을 보며 킥
웃었다. 그리고 장소산을 바라보는데 마침 장소산도 그녀를 돌아보았
다. 둘의 시선이 마주치자 둘 다 자신도 모르게 빙그레 웃었다.

둘은 낙양으로 오는 동안 내내 싸우는 것이 일이었는데, 이번에 함
께 힘을 합쳐 강적과 싸우고 위기를 극복하자 자신들도 모르게 마음이
통하게 된 것이었다. 하지만 호승심이 남아 있던 둘은 즉시 표정을 굳
혔다.

"이봐, 이제 어떻게 할 거야?"

강연수의 질문에 장소산은 퉁명스럽게 대꾸했다.

"어떡하긴 뭘 어떡해. 기회를 보다 도망치는 것밖에 더 있겠어?"

"그러니까 내 말은 어떻게 도망치냐고?"

"일단 아까 말한 숨기 적당한 지하실이란 곳에 가보자."

둘은 최진방에게 들키지 않게 살금살금 이동했다. 강연수는 복도 끝의 바닥을 더듬더니 덮개를 들쳤다. 얼핏 보기에는 그냥 바닥인데 자세히 보니 숨겨진 입구가 있었던 것이다.

장소산이 보니 일부러 은밀히 만들어놓은 것 같은데, 아무리 친하다고 해도 집안 외 사람인 강연수가 알고 있는 것이 의아해져서 물었다.

"임한정 부부가 알려주었소?"

"아니, 전에 놀러왔을 때 예정이와 숨바꼭질하다 알게 됐지. 예정이가 여기에 숨은 것을 내가 반나절을 찾다가 결국 못 찾았으니 그 노괴도 찾지 못할 거야."

둘은 안으로 들어가 위의 덮개를 덮었다. 안은 빛 한 점 들어오지 않아 깜깜했는데 강연수가 등잔을 찾아 불을 켰다.

"여기 하루쯤 있다가 나가자."

강연수의 말에 장소산은 고개를 끄덕이고는 안을 둘러보았다. 다섯 평 정도 되는 좁은 공간에 한쪽에는 오래두어도 괜찮을 말린 음식과 물통이 쌓여 있었다.

'적어도 한 달은 숨어 있어도 문제없겠구나. 그런데 임한정 부부는 뭐가 무서워서 자기 집에다 이런 공간을 만들어두었을까?'

강연수와 장소산은 서로 마주 보고 앉았다. 혹시나 밖에서 최진방이 들을까 봐 소리도 내지 못하고 둘은 말없이 있었다. 강연수는 피곤했는지 꾸벅꾸벅 졸기 시작했고, 장소산은 그냥 있기 심심해서 여기저기 살펴보았다.

'응?'

장소산의 눈에 뭔가 묘한 것이 눈에 띄었다. 벽돌로 쌓인 벽에 한 벽돌 가장자리의 횟가루가 유독 많이 떨어져 있었던 것이다.

'어쩌면?'

벽돌을 잡아당겨 보았다. 예상대로 벽돌은 쑥 빠져나왔다. 벽돌이 빠져 생긴 구멍에 손을 넣어보니 뭔가가 만져졌다. 꺼내보니 기름종이에 싸인 책이었다.

장소산은 보지 않아도 무슨 책인지 알 것 같았다. 기름종이를 펴보니 역시나 그의 생각대로였다.

무공총람 수공편.

그는 이렇게 또 한 권의 무공총람이 자신의 손에 떨어지자 신기하지 않을 수 없었다.

'난 이 책과 묘한 인연이 있는 모양이구나.'

악인들의 모임

장소산은 주인이 있는 책이니 자신의 것이 아니란 생각에 다시 원래 자리에 놔두는 것이 옳다고 생각했다. 하지만 동시에 다른 생각도 들었다.

'그래도 몇 장 본다고 뭐라 하진 않겠지? 이미 나에게는 필사본이 있고 말이야.'

그는 길을 가며 임한정이 쓴 필사본을 읽었으나 내용의 빈틈이 많고, 이해할 수 없는 부분이 많았다. 어쩌면 임한정이 일부러 엉터리로 썼을지도 모른다고 생각했다. 그래서 원본을 보고 제대로 된 내용인지 확인하고 싶어졌다. 그는 잠시 망설이다 책을 펼쳤다. 그런데 앞장부터가 필사본과는 다른 문장이었다.

진기를 손에 실어 손을 보호하고 위력을 높인다. 이것이 수공의 기본이다.

장소산은 어이가 없어졌다. 공격을 할 때 기를 싣는 것은 그도 당연히 아는 무공의 기본이었다. 문제는 어떻게 기를 싣는지 전혀 설명이 안 되어 있다는 것이다.

세상의 무공은 무수히 많고, 진기를 운용하는 법도 각양각색이다. 각 무공에는 그에 맞는 기의 운용법이 존재하고, 그것이야말로 초식의 형을 보는 것만으로는 절대 익힐 수 없는 진정한 요결이라 할 수 있었다.

그런데 이 책에는 그 알맹이가 쏙 빠져 있는 것이 아닌가! 그러고서 누구나 당연히 할 수 있는 것처럼 써놓았으니 어이가 없을 수밖에 없었다.

"뭐야, 이건?"

장소산은 황당해하며 다음 장을 넘겨보았다. 이번에는 다행스럽게 손을 단련하는 법이 자세히 적혀 있었다. 수공이란 손을 무기와 같은 위력을 나타내게 하는 것으로, 손을 단련하는 것은 당연하다 할 수 있었다.

"이건 제대로군."

그런데 단련법 맨 마지막에는 또 황당한 글귀가 적혀 있었다.

손을 단단히 단련하면 위력은 높아지나 섬세함이 떨어진다. 어느 정도 적당히 성취가 보이면 그만두는 것이 좋다.

이번에는 단련하지 말라니? 장소산은 의심이 생겼다.

'분명 무공총람 신법편에는 신묘한 신법이 적혀 있었다. 하지만 이 수공편은 뭔가 이상하다. 혹시 가짜가 아닐까?

장소산은 품에서 신법편을 꺼내 수공편과 대조해 보았다. 놀랍게도 두 책의 필적이 전혀 다른 것이 아닌가!

'가짜로구나!'

장소산은 당연히 각 권의 무공총람이 같은 사람이 쓴 것이라 생각했다. 그렇다면 당연히 필적이 같아야 맞다. 그는 자신도 모르게 실소를 터뜨렸다.

"최진방은 이 가짜 비급을 노리고 그 고생을 하고 있으니 사실을 알면 얼마나 기가 막힐까!"

그런데 순간 머리 속에 떠오르는 생각이 있었다.

'아니다! 분명 이 수공편에는 뛰어난 무공이 적혀 있다. 가짜에 왜 이런 내용이 쓰여 있겠는가.'

장소산은 한참을 궁리해 보았다. 덕분에 한 가지 가설을 떠올릴 수 있었다.

'이 무공총람은 가짜이다. 하지만 진짜와 거의 흡사한 가짜이다. 임한정은 원본을 다른 곳에 숨겨두고 적당히 진짜와 내용이 비슷한 가짜를 따로 만들어 다시 숨겨둔 것이다. 나중에 적이 나타나 무공총람을 내놓으라고 핍박할 때 이곳에 와서 숨긴 가짜 책을 내놓으면 누가 그걸 가짜라고 생각하겠는가.'

장소산은 정말 교묘한 수법이 아닐 수 없다고 생각하며 혀를 내둘렀다. 그는 책을 다시 원래 자리에 두려다 나중에 쓸모가 있을지도 모르겠다는 생각이 들어 품에다 넣었다.

'우리가 이곳에 숨은 지 네 시진 정도 지났다. 최진방이 갔을지도 모르겠군.'

그는 살짝 위의 덮개를 들추고 밖을 내다보았다. 밖은 어두워져 있고 나뭇잎 떨어지는 소리까지 들릴 정도로 조용했다.

'아무래도 간 것 같군.'

장소산은 서두르지 않고 계속해서 밖의 동정을 살폈다. 최진방이 근처에 숨어 있을지도 모르기 때문이다. 한참을 기다려도 아무 소리가 안 들리자 그제야 그는 밖으로 나와 살금살금 걸어갔다. 그런데 그때 정원 쪽에서 사람의 말소리가 나는 것이 아닌가?

'아이쿠!'

당황한 장소산은 재빨리 다시 비밀 장소로 가려 했지만 이미 그곳과는 상당히 멀어져 있었다. 급한 김에 그는 기둥을 타고 대들보 위에 숨었다. 말소리의 주인공들은 자기들끼리 대화를 나누며 집 안으로 들어오고 있었다.

"책이 과연 집 안에 있을까요? 전 아무래도 다른 곳에 숨겨둔 것 같습니다."

"하지만 어쩔 수 없지 않은가. 임가 놈이 말하지 않으니 짐작 가는 곳이라고는 이곳밖에 없으니."

안으로 들어온 사람은 다섯 명이었다. 그들의 우두머리로 보이는 노인은 네 사람에게 집 안을 샅샅이 뒤지도록 명령했다.

"어딘가 비밀 장소가 있을지 모르니 벽돌 하나, 바닥 구석구석까지 빠뜨리지 말고 뒤져라."

장소산은 속으로 큰일났다고 외쳤다.

'저들이 고개만 쳐들면 간단히 날 발견할 텐데!'

다행히 저들이 찾는 것은 사람이 아닌 책이었다. 그들을 혹시나 빠뜨릴까 봐 남쪽 방부터 시작해서 하나하나씩 구석구석을 뒤지고 있었다.

장소산은 자신이 있는 곳까지 오려면 어느 정도 시간이 걸린다는 것에 조금 마음이 놓였다. 어떻게 하면 도망칠 수 있을까 고민하며 저들이 뒤지는 모습을 지켜보고 있는데, 뭔가 이상하다는 생각이 들었다.

'왜 한 사람이 방 하나씩 맡지 않을까? 그 편이 훨씬 효율적일 텐데.'

그는 이들이 찾는 와중에도 동료들을 흘끔흘끔 보는 것을 보고 이유를 깨달을 수 있었다.

'아, 그렇구나! 저들은 한 명이 찾아서 다른 사람 몰래 혼자 차지할까 봐 두려워서 그러는 것이로구나.'

그런데 그때 한 명이 소리쳤다.

"여기 덮개가 있습니다!"

장소산은 당황했다.

'저들이 비밀 장소를 발견했구나!'

그는 움직일 수 없고, 비밀 장소와는 거리가 있어 저편의 상황을 볼 수 없었다. 싸우는 소리와 강연수의 날카로운 외침 소리가 들리자 그는 참지 못하고 대들보 위를 기어갔다. 어느 정도 이동하자 강연수와 침입자들이 싸우는 모습을 볼 수 있었다.

강연수는 두 명과 싸우고 있고, 다른 세 명은 주변을 둘러싸 그녀가 도망치지 못하게 막고 있었다. 이 대 일의 싸움이었지만 강연수는 밀리지 않고 막상막하의 모습을 보이고 있었다. 하지만 아직 세 명이나 남아 있으니 그녀의 승산은 없다고 봐야 했다.

우두머리인 노인은 강연수가 검을 휘두르는 모습을 보고 눈살을 찌푸리며 말했다.

"화산파로군."

강연수도 소리쳤다.

"당신들은 숭산파로군! 화산과 숭산은 같은 오악에 자리를 둔 문파로 원한이 없는데 왜 날 공격하는 거요!"

이들 다섯 명은 숭산파 사람들이었던 것이다. 그들의 복장은 일반인과 똑같았으나 문파의 고유한 무공까지는 숨기지 못했다. 강연수는 임한정이 무공을 펼치는 모습을 여러 번 봐왔기 때문에 숭산파의 무공을 금방 알아차릴 수 있었다.

노인은 대답하지 않고 앞으로 성큼성큼 나아가더니 손을 뻗어 강연수의 검을 낚아챘다. 강연수는 두 명의 숭산파 제자를 상대하는 것도 버거운 판이라 무공이 뛰어난 노인의 손을 피하지 못했다. 검을 빼앗긴 그녀는 순식간에 패색을 드러내며 사로잡혀 버렸다.

"안을 뒤지자."

노인은 강연수를 점혈하여 구석에 놔두고 비밀 장소 안으로 들어갔다. 뒤이어 다른 네 명도 들어갔다. 장소산이 무공총람을 꺼내고 벽돌을 원래대로 돌려놓지 않고 그대로 두었기에 그들은 곧 무공총람이 숨겨져 있는 벽을 발견할 수 있었다.

"이미 누가 가져갔다!"

당황하여 외친 노인은 즉시 밖으로 뛰쳐나가 강연수를 다그쳤다.

"이 안에 있던 책을 어디다 두었느냐?!"

강연수는 어리둥절해 반문했다.

"책이라니 무엇을 말이오?"

노인은 대답 대신 그녀의 품을 뒤지기 시작했다. 강연수는 거침없이 자신의 옷 속으로 들어오는 손에 가슴이 철렁했다.

"무, 무슨 짓이냐?!"

그러나 노인은 남녀 간의 법도 따위는 신경도 쓰지 않았다. 가슴이며 치마 속까지 마구 뒤졌다. 강연수는 처녀의 몸으로 이런 짓을 당하자 기가 막히고 눈물이 나왔다.

"이, 이 색마!"

노인은 샅샅이 뒤졌지만 책을 발견하지 못하자 멍하니 생각에 잠겨 있다 그녀의 외침에 정신을 차렸다.

"저 안에 있던 책은 어디에 있느냐?!"

"무슨 소린지 모르겠다니까!"

장소산이 책을 꺼내는 동안 잠들어 있던 강연수로서는 책의 행방을 모를 수밖에 없었다. 처녀의 몸으로 봉변을 당한 그녀는 바락바락 소리를 질렀다. 노인은 그녀의 아혈을 봉해 버리고는 서성거리며 중얼거렸다.

"임가 녀석이 가져간 것일까? 아니, 분명 그의 몸에는 없었다. 그렇다면 이곳에서 책을 꺼냈다가 우리가 노리는 것을 알고는 재빨리 또 다른 곳에 숨겨둔 것일까? 그래, 아마도 그럴 가능성이 가장 높겠군. 그는 여관에 묵고 있었으니 숨겨둘 만한 곳이야 몇 군데 안 될 것이다."

생각을 정한 노인은 다른 네 명에게 말했다.

"돌아가자. 이곳에는 없는 모양이다."

한 명이 물었다.

"저 여자는 어떡할까요?"

노인은 강연수를 흘금 보고는 냉정히 말했다.

"우리 일을 보았으니 죽일 수밖에."

강연수는 안색이 새파래졌다. 숨어 있던 장소산도 다급해졌다.

'어떻게 그녀를 구하지?'

그런데 그때였다. 웃음소리가 들리며 한 인영이 번개처럼 숭산파 사람들 앞에 나타났다.

"여기 있었군!"

나타난 사람은 다름 아닌 최진방이었다.

2

최진방은 도망친 장소산과 강연수를 찾아 낙양 시내를 샅샅이 뒤졌으나 실패했다. 결국 놓쳤다고 인정할 수밖에 없었던 그는 혹시나 하는 생각에 다시 이곳으로 돌아온 것이었다.

숭산파 노인은 최진방의 놀라운 몸놀림을 보고 경계하며 물었다.

"그대는 누구요?"

최진방은 반문했다.

"그러는 너는 누구냐?"

숭산파 노인은 살짝 인상을 찌푸렸다.

"내가 먼저 물었소."

그때 강연수가 무언가 말하고 싶은 듯 꿈틀거렸다. 점혈당한 것을 알아차린 최진방은 재빨리 그녀에게 다가가서는 아혈을 풀고 물었다.

"저들이 누구지?"

최진방의 몸놀림이 너무 신출귀몰해 숭산파 사람들은 막을 수 없었다. 아혈이 풀린 강연수는 독기 어린 눈으로 숭산파 노인을 노려보며 외쳤다.

"저자는 숭산파 사람인데 책을 가지고 있어요!"

그녀는 책이 뭔지도 몰랐다. 단지 숭산파 사람들이 뭔가 귀중한 책을 이 집에서 찾고 있고, 최진방 역시 이 집에 온 것이 그 책 때문이 아닐까 짐작할 뿐이었다. 그런데도 그녀가 이렇게 외친 것은 자신의 몸을 마구 뒤진 숭산파 노인에게 뭐라도 복수를 하고 싶어서였다.

"뭣이?"

최진방은 숭산파 사람들을 살폈다. 그는 전에 숭산파 사람들이 무공총람을 노리고 임한정 부부를 공격하는 것을 보았다. 그리고 이번에는 임한정 부부의 딸을—그는 강연수를 임한정 부부의 딸로 착각하고 있었다—잡아 핍박하고 있으니 강연수의 거짓말을 의심하지 못하고 그만 속아 넘어가고 말았다.

"허허, 숭산파에서 기어이 무공총람을 손에 넣고 말았구려. 그것참, 축하드리오."

숭산파 노인은 곤란한 오해를 받게 되었다는 것을 알았지만 해명하기가 쉽지 않았다. 그는 변명을 하지 않고 물었다.

"그대는 누구요?"

최진방은 한가롭게 부채를 부치며 빙그레 웃고는 대답했다.

"나는 장삼이사라 하오."

말이 끝나자마자 최진방은 앞으로 걸어가며 순식간에 두 명의 숭산파 제자의 목에다 단검을 박아버렸다.

웃는 얼굴로 아무런 조짐도 보이지 않고 있다가 느닷없이 번개처럼 움직여 상대를 죽이는 것은 최진방의 특기였다. 두 명의 숭산파 제자는 최진방의 엉터리 이름을 듣고 누군지 생각하다가 그의 빠른 공격을 피하지 못하고 그대로 목숨을 잃고 말았다.

"네놈은 소면신귀로구나!"

숭산파 노인은 최진방의 살인 솜씨를 보고 그제야 그가 누군지 알아차렸다. 그는 노해 소리치며 공격을 퍼부었다. 남은 두 명의 숭산파 제자도 양쪽에서 협공했다.

"하하하!"

낭랑한 웃음을 터뜨리며 최진방은 뒤로 물러섰다. 세 명이 나아가는 속도보다 그의 뒷걸음질치는 속도가 더 빨랐다.

최진방은 다섯의 협공이면 자신이 힘들어질 것이라 생각해 암습으로 미리 둘은 제거한 것이었다. 이제 적이 셋으로 줄었으니 자신 쪽의 승산이 높아졌다. 그는 무리하지 않고 밖으로 나온 다음 정원을 빙글빙글 돌았다.

숭산파의 세 명은 그를 쫓아 역시 정원을 돌았다. 무공이 높은 노인은 별문제가 없었으나 다른 두 명은 계속 빙빙 돌자 어지러움을 느끼며 공격이 무뎌졌다. 최진방은 그 기회를 놓치지 않고 살초를 펼쳤다.

"아악!"

비명이 들려오며 두 명이 쓰러졌다. 이제 남은 것은 노인 하나였는데 노인의 무공은 최진방보다 떨어졌다. 두 제자의 도움으로 평수를 유지할 수 있었던 것인데 혼자가 되자 금세 수세에 몰렸다. 잠시 후 그 역시 피를 뿌리며 쓰러졌다.

셋은 아직 목숨을 잃지 않았다. 최진방이 일부러 목숨을 빼앗지 않았던 것으로, 그는 한 명을 붙잡고 물었다.

"임한정 부부는 어디 있지?"

"아… 아……."

대답을 못하고 머뭇거리자 최진방은 즉시 목을 꺾어 죽여 버리고 다음 사람에게 물었다.

“임한정 부부는 어디 있지?”

“수, 숭산으로 갔을 겁니다!”

겁에 질린 숭산파 제자는 묻지도 않은 것까지 알아서 떠들었다.

“우리가 그를 잡았습니다. 다른 사람들은 그들을 숭산으로 압송하고, 우리는 이 장원을 다시 뒤져 보기로 하고 온 것입니다.”

원래 이들은 이미 며칠 전에 이 장원의 집기들을 모조리 꺼내 부수면서까지 무공총람을 찾았으나 찾지 못했던 것이다. 그때 비밀 장소를 찾지 못했던 그들은 숨어서 임한정 가족이 돌아오길 기다렸다.

임한정은 처와 딸은 화산으로 보낸 후 자신 혼자 재산을 정리하기 위해 낙양으로 왔다. 그는 집으로 돌아오자마자 집 안이 텅 비어 있는 것을 보았다. 누군가 무공총람을 찾기 위해 집 안을 뒤진 것을 깨달은 그는 즉시 숨겨둔 장소로 가서 책이 무사한가 확인하려 하다가 생각을 바꾸었다.

‘그들이 찾았다면 확인해 보아도 이미 늦은 일이다. 상대는 내가 확인할 때를 노리고 있을지도 모른다.’

그는 즉시 화산으로 방향을 돌렸다. 숭산파 사람들은 임한정의 생각대로 그가 책을 확인하기를 기다렸으나 일이 틀어지자 몰래 그 뒤를 따랐다.

그러나 임한정은 시종일관 무공총람에 대해 드러내지 않았다. 숭산파 사람들은 결국 참지 못하고 임한정을 사로잡아 무공총람을 내놓으라고 다그쳤다. 그러나 임한정은 끝까지 말을 하지 않았고, 숭산파 사람들은 두 패로 나뉘어 하나는 임한정을 숭산으로 데려가고 또 하나는 임가장을 다시 뒤져 보기로 한 것이었다.

“저흰 무공총람을 찾지 못했습니다. 정말입니다.”

숭산파 제자가 겁에 질려 말하는 것을 보니 거짓말을 하는 것 같지는 않았다. 최진방은 곰곰이 생각했다.

'딸은 손에 넣었으니 임가 녀석이 무공총람을 내놓지 않고는 못 배길 것이다. 하지만 임가가 숭산파에 잡혀 있고, 어쩌면 책 역시 이미 숭산파에 넘어갔을지도 모른다. 나 혼자의 힘으로 숭산파 전부를 상대하는 것은 무리다.'

뭔가 마음속으로 정한 그는 목숨이 붙어 있는 나머지 두 명도 죽여버렸다. 그리고 강연수에게 다가가 말을 걸었다.

"애야, 네 부모가 숭산파에 잡혀 있다는구나. 넌 구하고 싶지 않느냐?"

강연수는 최진방이 자신과 임예정을 착각하고 있다는 것을 알았다. 비록 임한정이 그녀의 부모는 아니었지만 절친한 사이인 것은 틀림이 없는지라 그녀는 고개를 끄덕였다. 최진방은 빙그레 웃으며 말했다.

"난 지금부터 네 부모를 구하러 갈 것이다. 그러니 너도 함께 가자."

강연수는 상대방이 무서운 마두라는 것을 알았다. 거절한다고 해도 풀려날 수 있을 것 같지도 않으니, 차라리 순순히 말을 듣는 척하다 기회를 봐서 도망치는 것이 나을 것 같았다.

"알았어요. 당신을 따라갈게요."

"하하, 잘 생각했다!"

최진방은 강연수의 혈도를 풀어주었다. 그녀를 데리고 나가려던 그는 바닥에 덮개가 열려 있는 것을 발견했다. 혹시나 하는 생각에 들어가 본 그는 숭산파 사람들과 마찬가지로 벽의 구멍을 발견했다.

"이건?"

그는 숭산파 사람들과는 달랐다. 구멍과 구멍에 끼어져 있었던 것으로 추정되는 바닥에 놓인 벽돌을 자세히 살폈다. 그는 벽돌 위에 쌓인 먼지가 없는 것으로 보아 최근에 빠진 것이라는 것을 알아차렸다.

'이상하군!'

그는 밖으로 나가 죽은 숭산파 사람들의 시체를 뒤졌다. 무공총람은 나오지 않았다.

"너와 같이 있던 거지 녀석은 어디 갔지?"

"몰라요. 자다가 깨어보니 없던걸요. 치사하게 혼자 도망갔나 봐요."

대답한 강연수는 의아해하며 말했다.

"당신도 무슨 책을 찾고 있는 건가요? 하지만 난 그게 뭔지도 몰라요."

잠시 생각에 잠겨 있던 최진방은 손을 저었다.

"아니, 되었다. 가자."

둘이 장원을 떠나고 한참 후 장소산은 대들보에서 내려왔다. 그는 죽은 시체들을 둘러보고는 머리를 긁적였다.

"일이 이상하게 되었군."

그는 최진방이 숭산파 사람들과 싸우는 것을 보고 그 틈에 강연수를 구하고 싶었다. 하지만 싸움이 시작되자마자 최진방의 손에 숭산파 두 명이 죽는 것을 보고 그만두었다. 강연수를 구한다 해도 최진방이 금세 쫓아올 것 같았기 때문이다. 낮에는 요행으로 잠시 우세를 점할 수 있었지만 그와 강연수가 힘을 합쳐도 최진방의 적수가 될 수 없었다.

"어찌 되었든 그녀를 구하지 않으면 안 된다."

결심한 그는 최진방과 강연수의 뒤를 몰래 따랐다.

최진방은 강연수를 데리고 낙양을 떠났다. 그러나 그는 즉시 숭산으로 가지 않고 동쪽으로 향했다. 수십 일을 말을 타고 달린 둘은 무이산이라는 작은 산에 도착했다.

산에 도착한 최진방은 강연수를 끌고 산을 올랐다. 전에 몇 번 온 적이 있는지 그는 오르는 데 거침이 없었다. 둘은 얼마 후 한 봉우리 아래에 도착했다.

그곳에는 장원이 한 채 세워져 있었다. 최진방이 장원 앞에 걸려 있는 작은 종을 쳤다. 그러자 집 안에서 한 노인이 걸어 나왔다.

노인은 코가 찌그러지고 턱이 삐뚤어진 얼굴에 한쪽 눈은 뜨지 못했다. 얼굴이 흉할 뿐 아니라 오른팔이 없어 소매만 덜렁거리고 다리를 절기까지 했다. 몸 전체 어느 곳 하나 성한 곳이 없었다.

"아복, 잠시 이 애를 그곳에 넣어두어야겠다."

최진방의 말에 아복이라 불린 노인은 고개만 끄덕였다. 알고 보니 말도 못했던 것이다. 노인은 최진방과 강연수를 장원 뒤쪽으로 안내했다. 그의 뒤를 따라 바위들 사이를 이리저리 돌아가니 수풀이 우거진 곳이 나왔다. 아복은 지팡이로 수풀을 헤치고 들어갔다. 최진방과 강연수도 그 뒤를 따라 들어가니 그곳은 동굴 안이었다.

강연수는 놀라며 생각했다.

'수풀들 때문에 바로 앞에 있어도 미리 알고 있지 않는 한 동굴을 발견하지 못하겠구나.'

동굴 안은 입구는 좁았지만 안으로 갈수록 넓어졌다. 몇 장을 걸어가자 놀랍게도 커다란 석실이 하나 나타났다.

"안으로 들어가라."

최진방의 명령에 강연수는 석실 안으로 들어갔다. 석실 안에는 간단한 가구와 양식, 그리고 기본적인 일상용품이 배치되어 있었다. 또한 한쪽에는 나무 인형과 모래주머니 등 수련에 사용하는 도구들까지 있었다.

'이곳은 누군가 무공 수련에 사용하던 장소로구나.'

강연수가 석실 안을 둘러보고 있는데 철커덩 하는 소리가 들렸다. 깜짝 놀라 돌아보니 최진방이 석실의 철문을 닫아버린 것이 아닌가.

"아니, 이게 무슨 짓이에요?"

"나는 볼일이 있어 어디 좀 가봐야겠다. 넌 그때까지 여기서 조용히 기다리고 있어라. 필요한 것이 있으면 여기 노인에게 말하면 될 것이다."

말을 마치자마자 최진방은 아복과 함께 몸을 돌려 가버렸다. 강연수는 그에게 잡힌 이상 좋은 꼴은 보지 못하리라 짐작하고 있었지만, 이렇게 갇히고 나니 당황하여 고래고래 소리 질렀다. 그러나 아무도 들어주는 사람이 없어 한참을 외치다 힘없이 주저앉고 말았다. 그런데 그때 나지막하게 그녀를 부르는 소리가 들려왔다.

"강 소저, 강 소저."

장소산의 목소리라는 것을 알아차린 강연수는 기뻐 소리쳤다.

"나 여기 있어!"

"쉿! 조용히 하시오."

잠시 후 장소산이 살금살금 동굴 안으로 들어왔다. 그는 낙양에서부터 최진방과 강연수를 따라왔다. 하지만 임한정 부부 때처럼 손을 써서 강연수를 구하지는 못했다. 이미 최진방에게 얼굴이 알려진데다가,

한 번 당한 경험이 있던 최진방이 경계심을 풀지 않았기 때문이다. 그는 계속 숨어 있다 최진방이 사라지고 나서야 안심하고 모습을 드러낼 수 있었다.

강연수는 자신을 구하러 온 그를 보고 기쁘기도 했지만 그날 비밀 장소에서 혼자만 도망친 사실이 얄미웠다.

"이 치사한 녀석, 그때 왜 너 혼자만 도망쳤지?"

"그렇지 않으면 내가 어찌 당신을 구하러 올 수 있었겠소."

장소산은 답하며 품에서 철사들을 꺼내 철문의 열쇠 구멍에 넣고 이리저리 돌렸다. 그러자 철컹 하며 문이 열렸다. 강연수는 감탄하지 않을 수 없었다.

"너, 재주가 좋구나!"

"다 사부에게 배운 것이지."

그런데 그때 뒤에서 싸늘한 목소리가 들려왔다.

"과연 노부조차 감탄을 금할 수 없는 솜씨로구나."

깜짝 놀라 돌아보니 최진방이 서 있는 것이 아닌가! 원래 최진방은 장소산의 존재를 어렴풋이 눈치채고 있었지만 좀처럼 잡을 수 없자 다른 곳으로 간 척하여 장소산을 유인해 낸 것이었다.

동굴의 입구를 최진방이 막고 있었기에 장소산으로서는 도망칠 방법이 없었다. 장소산은 이번에는 자신 쪽이 꼼짝없이 상대에게 당했다는 것을 깨달았다.

"어이쿠, 최 선배님, 안녕하십니까."

장소산은 말하며 급히 머리를 굴렸다. 말을 늘려 시간을 끌며 도망칠 방법을 궁리하려는 것이었다. 그러나 최진방은 대꾸조차 않고 달려들어 단숨에 그의 맥문을 잡아버렸다.

"무공총람을 네가 가지고 있지?"

장소산은 웃으며 대답했다.

"절 죽이면 두 권의 무공총람은 영원히 찾지 못하겠지요."

"두 권? 내 신법편까지 네가 가지고 있단 말이냐?"

최진방은 임가장의 비밀 장소에 있던 무공총람을 최근의 누가 가져간 흔적이 있고, 강연수와 함께 있던 장소산이 보이지 않는 것으로 그가 임한정의 무공총람을 가지고 있다는 것을 알았다. 하지만 자신의 신법편까지 가지고 있는 줄은 전혀 몰랐다. 지금까지 틀림없이 임한정이 훔친 줄 알고 있었던 것이다.

"과연 네 솜씨에 노부가 탄복을 금할 수 없구나. 도둑맞은 다음에도 지금까지 네가 한 짓인지 모르고 있었다니."

최진방의 코웃음 섞인 말에 장소산은 말을 잘못했다는 것을 깨달았지만 한 번 나온 말을 되돌릴 수는 없었다. 그는 생글생글 웃으며 말했다.

"그렇습니다. 두 권 다 제가 가지고 있지요. 저만이 찾을 수 있는 곳에 숨겨놓았답니다."

최진방은 장소산의 품을 뒤져 보았다. 과연 무공총람은 그의 품속에 없었다. 최진방은 냉소하며 철문을 열고 장소산을 석실 안에 처넣었다.

"거기서 머리를 식히고 있거라."

그리고는 문을 잠그고 가버렸다.

"휴우~ 일단 목숨은 건졌군."

장소산이 안도하자 강연수는 싸늘하게 대꾸했다.

"곧 죽을 목숨이겠지."

"하지만 당장은 죽지 않을 것 아니오."

장소산은 대답하며 철문을 살폈다. 문은 밖에서 열도록 되어 있고, 열쇠도 밖에서만 꽂을 수 있었다.

"내 문 여는 재주로도 소용이 없겠구나."

그는 실망하지 않고 석실 구석구석을 살폈다. 하지만 이 석실은 원래 있던 동굴을 깎아 만든 것으로, 입구 외에는 다른 빠져나갈 구멍이 조금도 없었다.

"밖에서 열어주는 것 외에는 방법이 없겠군."

장소산은 침대 위에 털썩 주저앉았다. 강연수는 실망하여 한숨짓다가 그에게 물었다.

"그런데 무공총람이 뭐야?"

장소산은 지금까지 겪은 일을 설명해 주었다. 이야기를 모두 들은 강연수는 투덜거렸다.

"무공 비급이라는 것은 심심하면 나타나 강호에 혼란을 주는 물건이지. 그런데 왜 나는 그 비급을 본 적도 없고, 욕심도 없는데 이 고생을 해야 하지?"

석실은 둘이 살기에 충분히 넓었다. 불구노인 아복이 먹을 것을 가져다 철문의 틈으로 넣어주었고, 따로 볼일을 해결하는 장소까지 준비되어 있었기 때문에 남녀가 함께 지내는 데도 큰 문제는 없었다. 최진방이 와서 무공총람을 내놓으라고 괴롭히는 일도 없어 둘은 평안무사한 나날을 보낼 수 있었다.

하지만 장소산은 시간이 갈수록 불안함을 느꼈다. 그는 최진방이 무공총람을 숨겨놓은 장소를 알아내기 위해 자신에게 온갖 고문을 가할 것이라고 생각했다. 그런데 최진방은 고문은커녕 자신을 잡았을 때 이

후 얼굴조차 보여준 적이 없었다.

장소산은 아복에게 최진방이 어디 있냐고 물어보았다. 하지만 아복은 고개를 저을 뿐, 아무것도 말해주지 않았다.

'최진방은 도대체 어디로 갔을까? 그에게 무공총람보다 훨씬 중요한 문제가 생긴 것일까?'

그는 오랫동안 고민했지만 해답은 알아낼 수 없었다. 그러는 사이에도 시간은 계속해서 흘러 어느새 이 개월이나 지나 버렸다. 장소산은 이제는 아예 느긋해져 버렸다.

"난 거지다. 매일매일 구걸을 해도 제대로 먹기 힘들지. 그런데 가만히 있어도 알아서 먹을 것을 가져다 바치니 이렇게 좋은 곳이 어디 있겠나. 바깥보다 이곳이 훨씬 더 좋구나!"

장소산은 껄껄 웃었으나, 강연수는 입을 삐죽거리며 말했다.

"그럼 차라리 돼지로 태어나지 그랬어?"

둘은 이곳 생활의 무료함을 입씨름으로 달래는 것이 일상처럼 되어 버렸다. 보통 장소산이 말을 하면 강연수가 꼬투리를 잡고, 다시 그 말을 장소산이 받아넘기는 식이었다.

둘은 먹고 자는 시간 외에 대다수를 무공으로 싸우는 것이 아니면 말로 싸웠다. 그렇지 않으면 남는 시간 동안 할 일이 없었기 때문이다.

하루에도 수백 수천 초를 싸우니 둘은 이제 서로의 무공에 대해 모르는 것이 없을 정도로 속속들이 알게 되었다. 심지어 장소산이 화산의 무공을 펼치고, 강연수가 무공총람과 개방의 무공을 사용해 싸우는 것도 가능할 정도였다. 덕분에 둘의 무공은 크게 발전했고, 장소산은 전처럼 강연수에게 지지 않고 막상막하의 대결을 펼칠 수 있게 되었다.

이렇게 하루하루를 보내고 있을 때였다. 하루는 장소산이 자고 있는

데 강연수가 그를 흔들어 깨웠다.

"빨리 일어나 봐!"

장소산은 하품을 하며 일어났다.

"무슨 일이오?"

"문이 열려 있어."

"뭐?"

강연수의 말에 깜짝 놀란 장소산은 철문으로 가보았다. 그녀의 말처럼 철문이 살짝 열려 있는 것이 아닌가? 밀어보니 철문은 쇳소리를 내며 활짝 열렸다.

'어떻게 된 거지?'

강연수가 떨리는 목소리로 말했다.

"문이 오래되어 망가진 것이 아닐까?"

하지만 장소산이 볼 때 문은 멀쩡했다. 누군가 밖에서 열쇠로 열어준 것일 가능성이 높았다.

'혹시 함정이 아닐까? 놓아주었다가 내가 무공총람을 꺼낼 때를 노리려는 속셈일지도?'

강연수가 안절부절못하며 물었다.

"어떡하지? 나가야 할까? 함정일지도 모르지만."

말은 그렇게 해도 그녀는 나가고 싶어 어쩔 줄 모르고 있었다. 장소산은 어떻게 된 노릇인지 알 수는 없지만, 지금이 아니면 언제 이곳을 빠져나갈 수 있을지 모른다는 생각이 들었다.

"좋소. 우리 나갑시다."

4

장소산과 강연수는 석실이 있는 동굴을 빠져나왔다. 둘은 살금살금 조용히 빠져가려고 했는데 그만 장애물을 만나고 말았다. 불구노인 아복이 그들의 길을 막고 서 있는 것이었다.

석실이 있는 동굴은 장원의 뒤에 있고, 그 사이에는 바위들이 복잡하게 배치되어 있었다. 즉, 장소산과 강연수가 산을 내려가기 위해서는 우선 바위들 사이를 통과하여 장원의 뒷마당을 지나가야 했다.

아복이 서 있는 위치는 그 점에 있어서 참으로 공교로웠다. 장소산과 강연수는 그가 비키지 않으면 도저히 지나갈 수 없었다.

"아니, 저 영감은 왜 하필 저기 있는 거야?"

바위 뒤에 숨어 상황을 살피는 강연수가 초조해하며 말했다. 반면 장소산은 불구노인이 왜 그 자리에 있는가 보다 왜 이런 상황이 되었는가에 대해 의문을 느끼고 바위들의 위치를 살폈다. 잠시 생각해 보던 그는 깨달을 수 있었다.

'아, 이 바위들은 하나의 진법을 형성하고 있는 거였구나!'

상당히 오래되어 진법이 가진 힘은 상당히 퇴색하였지만 능히 혼자서 수백 명을 막을 수 있는 배치였다. 아복이 서 있는 위치가 바로 적을 막아내는 지점이었고, 덕분에 장소산과 강연수는 안에서 갇혀 버린 격이 된 것이었다.

'우리가 갇혀 있던 석실도 누군가 무공을 수련하기 위해 만들어놓은 것이 분명하다. 여기 있는 장원이나 진법, 석실 등은 강호의 고수가 사용하던 것일 것이다.'

장소산이 이런 생각을 하고 있는데 강연수가 그를 툭툭 치며 말했다.

"저 노인을 제압하고 지나가자."

최진방이 나타날까 봐 조용히 도망치려고 했지만 아복은 통 움직일 생각을 하지 않았다. 강연수는 결국 참지 못하고 손을 쓰려 했다.

"잠시만 있어보시오."

장소산이 말렸지만 강연수는 듣지 않았다. 그녀는 살금살금 다가가다 어느 정도 가까워지자 몸을 날려 아복을 습격했다. 그런데 그대로 당할 것으로 보이던 아복이 갑자기 몸을 돌리더니 번개처럼 지팡이로 찌르는 것이 아닌가?

"앗!"

아복의 솜씨는 분명히 무공을 익힌, 그것도 높은 경지에 이른 자만이 보여줄 수 있는 것이었다. 설마 그가 무공을 익혔고, 자신의 습격을 이미 알고 있을 줄은 몰랐던 강연수는 습격을 하려다 오히려 습격을 당할 꼴이 되고 말았다. 아복의 지팡이는 그녀의 요혈을 정확히 찔렀고, 그녀는 힘없이 그 자리에 주저앉고 말았다.

장소산은 강연수의 성급함을 말리려 했을 뿐, 설마 이런 결과가 나올 줄은 상상도 하지 못했다. 그는 즉시 뛰쳐나가 그녀를 구해야 할지, 아니면 그냥 지켜봐야 할지 판단을 내리지 못하고 머뭇거렸다.

그런데 그때 멀리서 누군가 오는 소리가 들렸다. 한 노인이 저편에서 이쪽으로 걸어오고 있었다.

아복도 사람이 오는 것을 발견했다. 그는 재빨리 강연수를 끌고는 바위들 사이에 숨겼다. 장소산은 돌아가는 상황을 이해할 수 없어 그냥 숨어서 멀뚱멀뚱 지켜보고만 있었다.

그사이 노인이 이곳에 도착했다. 보통 사람보다 머리 하나가 크고 염소수염을 길게 지른 자였다. 그는 아복이 사람을 숨긴 것을 보지 못하고 그에게 물었다.

"내가 첫 번째인가?"

아복은 고개를 끄덕였다. 노인은 잠시 혀를 차더니 바위 위에 앉았다. 누군가를 기다리는 모양이었다.

시간이 흘러갔다. 노인은 기다리는 사람이 오지 않자 인상을 찡그리며 중얼중얼 욕을 해댔다. 그러다 마침내 저편에서 사람이 오는 것을 발견하고는 벌떡 일어나며 소리쳤다.

"늦었잖아!"

나타난 사람은 바로 최진방이었다. 그는 빠른 신법으로 순식간에 다가와서는 대꾸했다.

"난 정시에 왔네. 자네 쪽이 너무 빨랐던 거였어."

염소수염 노인은 고개를 들어 태양의 위치를 보았다. 확실히 최진방의 말대로인지 그에게 더 이상 투덜대지 못하고 다른 사람에게 화살을 돌렸다.

"다른 두 녀석은 왜 안 오는 거야?"

"둘도 지금 올라오고 있어. 내가 발이 빨라서 먼저 도착한 것뿐이지."

최진방의 말대로 잠시 후 두 명의 노인이 나타났다. 비단옷에 금과 옥으로 장식해 부티가 흘러넘치는 노인과 키가 작고 음흉스런 표정의 노인이었다.

가장 먼저 온 키가 큰 노인이 부티가 흐르는 노인에게 말했다.

"이봐, 오지경. 자네는 돈이 넘쳐 주체할 수 없는 모양이군. 그러지 말고 나에게 좀 나눠주지 그러나."

오지경이라고 불린 부티가 넘치는 노인이 대꾸했다.

"내가 무슨 돈이 있다고 그래? 내가 돈이 많다면 자네가 무서워 여기 올 수나 있었겠나."

키가 작고 음흉스런 노인이 말했다.

"돈이야 있다가도 없는 거지. 나이가 들어서 그런 것에 연연할 필요 없네."

그러자 최진방이 웃음을 터뜨렸다.

"그 나이 되도록 여자나 밝히는 녀석이 잘도 그런 말을 하는군."

장소산은 노인들의 용모와 대화를 듣고 이들의 정체를 짐작할 수 있었다.

부티가 흐르는 노인의 이름은 오지경으로, 별호는 철면흡취라고 했다. 철면이란 사기꾼이란 뜻을 가진 은어였는데, 철면이란 별호에서 알 수 있듯이 그는 천하의 유명한 사기꾼으로 가난한 사람의 동전 한 푼까지 샅샅이 속여 뜯어내어 악명이 자자했다.

키가 큰 노인의 이름은 초연산으로 별호는 괴호패라 한다. 이자의 직업은 강도로, 부잣집에 쳐들어가 닥치는 대로 죽이고 재물을 빼앗아 관아에서 최고액의 현상금을 자랑하는 자였다.

키가 작고 음흉한 노인은 이름은 김진파로, 별호는 추광색이었다. 여자라면 어린아이부터 노파까지 미추를 가리지 않고 덮치는 광적인 색마였다.

소면신귀 최진방을 포함해 이들 네 명은 그야말로 악당 중의 악당으로, 정파의 협객들이 죽이고 싶은 자를 손가락으로 꼽을 때 꼭 포함되는 자들이라 할 수 있었다. 그러나 이들 모두 뛰어난 무공을 지니고 있어 나쁜 짓을 일삼으면서도 지금까지 잘만 살고 있었다.

장소산은 생각했다.

'끼리끼리 모인다더니 그 말이 딱 맞는구나. 말을 들어보니 저자들은 오래전부터 알고 지내던 사이 같다.'

네 명의 노인은 잠시 잡담을 주고받더니 바위들 틈으로 들어왔다. 익숙하게 위치를 잡은 그들은 훌쩍 뛰어 각기 한 바위 위에 앉았다.

이들이 자리한 위치는 누군가 이곳 바위로 된 석진 안에 들어오면 곧바로 확인해 볼 수 있고, 바로 공격이 가능한 자리였다. 이들은 이곳 석진의 배치를 잘 알고 오래전부터 그 점을 이용해 비밀스런 회합 장소로 이용해 오고 있었다.

그러나 이들도 한 가지 간과한 사실이 있었다. 누가 석진으로 들어올 것만 경계했지 이미 들어와 있는 사람은 생각하지 못한 것이다. 장소산이나 점혈된 강연수가 바위 뒤에 숨어 있었지만 그들은 밖에만 신경 쓰느라 안에 있는 둘의 존재는 까맣게 몰랐다.

자리를 잡는 것이 끝나자 먼저 오지경이 말했다.

"그래, 최가야. 네가 우리를 여기 모이자고 한 것으로 보면 네가 가진 무공총람을 내놓을 마음이 생긴 거냐?"

최진방이 피식 웃고는 대꾸했다.

"우리는 조금만 서로를 믿으면 서로 간에 무공을 크게 증진시킬 수 있음에도 그것이 되지 않아 수십 년이나 허송세월을 보내왔지. 생각해 보면 너무나 바보 같은 짓이라 생각되지 않나?"

김진파가 말했다.

"맞는 말이야. 나는 최근에 정파의 놈들에게 쫓겨 목숨을 잃을 뻔했어. 우리가 처음 계획대로 서로의 무공총람을 돌렸다면, 그깟 정파 놈들을 무서워할 필요가 없었겠지. 그야말로 강호를 종횡했을 것이 아닌가."

초연산이 코웃음 쳤다.

"말이야 쉽지. 하지만 한 놈이 두 권을 차지하고 입을 싹 씻고 있는데 어찌 믿을 수 있을까! 어디 한번 물어보자. 여기서 스스로 가장 먼저 책을 내놓아 모두에게 보여줄 수 있는 사람이 누가 있나."

그 말에 모두들 입을 다물었다. 잠시 후 오지경이 혀를 차며 말했다.

"역시나 똑같은 소리로군. 몇십 년이 지나도 똑같아. 또 시간 낭비를 했군, 또 시간 낭비를 했어!"

장소산이 이야기를 들어보니 이들은 몇 번이나 만나 같은 문제를 두고 의논했지만 늘 아무 결과도 못 낸 모양이었다.

'말을 들어보니 저들은 모두 한 권씩의 무공총람을 가지고 있는 모양이구나. 하지만 누군가 혼자서 두 권을 가지고 있을 것이라 의심하고 있는 것 같다. 내가 가진 두 권의 무공총람에다 저들이 가진 서너 권을 합하면 벌써 대여섯 권이나 된다. 도대체 이 세상에 몇 권의 무공총람이 있는 건지 모르겠군.'

최진방이 부른 세 노인은 못마땅한 표정이었다. 이번에 모인 것은 원래의 정기적인 모임이 아닌 최진방이 부른 것으로, 그들은 이번에는 뭔가 획기적인 결과를 기대하고 있었다. 그런데 이번에도 마찬가지인 것 같자 실망한 것이다.

그때 최진방이 입을 열었다.

"우리가 이렇게 된 것은 다섯 번째의 무공총람 때문이지. 우리는 우리 중 누군가가 그것을 훔쳐 몰래 가지고 있다고 의심하는 바람에 허송세월을 보내왔네. 하지만 아무래도 우린 틀렸던 것 같아."

초연산이 물었다.

“그게 무슨 뜻이지?”

“다섯 번째 무공총람은 우리가 아닌 다른 사람이 훔쳐 간 것이 아닐까 싶네.”

김진파가 소리쳤다.

“말도 안 돼! 분명 그것을 숨긴 자리는 우리밖에 모르고 있었는데 누가 훔친단 말인가?”

오지경이 흠칫 놀라며 중얼거렸다.

“설마 그 녀석이? 아니, 분명 그 녀석은 죽었는데…….”

최진방은 손을 저어 다른 사람의 말을 막고는 말했다.

“꼭 장소를 알아야 훔친다는 법은 없지. 누군가 우연히 발견했을 가능성도 있지 않은가.”

듣고 보니 충분히 가능성이 있는 말이었다. 오지경은 고개를 끄덕이고는 물었다.

“그런 말을 하는 것을 보니 뭔가 알고 있는 것 같군. 아닌가?”

최진방은 고개를 끄덕였다.

“그래, 나는 최근에 숭산파에서 자기 문파의 속가제자 임한정을 쫓고 있는 것을 알게 되었네. 그런데 알고 보니 그 이유가 바로 무공총람 때문이었어.”

“아!”

세 노인은 모두들 놀란 표정을 지었다. 초연산이 떨리는 목소리로 물었다.

“설마… 설마 그 무공총람이…….”

“그래, 맞아. 바로 우리가 잃어버린 다섯 번째 무공총람 내공편이었어.”

숨어서 듣고 있던 장소산은 놀랐다.

'분명 임한정이 가진 무공총람은 수공편이다. 최진방이 다른 세 명을 속이고 있구나!'

5

최진방의 대답에 세 노인은 잠시 할 말을 잃고 생각에 잠겼다. 한참 후에 오지경이 입을 열었다.

"임한정은 강호에 일류고수로 이름을 날리고 있지. 무공이 현 숭산파 장문인 박노해에게도 뒤지지 않는다고 하더군. 그의 무공이 그렇게 뛰어난 이유가 그의 자질이 좋아서가 아니면……."

뒤의 말은 굳이 하지 않아도 모두들 알 수 있었다. 초연산이 이를 갈며 소리쳤다.

"그놈이 우리 책을 훔쳐서 고수가 된 것이었군! 그놈은 지금 어디 있지? 당장 가서 놈을 해치우고 책을 되찾자!"

최진방이 손을 흔들었다.

"자자, 진정하게. 말처럼 쉬운 일이 아니네. 내가 좀 전에 말한 대로 숭산파에서 임한정을 쫓고 있다고 했지? 그런데 조사해 보니 이미 임한정은 숭산파에 잡혔다는 거야."

김진파가 키득거렸다.

"과연 네가 우릴 부른 이유가 그것이었군. 그렇지 않다면 이미 직접 손을 썼겠지."

최진방은 겸연쩍은 표정을 지으며 인정했다.

"그래, 맞아. 임한정 하나야 나 혼자서 처리할 수 있지만, 혼자서 문파 하나를 감당할 수는 없지."

오지경이 이리저리 계산해 보고는 말했다.

"숭산파가 비록 대문파는 아니고, 현재 임한정 외에는 그다지 특출난 고수를 배출하지 못해 세력은 그리 대단하지 않지. 하지만 수백 년의 역사를 가진 유서 깊은 문파인 것은 틀림이 없다. 아직은 알려지지 않은 숨은 고수가 있다고 해도 이상한 일은 아니야. 그런 점까지 따져 볼 때 우리 넷이 힘을 합친다 해도 숭산파를 상대로 싸워 이길 확률은 반반이라고 봐야 할 거야."

확실히 문파 하나를 상대로 싸운다는 것은 쉬운 일이 아니다. 노인들은 심각하게 생각에 잠겼다. 최진방이 말했다.

"꼭 숭산파 전부를 상대할 필요는 없지. 우리야 무공총람만 손에 넣으면 그만 아닌가. 그리고 내가 이 사실을 자네들에게 말하게 된 이유는 꼭 숭산파를 상대하기 위해서 때문만은 아니야."

그는 진지한 표정으로 세 노인을 돌아보며 말을 이었다.

"우리가 지난 세월을 헛되이 보낸 것은 바로 잃어버린 다섯 번째 무공총람 때문이었지. 하지만 숭산파에서 책을 되찾게 되면 이제 서로의 의심이 풀리게 되는 것이 아닌가. 그렇다면 이제 책을 돌려보자는 옛날의 약속을 지키는 데 아무 문제가 없겠지."

"과연 그렇군!"

세 노인의 얼굴에 절로 미소가 생겨났다. 무공총람의 무공을 익혀 절세고수가 되는 상상을 하는 모양이었다.

이들은 악명이 높아져 가자 그만큼 적들이 많아져 최근 무공의 부족함을 절실히 느끼고 있었다. 그래서 굳이 잃어버린 무공총람을 되찾지 못하더라도 어떻게든 서로의 무공총람을 교환해 보고 싶었다.

단지 필요한 것은 계기였는데, 최진방이 가져온 일은 그야말로 시기 적절하다고 할 수 있었다.

초연산이 말했다.

"나는 모두 함께 숭산파로 가서 책을 되찾자는 최가의 제안에 찬성한다. 다른 사람들은 어떤가?"

다른 두 명도 곧바로 찬성했다. 이들은 지금 즉시 숭산파로 가서 책을 되찾을 계획을 짜기로 하고 이곳을 떠났다.

네 노인이 사라지고 한참이 지난 후에야 장소산은 숨어 있던 곳에서 기어 나왔다. 그는 주변에 아무도 없다는 것을 확인한 다음 안도하며 중얼거렸다.

"최진방의 말이 거짓이든 진실이든 네 악당의 목표가 되었으니 숭산 파는 한바탕 곤욕을 치르겠구나. 그나저나 네 명을 그렇다 치고 불구 노인은 어디로 갔을까?"

불구노인 아복 역시 장소산이 숨어서 네 노인의 이야기를 듣는 사이에 어디론가 사라져 버린 것이다.

"아, 맞다. 강 소저!"

장소산은 그제야 강연수가 생각나 아복이 그녀를 숨긴 바위 뒤로 가보았다. 그녀는 여전히 점혈이 된 채로 누워 있었다. 장소산은 그녀의 점혈을 풀어주었다.

"나쁜 녀석! 왜 이제야 풀어주는 거야?"

거의 반나절 동안 점혈된 채로 누워 있었던 강연수는 온몸이 저리고 죽을 맛이었다. 그녀의 원망에 장소산은 빙그레 웃고는 대꾸했다.

"바로 근처에 무서운 고수가 넷이나 있는데 내 작은 담으로 어찌 함부로 움직일 수 있었겠소. 그나저나 이제 어쩌면 좋겠소?"

강연수 역시 바위 뒤에서 네 명의 이야기를 모두 들었다. 그녀는 인상을 쓰며 곰곰이 생각하다 말했다.

"숭산파 녀석들이 한 짓을 보면 당해도 싸. 문제는 임 숙부님 가족이 숭산파에 잡혀 있다는 거야. 숭산파든 최진방 일당이든 임 숙부님 가족을 잡으면 해를 입힐 것이 틀림없으니 우리가 구하는 편이 좋겠어."

"하지만 우리 둘로서는 숭산파와 최진방 일당 중 어느 하나에도 중과부적이오. 자칫하면 화약을 안고 불속에 뛰어드는 격이지."

강연수도 그 점을 왜 모를까. 하지만 그렇다고 모른 척할 수는 없는 노릇이다. 고민하던 그녀는 갑자기 표정이 밝아지며 말했다.

"넌 개방의 제자잖아. 개방의 분타는 천하에 널려 있다고 하니 개방의 힘을 빌리면 어떨까?"

"괜찮은 생각 같지만 내가 개방에 연락하고 위에서 허락을 얻어 고수가 파견되려면 족히 한 달은 걸릴 거요. 그때 달려가 봐야 이미 때는 늦었겠지."

강연수는 표정을 찡그렸다.

"어떻게 빨리 안 돼? 급한 대로 분타에서 쓸 만한 고수 몇 명을 부른다든지."

장소산은 어이가 없어 웃으며 말했다.

"이보시오. 그대가 보기에 내가 개방의 장로쯤 되어 보이오? 여길 한번 보시오."

그는 자신의 허리춤을 보이며 물었다.

"여기 매듭이 몇 개지?"

“하나네.”

“그건 내가 일결 제자라는 뜻이지. 아무 매듭이 없는 개방 제자가 무결, 그 다음이 일결이지. 즉, 최말단 바로 한 단계 위라는 건데, 개방의 고수 중 나보다 지위가 낮은 사람이 있을 것 같소?”

강연수는 실망했다.

“지위가 형편없네.”

“내 나이 열다섯에 개방에 입문한 것이 이제 삼 년 전인데 뭘 바라시오? 그나마 매듭 하나가 있는 것도 내 사부님이 개방 장로인 덕분이지. 장로 제자의 부탁이면 웬만한 작은 일은 분타에서 도와주겠지만 이런 큰일은 무리요.”

“아, 그럼 급한 대로 매듭을 열 개 묶는 것이 어때? 그럼 순식간에 십결 제자가 되는 거잖아.”

장소산은 황당해졌다.

“십결은 바로 개방 장문인이오. 누가 그걸 믿을까? 그리고 스스로의 직위를 속였다가는 팔다리를 잘리는 처벌을 받소.”

강연수도 그냥 한번 해본 말일 뿐이었다.

“큰일이군. 화산도 이곳과는 너무 멀어 연락할 방법이 없는데.”

“어쨌든 여길 나갑시다.”

장소산과 강연수는 석진을 나왔다. 둘은 장원을 지나 산을 내려가려고 했는데 장소산이 무슨 생각인지 걸음을 멈추고는 중얼거렸다.

“그 불구노인은 무공을 아는데 최진방들은 그것을 알고 있을까? 그는 강 소저를 제압하고도 바위 뒤에 그냥 두어 최진방들의 대화를 모조리 듣도록 방치했는데 무슨 속셈일까?”

때는 이미 늦어 밤이었다. 장원 안은 아무도 없는 듯 불이 꺼져 있었다. 장소산은 장원을 보며 생각에 잠겼다. 강연수가 불렀다.

"어서 안 오고 뭐 해?"

"잠깐 장원 안을 살펴보아야겠소."

"아니, 왜?"

장소산은 대답하지 않고 장원 안으로 들어갔다. 장원 안에는 아무도 없었다. 장소산은 혹시나 뭔가 의문점을 해결할 단서가 있을까 장원 안을 뒤졌다. 대청 벽에 걸려 있는 그림이 그의 눈에 띄었다.

'누구의 그림일까?'

그림에는 한 청수한 선비풍의 중년인의 모습이 그려져 있었다. 단순한 선비가 아닌 듯 그는 허리에 검을 차고 팔괘가 그려진 옷을 입고 있었는데, 접은 부채를 들고 한 방향을 가리키고 있는 자세가 상당히 역동적이었다.

'무공의 초식을 펼치고 있는 것 같군. 어쩌면 이 사람이 이 장원과 석진, 석실을 만든 사람일지도 모르겠군. 최진방 일당과 어떤 관계일까?'

잠시 그림을 바라보던 장소산은 다른 곳을 둘러보았지만 다른 특별한 점을 찾지 못하고 나왔다. 그는 밖에서 기다리고 있던 강연수와 함께 숭산으로 향했다.

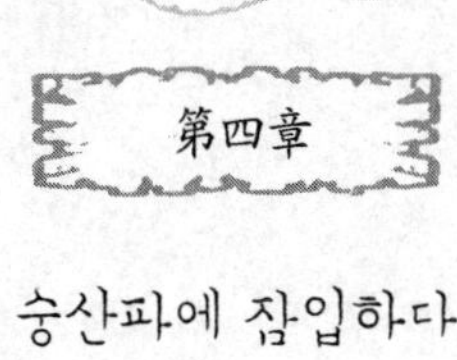

第四章

숭산파에 잠입하다

장소산과 강연수는 임한정 가족을 구하기 위해 숭산으로 향했다. 둘은 가는 도중 어떻게 하면 임한정 가족을 숭산파에서 구해내고 네 악당의 마수를 피할 것인가를 의논했다. 하지만 그다지 뾰족한 묘수는 생각나지 않았다.

결국 네 악당은 숭산파를 공격하는 혼란한 틈에 슬쩍 임한정 가족을 빼낸다는 대략적인 계획만을 잡았을 뿐이다. 그때가 되면 상황이 어떻게 변할지 알 수 없으니 자세한 사항은 임기응변으로 처리하기로 했다.

예전에 둘이 낙양으로 향할 때에는 강연수만 객점에서 묵고, 장소산은 거지답게 노숙을 하곤 했다. 하지만 이번에 둘은 함께 객점에서 묵었다. 상황이 상황이니만큼 둘이 함께 행동하기로 했기 때문이다.

물론 돈은 강연수가 냈다. 장소산은 덕분에 호의호식했다. 객점에 들를 때마다 평소에 먹고 싶던 음식이나 처음 들어보는 음식을 마구 시켰다. 강연수는 그때마다 혀를 차곤 했다.

"누가 보면 놀러 다니는 줄 알겠다."

하지만 말만 그렇게 할 뿐, 특별히 제지하기는 않았다. 그녀의 아버지는 강남의 대부호라서 지금까지 살면서 돈이 부족해 본 경험이 없었다. 실컷 비싼 음식을 시켜 먹는 것은 장소산에게는 엄청난 사치였지만 그녀에게는 아무것도 아니었다.

얼마 후, 둘은 숭산 아래까지 도달했다. 숭산이라고 하면 모두들 떠올리는 것은 바로 숭산 소림사였지만, 숭산파는 소림사와는 꼬박 하루를 걸어야 할 정도로 거리가 있었다. 둘은 숭산파 아래에 있는 작은 현의 객점에 묵었다.

장소산이 말했다.

"최진방 일당이 벌써 손을 썼는지 모르겠군. 그러니 내가 먼저 가서 알아보고 오겠소."

그 마을은 숭산파와 가까워 숭산파의 제자들이 자주 들러 야채나 의복 등을 사가곤 했다. 덕분에 숭산파의 일을 알아보는 것은 어려운 일이 아니었다.

장소산이 몇 사람에게 물어본 결과, 숭산파는 별 특별한 일이 없다고 했다. 다만 최근 제법 많은 숭산파 사람들이 어딘가로 갔다 돌아오곤 했다는 것이다.

'임한정 가족에게 무공총람을 빼앗으려는 것이었겠지. 최진방에게 숭산파 사람들이 적지 않게 죽었고, 이제는 그가 동료들까지 불러들였으니 숭산파도 큰일이 나겠군.'

객점에 돌아온 장소산은 강연수에게 알아본 바를 설명했다. 그녀는 아직 아무 일이 없다니 다행이라고 생각하며 물었다.

"그나저나 어떻게 임 숙부님 가족을 구하지?"

장소산은 답했다.

"그 문제는 나도 전부터 계속 생각했소. 일단 우리가 할 일은 숭산파에 잠입하는 거요. 호랑이 굴에 들어가야 호랑이를 잡든지 말든지 할 것 아니겠소."

"어떻게 들어가지?"

"내가 마을 사람들에게 숭산파 일을 물어볼 때, 때마침 좋은 정보가 있더군. 이번에 숭산파에서 갑자기 고기와 야채를 크게 주문했다고 합디다."

강연수는 의아해했다.

"그 정보가 무슨 소용이지?"

"우리가 숭산파가 주문한 고기와 야채를 배달하면 자연히 숭산파 안으로 들어갈 수 있지 않겠소."

듣고 보니 정말 묘안이라며 강연수는 좋아했다. 그런데 장소산은 그다지 기쁘지 않는 얼굴로 한숨을 내쉬는 것이었다.

"그런데 이 계획에는 한 가지 문제가 있소."

"무슨 문제인데?"

"이씨라는 사람이 숭산파에 고기와 야채를 대는 일을 하고 있소. 나는 그 이씨에게 집 없이 떠돌아다니는 처지라 밥 한 끼만 주면 배달을 대신해 주겠다고 했지. 그런데 이씨는 절대 안 된다더군. 그가 말하길, 숭산파에 배달하는 일은 자신의 밥줄인데 딴 사람이 대신했다가 숭산파 사람의 비위를 자칫 건드리는 날에는 자신의 밥줄이 끊긴다는 거요. 뿐만 아니라 이씨는 내가 숭산파에 대해 뭔가 노리고 있나 의심하는 눈치더군."

강연수의 얼굴에 근심이 생겨났다.

"그거 큰일이네. 그가 숭산파에 이 일을 고해바치면 우리가 위험해지는 거잖아."

장소산 역시 걱정하는 표정으로 말했다.

"이 문제를 해결할 방법이 없는 것은 아니오. 그런데 나로서는 죽었다 깨어나도 불가능하고 그대만이 해결할 수 있소."

강연수는 호기심을 보였다.

"내가 뭘 어쩌면 되는데?"

"돈 좀 주시오."

잠시 멍해졌던 강연수는 깔깔 웃었다.

"돈으로 매수를 하겠다는 거구나. 간단한 것을 가지고 왜 말을 빙빙 돌리는 거야? 그런데 돈을 주면 확실히 매수가 되긴 하는 거야?"

"내가 알아보니, 이씨는 도박으로 큰 빚이 있다니 충분히 가능할 거요."

장소산의 대답에 안심한 강연수는 전장으로 가서 가지고 있던 장신구 몇 개를 팔았다. 가격을 흥정하지 않고 싼 값에 팔았는데도 구백 냥이나 되었다. 그녀는 그 돈을 장소산에게 주며 말했다.

"가서 이씨에게 배달업을 우리에게 팔라고 해. 이 정도면 충분하겠지?"

장소산은 고개를 끄덕였다.

"충분하고도 남겠지."

그는 자신의 말 그대로 구백 냥이나 주는 것은 너무 충분하고도 남는다고 생각했다. 돈을 가지고 이씨의 집으로 가며 머리를 굴려보왔다.

'전부 다 줄 필요는 없지. 그와 흥정을 잘해서 적은 돈으로 일을 넘겨받을 수 있으면 그만큼 돈을 남길 수 있는 것이고, 남은 돈은 다른 유용한 일에 쓰면 좋은 일이잖아?'

장소산은 전에 임예정이 가진 천 냥이나 되는 돈도 건달들에게 되찾아 모조리 되돌려 준 적이 있었다. 그리고 임한정 부부를 구할 때 사용한 돈은 임예정에게 말해 받아 쓰고 한 푼도 사사로이 가지지 않았다.

그렇듯 돈 욕심이 없는 그였지만 쓸데없이 돈을 낭비하는 것은 눈뜨고 볼 수 없었다. 그는 마음을 정하고 잠시 궁리를 한 다음, 이씨의 집으로 갔다.

"무슨 일인가?"

아까 전에 왔던 소년이 다시 찾아오자 이씨는 의아해하며 물었다. 장소산은 말없이 백 냥을 꺼내 내밀었다.

"……."

이씨는 장소산을 보고 다시 돈을 보고 물었다.

"무슨 뜻이지?"

장소산은 다시 백 냥을 꺼내 백 냥에 보탰다.

"……."

이제는 이씨도 어느 정도 짐작이 가는 것이 있었다. 그는 장소산이 뭔가를 노리고 숭산파에 들어가려 한다는 것을 알았다.

"아무리 돈을 많이 준다고 해도……."

장소산은 다시 백 냥을 꺼내 보탰다.

"……."

이씨의 마음이 조금 흔들리기 시작했다. 그는 도박으로 백 냥 정도의 빚이 있었다. 숭산파에 물건을 보내는 일을 해서 한 달에 버는 돈이라고 해봐야 네다섯 냥이 고작이다. 이래서는 도박 빚의 이자도 감당하기 어렵다.

'숭산파가 어찌 되든 내가 돈을 받자마자 여길 떠서 천 리 밖에서 자리를 잡으면 나와 무슨 상관인가?'

그는 장소산의 제안을 받아들이기로 결심했다. 이제부터 문제는 얼마를 받느냐 하는 것이었다. 그런데 막상 그가 협상의 말을 꺼내려 하는데 장소산이 다시 백 냥을 꺼내놓는 것이 아닌가?

'얼씨구, 이놈 봐라?'

이씨는 상대가 이쪽이 말을 꺼내기도 전에 알아서 액수를 올리자 기쁘기도 하고, 과연 장소산이 얼마까지 내놓을 것인가 궁금해지기도 했다. 그는 이미 허락할 맘을 먹었으면서도 짐짓 어렵다는 표정을 지어 보였다.

"이 일은 참으로……."

장소산은 다시 백 냥을 보탰다. 이제 그가 내놓은 돈은 오백 냥이나 되었다. 이씨는 속으로 환호를 했다.

'이 녀석은 내가 안 된다고 할 때마다 백 냥을 내놓는구나. 어디 얼마까지 나오나 보자.'

그는 턱을 쓰다듬으며 혀를 찼다.

"아무리 그래도……."

장소산은 다시 백 냥을 내놓았다. 이런 식으로 곤란하다는 말을 할 때마다 말없이 백 냥을 내놓으니 어느새 이씨의 앞에는 팔백 냥이나 되는 거금이 놓였다. 이씨는 터지려는 웃음을 참기 위해 얼굴을 씰룩거려야 했다.

‘앗싸, 완전히 봉을 만났구나! 이참에 천 냥을 채워 어디 팔자 한번 고쳐 보자.’

그는 장소산이 가진 돈이 구백 냥까지만이라는 것을 몰랐던 것이다. 장소산은 구백 냥을 내놓아도 여전히 이씨가 난색을 표하자 한숨을 내쉬며 드디어 입을 열었다.

“아무리 돈을 내놓아도 마음이 흔들리지 않으니 당신의 신의에 소인은 탄복하지 않을 수 없군요.”

그는 꺼내놓았던 구백 냥을 다시 품에 넣고는 자리에서 일어나 고개를 숙였다.

“소인의 얕은 생각으로 대인의 마음을 사려 했다니 제가 어리석었습니다. 다신 찾아와 귀찮게 해드리지 않겠습니다.”

그리고는 몸을 돌려 나가 버리는 것이 아닌가? 고개 한 번만 끄덕이면 들어올 구백 냥이 그대로 날아가게 생기자 이씨는 다급해졌다.

‘아니, 왜 저 자식은 천 냥까지 해보지 구백 냥에서 멈추는 거야?!’

그는 달려가 장소산의 옷을 잡고 말했다.

“누가 못한다고 했나? 그러지 말고 우리 차근차근 상의해 보게나.”

장소산을 억지로 앉힌 이씨는 흥정을 시작했다.

“천 냥을 주면 원하는 대로 해주지. 어때?”

그러나 장소산은 눈살을 찌푸리더니 일어나 나가려고 했다. 이씨는 다급히 그의 옷자락을 붙잡았다.

“아이고, 이보게. 사람이 왜 이리 급하나? 사람 말을 끝까지 들어야지!”

이씨는 크게 인심 쓰는 척하며 말했다.

“좀 전에 내놓았던 구백 냥으로 하겠네.”

그런데 장소산은 이번에도 눈살을 찌푸리며 이씨의 손을 뿌리치며 나가려는 것이 아닌가? 이씨는 그에게 매달리며 소리쳤다.

"아니, 좀 전까지 구백 냥을 내겠다 하고는 왜 그러나?"

장소산은 대답없이 그저 마음에 안 든다는 표정을 하며 나가려 했다. 이씨는 그가 나가면 평생 다신 거금을 벌 기회가 찾아오지 않을 것이라 생각했다.

"팔백 냥!"

막 문을 열고 나가려던 장소산은 그 말을 듣는 순간 멈추었다. 그는 잠시 계산을 하는가 싶더니 마음에 들지 않는 듯 눈살을 찌푸리고는 다시 나가려 했다. 이씨는 급히 다시 소리쳤다.

"칠백 냥!"

장소산은 이씨가 금액을 낮추어 부를 때마다 잠시 멈추었다가 눈살을 찌푸리고 나가려 했다. 이씨는 환장할 지경이었다.

'좀 전까진 내가 말만 하면 백 냥씩 늘었는데, 이제는 내가 말만 하면 백 냥씩 줄어드는구나!'

다른 흥정 같은 경우의 그라면, 몇 푼 단위까지 오가며 상대방과 밀고 당기는 승부를 벌였을 것이다. 그러나 이번 경우는 달랐다. 장소산이 말 한마디 안 하고 그저 가겠다는 시위를 보여줄 때마다 그가 정말로 갈까 봐 팍팍 금액을 낮출 수밖에 없었다. 어디 한번 갈 테면 가보라고 배짱을 부릴 수도 없었다. 조금 전까지 눈앞에 있었던 거금이 물거품처럼 사라져 버리게 생겼고, 장소산이 틈만 주면 가버리려고 하니 붙잡기에 바빠 이성적으로 생각할 여유가 없었던 것이다.

어느새 금액은 삼백 냥으로 떨어졌다. 그러나 여전히 장소산은 가려고 했다. 이씨는 환장할 지경이었다.

"이보게! 도대체 얼마로 해야 만족하겠다는 건가?!"

장소산은 드디어 입을 열었다.

"백 냥!"

평소의 이씨라면 그 금액 정도에 절대 넘어가지 않았을 것이다. 그러나 지금 그는 완전히 장소산의 의도대로 놀아나는 상황이었다.

"이, 이백 냥으로는 안 될까?"

"그럼 백오십 냥으로 합시다."

장소산은 그것도 크게 인심 쓰는 듯한 투로 말했다. 이씨는 눈물이 나오려는 것을 참으며, 그래도 백오십 냥이면 빚을 갚고도 좀 남는다고 스스로를 위로하며 고개를 끄덕였다.

"알겠네."

장소산은 지금은 상대가 자신에게 넘어왔지만 나중에 찬찬히 이성적으로 생각하면 속았다고 생각하게 될 것이라는 것을 알았다. 단순히 화만 내고 넘어가면 좋겠지만, 만일 숭산파에 고해바친다면 자신과 강연수가 위험해지는 것이다.

"오늘 일은 누구에게도 말하면 안 되오. 만일 그랬다가는 무사하기 힘들 거요."

이씨는 협박의 말을 듣자 가슴속이 싸늘해지는 것 같았다. 그는 자신이 이제 숭산파를 배신했다는 것을 새삼스럽게 깨달았다. 상대방은 나이가 어린 것 같지만 무인인 것 같고, 무인들은 황법도 무시하는 자들이라는 이야기를 들었던지라 정말로 장소산이 맘만 먹으면 자신을 죽일 것이라 생각했다.

"여, 여부가 있겠습니까."

그는 전전긍긍하며 자신이 하는 일에 대해 설명해 주고는 돈을 받자마자 그날로 짐을 챙겨 떠나 버렸다.

장소산은 빈집이 되어버린 이씨의 집으로 강연수를 데려왔다. 그가 이씨와 홍정을 한 이야기를 해주자 그녀는 배를 잡고 웃고는 말했다.

"그 돈은 네가 번 것이나 마찬가지니 네가 가지도록 해."

"좋소, 그대가 나에게 적선한 셈 치지."

장소산은 평범한 마의 옷 두 벌을 사다가 하나는 자신이 입고, 하나는 강연수가 입게 하여 평범한 양민으로 보이게 했다. 그렇게 되니 거지였던 그는 차림이 깨끗해졌고, 반대로 비단옷을 입던 강연수의 차림은 지저분해졌다.

"하하, 이것 참 재미있군."

장소산은 크게 웃었다. 강연수도 변장이 재미가 있는지 웃었다.

"넌 변장을 하니 오히려 낫구나."

장소산은 집 뒤뜰에 있는 수레를 끌고 나왔다. 이 수레는 이씨가 숭산파로 주문한 것을 나를 때 사용하는 것이었다. 그는 수레를 가지고 야채 가게와 정육점으로 가서 숭산파가 주문한 것을 샀다.

"자, 그럼 숭산파로 갑시다. 이제부터 우리는 이씨의 사촌 조카들로 남매 간이란 것을 잊지 마시오. 우린 이씨가 몸이 안 좋아 대신 배달 일을 온 것이오."

장소산의 말에 강연수는 웃으며 말했다.

"동생아, 어서 누님이라고 불러보렴."

"쳇, 그쪽이야말로 오라버니라고 불러보시지?"

장소산은 누가 봐도 자신 쪽이 나이가 어리니 자신이 오빠 행세를 하는 것이 불가능하다는 것을 알았지만 지기 싫어 억지를 부려보았다.

그렇게 둘은 티격태격하며 산을 올랐다.

2

산길을 가팔라 짐을 잔뜩 실은 수레를 끌고 올라가는 것은 보통 일이 아니었다. 장소산과 강연수는 끌고 밀며 산길을 올랐다. 반 시진을 그렇게 올라가니 저 위로 숭산파라고 쓴 현판이 있는 문이 있고, 두 명의 숭산파 제자가 그 앞을 지키고 서 있었다.

"……."

장소산은 말없이 뒤에서 수레를 미는 강연수에게 눈짓을 보냈다. 강연수도 알겠다고 살짝 고개를 끄덕였다. 그러는 사이 수레는 문 앞에 이르렀다.

"어이, 잠깐!"

오른쪽에 서 있는 숭산파 제자가 장소산을 제지하고 물었다.

"무슨 일이냐?"

장소산은 미리 준비한 대로 대답했다.

"이씨 아저씨를 대신해서 고기와 야채를 가져왔습니다."

숭산파 제자는 장소산과 강연수를 흘긋 보고는 물었다.

"못 보던 얼굴인데?"

"예, 저와 누님은 멀리 개봉에서 왔습니다. 이씨 아저씨는 저희 고종사촌 되시지요. 개봉에서 일자리를 찾지 못해 이곳에 왔는데, 이씨 아저씨 집에 묵으며 일을 도와주기로 했습니다."

그는 숭산파 제자를 살피고는 말을 이었다.

"김 대협 되시지요? 이쪽 분은 하 대협이시고요. 저희 아저씨가 두 분께 실례되는 행동을 하지 않도록 조심하라고 하시더군요."

그리고는 동전 몇 푼을 슬그머니 쥐어주었다. 이미 이씨로부터 문을 지키는 숭산파 제자가 누구이고, 문을 통과할 때 몇 푼 쥐어주는 것이 관례라는 말을 들어두어 장소산의 행동에는 머뭇거림이 없었다.

문을 지키는 숭산파 제자는 장소산의 말에 허점을 찾지 못했고, 수레 또한 분명히 늘 보던 이씨의 것이 맞는지라 의심하지 않았다. 그는 평소보다 쥐어주는 돈이 몇 푼 많은 것을 느끼고 웃으며 고개를 끄덕였다.

"좋아, 들어가라."

"감사합니다."

장소산과 강연수는 수레를 끌고 문 안으로 들어갔다. 막 안으로 들어가는데 숭산파 제자가 강연수를 흘금 보며 중얼거렸다.

"제법 곱구나."

강연수가 변장을 한다고 했지만 타고난 미색이 은연중에 드러난 것이다. 그녀는 화가 났지만 꾹 참고 고개를 숙인 채 못 들은 척했다.

장소산은 숭산파 안으로 들어가자마자 지형을 살폈다. 중심에 커다란 연무장이 있고, 그 뒤로 커다란 집 한 채가 세워져 있다. 그 외에는 십여 채의 집이 바위 위나 여기저기에 난잡하게 있는 것이 전부였다. 산속이라 집을 지을 만한 공터가 많지 않아 그렇게 된 모양이었다. 우뚝 솟은 주변의 바위와 봉우리들이 천연의 담을 형성하고 있었지만, 얼마든지 들어가고 나갈 틈이 보였다.

'이 정도면 들어오기도 쉽고, 도망가기도 쉽겠군.'

이씨에게 들은 대로 문으로 들어서자마자 오른쪽으로 돌아가자 주방이 나왔다. 기다리고 있었는지 사십대의 아주머니 셋이 달려나왔다.

"아이고, 왜 이리 늦었나. 어, 이씨가 아니네?"

장소산은 문 앞에서 했던 설명을 다시 반복했다. 고개를 끄덕이던 아주머니는 강연수를 보더니 표정이 밝아졌다.

"마침 잘됐네. 일손에 모자라던 참인데. 이리 좀 와봐요."

아주머니가 손짓하자 강연수는 깜짝 놀라 되물었다.

"저요?"

"그래, 바로 당신."

"왜, 왜요?"

"손님이 오기로 되어 있는데 일손이 부족하거든. 수고비를 줄 테니 이리 와서 주방 일을 도와요."

강연수는 지금까지 살면서 주방 일은커녕 주방에 들어가 본 적도 없었다. 주방 일을 하라는 아주머니의 말은 그녀에게 있어서 절정고수와 싸우라는 말보다 더 무섭게 들렸다.

"저, 저기, 저는 요리 못하는데요."

"누가 요리를 하랬나. 그냥 그릇을 닦고 야채만 썰면 돼."

강연수는 구원의 눈길로 장소산을 바라보았지만, 장소산은 슬그머니 고개를 돌려 시선을 외면했다.

'배신자!'

그녀가 입을 열려고 하는데 장소산이 재빨리 외쳤다.

"자, 빨리 옮깁시다!"

장소산이 앞장서서 수레의 고기와 야채를 주방으로 옮겼다. 주방의 사람들도 나와 그를 도왔다. 그가 보니 주방에는 아주머니 셋과 숭산파 여제자 다섯이 일을 하고 있었다. 그는 슬그머니 한번 물어보았다.

"손님이라니, 누가 옵니까?"

아주머니가 대답했다.

"우리가 들어봐야 알기나 하나. 그냥 유명한 무공의 고수가 네 명 온다고 하더라."

장소산은 어리둥절해졌다.

'설마 최진방 일당을 대접해 주려고 하는 것은 아니겠지?'

여러 사람이 일하자 순식간에 수레의 물건들은 옮겨졌다. 그러자 다음 차례는 요리 준비였고, 아주머니의 우악스러운 손에 강연수는 주방 안으로 끌려들어 갔다. 장소산은 꼭 처형장으로 끌려 들어가는 것 같은 표정의 강연수에게 손을 흔들어주었다.

"누나, 잘해. 이 기회에 요리 좀 배워봐. 안 그러면 나중에 소박맞는다."

숭산파 여제자들이 듣고 쿡쿡거리며 웃었다. 강연수는 철천지원수라도 되는 듯 장소산을 노려보다가 혼자만 당할 수 없다 생각하고 아주머니에게 물었다.

"제 동생은 뭔가 할 일이 없어요?"

"아, 그렇군. 누나가 일하는데 동생도 구경만 할 순 없지. 가서 땔감을 패 와요."

장소산은 속으로 혀를 차며 고개를 끄덕였다.

"알겠습니다."

강연수는 고소하다는 표정을 지었다.

땔감을 패는 곳은 주방의 뒤쪽에 있었다. 장소산은 그곳으로 가서 쌓인 나무를 놓고 도끼로 쪼갰다. 처음에는 영 어설펐지만 몇 번을 하다 보니 어느 정도 요령을 터득할 수 있었다. 한 무더기의 장작을 팬 그는 잠시 앉아 쉬었다. 그때 마침 주방 쪽에서 소리가 들려왔다.

"아니, 이게 뭐야? 야채를 완전히 가루를 내놓았네!"

"죄, 죄송합니다."

강연수가 사고를 친 모양이었다. 장소산은 잠시 키득거리고 웃었다.

'아참, 이러고 있을 때가 아니지.'

여기 온 목적은 어디까지나 임한정 가족을 구해내기 위해서이다. 장소산은 자리에서 일어나 주변을 둘러보았다. 아무도 보이지 않았다. 그는 산책을 하는 것처럼 천천히 걸어 연무장 위에 있는 가장 커다란 집으로 향했다.

'아마도 저기가 숭산 장문인의 거처겠지. 임한정 가족이 잡혀 있다면 가장 가능성이 높은 곳은 저곳일 것이다.'

몰래 살금살금 가다가 걸리면 변명하기만 힘들어진다. 장소산은 아무렇지 않은 듯 걸어가 큰 집의 앞에 섰다. 금빛으로 써진 현판이 눈에 들어왔다.

'정무관이라……'

이름이야 아무래도 좋았다. 장소산은 문을 열고 안으로 들어가려 했다. 그런데 그때 뒤에서 누군가가 불렀다.

"뭐 하는 게냐?"

돌아보니 한 노인이 서 있었다. 장소산은 깜짝 놀랐지만 아무렇지 않은 듯 웃으며 머리를 긁적였다.

"그냥 구경 좀 해볼까 하고… 헤헤."

"처음 보는 아이로구나. 어떻게 왔느냐?"

"주방에서 주문한 물건을 가져왔는데, 일손이 모자라다고 해서 일하게 되었습니다. 잠시 쉬는 시간에 뒷간에 갔다가 오는 길에 그냥 호기심에… 헤헤."

노인은 고개를 끄덕이고는 말했다.

"마침 잘됐구나. 주방으로 가서 다섯 잔의 용정차를 내 방으로 가져오라고 전해라."

"예, 알겠습니다. 그런데 누구신지요? 누구신지 알아야 어떤 분의 방으로 가져가라고 전할 텐데요."

노인은 살짝 눈살을 찌푸렸다.

"숭산파에서 일하면서 숭산파 장문인인 나도 못 알아본단 말이냐?"

장소산은 깜짝 놀라 고개를 숙였다.

"아이쿠, 몰라봐서 죄송합니다!"

그는 생각했다.

'저 사람이 숭산파 장문 박노해로구나.'

오래 말을 나누었다가는 자신의 정체가 탄로날지도 모른다고 생각한 장소산은 즉시 대령하겠다 말하고는 주방으로 달려갔다.

"아주머니, 장문인께서 용정차 다섯 잔을 방으로 가져오래요!"

장소산이 명을 전하자 주방의 아주머니는 투덜거렸다.

"바빠 죽겠는데!"

차는 곧 준비되었다. 그런데 차를 가져갈 만한 남는 손이 없었다. 아주머니는 생각 끝에 가장 쓸모가 없는 사람을 이 일을 맡을 사람으로 지목했다.

"이봐, 야채도 제대로 못 써는 당신. 당신이 차를 내가요."

지목당한 사람은 강연수였다.

"저요?"

그녀는 울며 겨자 먹기 식으로 찻주전자와 잔을 쟁반에 담아가지고 아주머니가 가르쳐 준 대로 숭산 장문인의 방으로 갔다. 문을 두드리고 안으로 들어가니 박노해 외에 네 명의 남녀가 앉아 있었다. 남자 셋은 한 명은 늙고, 한 명은 중년이었으며, 한 명은 젊었다. 마지막 한 사람은 중년의 여인이었다.

"차를 드시지요."

강연수는 찻잔을 놓고 차를 따랐다. 다행히 이번에는 집에서 차를 마실 때 시녀들이 하던 것을 봐둔 경험이 있어서 별다른 실수 없이 차 시중을 들 수 있었다.

차를 한 모금 마신 중년 여인이 물었다.

"박 장문인께서 우리를 초대하신 뜻이 어디에 있습니까. 슬슬 들을 때가 되지 않았나 싶습니다만."

강연수는 이들 네 명이 주방에서 이야기하던 초대받은 네 명의 고수라는 것을 깨달았다.

'이 네 명이 왜 온 걸까?

박노해가 그녀에게 명했다.

"그만 가봐라."

"예."

강연수는 물러나서 문을 닫았다. 그녀는 가는 척하다가 슬그머니 다가가 귀를 기울였다. 박노해의 목소리가 들려왔다.

"제가 여러분을 초대한 것은 함께 사냥을 할까 해서입니다."

노인의 목소리가 들렸다.

"박 장문인께서 사냥의 취미가 있을 줄은 정말 몰랐군요. 하지만 다른 세 분은 모르겠지만 전 그다지 좋아하지 않습니다."

"하하, 제가 하고자 하는 것은 진 노인도 좋아하실 사냥입니다. 바로 사람 사냥이지요."

"사람 사냥이라고요?"

"예, 천인공노할 네 명의 악한을 잡고자 하는 것입니다."

진 노인이라 불린 진가권의 달인인 진사륜은 잠시 생각하다 말했다.

"장문인께서 악인을 잡는 데 우리 손을 빌리려 하시는군요."

박노해는 빙그레 웃으며 고개를 끄덕였다.

"그렇습니다. 하지만 꼭 그런 것만도 아닙니다. 제가 네 분을 사냥에 초대한 이유는 지금 이렇게 하지 않으면 나중에 제게 서운하다 하실까 해서입니다."

중년 부인, 하일랑이 물었다.

"네 악인이란 누구를 말하는 거죠?"

박노해는 대답했다.

"소면신귀 최진방, 철면흉취 오지경, 괴호패 초연산, 추광색 김진파, 이상 네 명입니다."

"아!"

네 명의 고수는 순간 놀라는 듯싶더니 얼굴에 분노가 자리했다. 중년 남자 오호단문도의 고수 거풍이 벌떡 일어나며 소리쳤다.

"추광색, 그 자식이 지금 어디 있는지 안단 말이오?"

거풍의 아내는 삼 년 전 김진파에게 겁간을 당해 자결하고 말았다. 그는 지난 삼 년간 김진파를 죽이고자 세상을 떠돌았으나 시종 꼬리도 잡지 못하고 있었던 것이다.

진사륜과 하일랑도 네 악인에게 원한이 있었다. 진사륜은 그가 잠시 볼일이 있어 집을 비운 사이에 초연산이 가족들을 몰살시켜 버렸고, 하일랑은 죽은 남편이 오지경에게 사기를 당해 집이 쫄딱 망해 버렸다.

하일랑이 말했다.

"박 장문인께서 저희가 악적을 잡게 해주신다면 그 은혜는 잊지 않겠습니다."

그때 지금까지 아무 말도 하지 않던 젊은이가 웃으며 말했다.

"박 장문인께서 우리를 초대하신 게 그것을 위해서가 아닙니까. 서두르지 않으셔도 우리가 그 악적들을 놓치는 일은 없을 것입니다."

이 젊은이의 이름은 이연광으로, 청성파에서 배출한 청년고수였다. 박노해가 웃으며 고개를 끄덕였다.

"이 소협의 말대로입니다. 여러분이 사냥을 싫어하지 않는다면 자연 네 악인을 잡게 될 것입니다."

진사륜이 소리쳤다.

"사냥이라, 좋군, 좋아! 이 진모는 박 장문인을 따라 사냥에 참가하겠소."

거풍과 하일랑도 뒤이어 하겠다는 뜻을 밝혔다. 이연광 역시 네 악인과는 아무 원한이 없었지만 악명 높은 마두를 처리해 명성을 높일 기회이니 마다하지 않았다.

박노해는 껄껄 웃고는 말했다.

"좋습니다, 좋습니다. 네 분께서 허락하시니 이번 사냥은 반드시 성공하리라 믿습니다. 단 걱정이 한 가지 있으니, 여러분이 너무 서둘거나 원한이 있는 한 사람을 잡는 것에 너무 집착한 나머지 다른 악인을 놓치게 되는 일이 있을까 하는 점이군요."

진사륜이 재빨리 말했다.

"당연히 박 장문인께서 사냥을 주관하시는 것이 당연하지요. 박 장문인의 지시를 따르겠소. 다른 세 분도 아마 나와 뜻이 같을 것이오."

세 명의 고수도 고개를 끄덕였다. 박노해는 크게 만족했다.

"명성 높으신 네 분께서 부족한 저를 따라주시겠다니 감사합니다. 식솔들에게 부족하나마 음식을 준비하도록 했으니, 우리 다섯이 함께 술잔을 기울이며 악인 사냥의 뜻을 다지기로 합시다."

거풍은 어서 빨리 복수를 하고 싶어 몸이 달아 말했다.

"잔치야 사냥이 끝난 후에 해야 더 맛이 있지 않겠소. 장문인께서 악인들이 있는 곳을 알고 있다면 우리 모두 즉시 가서 잡도록 합시다."

"하하, 가 형께서 급하신가 보군요. 하지만 급할수록 돌아가라고 하지 않습니까. 우리가 굳이 찾아가지 않아도 네 악인은 우리에게 올 것입니다."

박노해의 말에 네 고수는 놀라워했다.

"네 악인이 숭산파로 온단 말입니까?"

"그렇습니다."

박노해는 덤덤하게 말했다.

"그놈들이 감히 우리 숭산파를 노리고 있다고 합니다. 제가 비록 부족하지만 어찌 수백 년을 이어온 숭산파가 악인들에게 짓밟히게 둘 수 있단 말입니까. 그놈들이 숭산파 안으로 들어오는 순간이 저승 문턱에 발을 들여놓는 순간이 될 것이오."

그의 말속에 담긴 뜻을 읽은 네 고수는 이번 일이 성공할 것을 믿어 의심치 않았다. 방 안의 다섯은 이후 이런 저런 이야기를 나누었는데, 악인 사냥에 대한 언급은 없었다.

한편, 숨어서 듣고 있던 강연수는 놀람과 의문을 동시에 느꼈다.

'박노해가 최진방 일당이 습격해 올 것은 이미 알고 고수까지 불러

들여 대비하고 있구나. 도대체 무슨 수로 알았을까?

그녀는 곰곰이 생각하며 주방으로 갔다. 주방 일은 모두 끝나 그녀가 할 일은 없었다. 주방 아주머니는 그녀와 장소산에게 몇 푼의 품삯을 주었다.

이제 일이 모두 끝났으니 장소산과 강연수가 숭산파에 있을 이유가 없었다. 둘은 빈 수레를 끌며 산을 내려갔다. 가는 길에 강연수는 방 안에서 들은 일을 장소산에게 말해주었다.

"그것참, 이상한 일이로군!"

이야기를 들은 장소산은 도무지 이해할 수 없는 일을 만난 듯 표정을 잔뜩 찡그렸다. 강연수 역시 동감이라며 고개를 끄덕였다.

"박노해가 어떻게 사실을 알았는지 나 역시 궁금해."

"그것도 이상하지만 더욱 이상한 것은 시간이 맞지 않는다는 거요."

"시간이라니?"

장소산은 설명했다.

"생각해 보시오. 우리는 석진에서 최진방 일당이 모의하는 것을 듣자마자 곧바로 이곳으로 달려왔고, 바로 다음날 이렇게 숭산파 안으로 잠입해 들어갔소. 그런데 이때 이미 박노해는 사실을 알고 있고, 멀리 있을 네 명의 고수까지 초대했지 않소. 직접 석진에서 들은 우리가 달려와 보고하는 것보다 더 빨리 사실을 알았으니, 이 어찌 이상하지 않소."

강연수가 듣고 보니 이상하긴 했다.

"전서구를 사용하지 않았을까?"

"그렇다고 해도 이건 너무 빠르오. 최진방 일당이 바보가 아닌 이상 함부로 숭산파를 습격한다는 사실을 떠들지 않았을 것이고, 그들이 가는 방향을 보고 사실을 유추한다면 너무 늦소. 석진에서 그들의 말을 듣자마자 전서구를 날려야 겨우 대충 시간이 맞겠지.”

“아!”

강연수는 놀라며 물었다.

“그렇다면 그때 석진에서 우리 말고 엿듣고 있던 사람이 있었단 말이야?”

“아마도 그렇겠지.”

장소산은 석실의 문이 열려 있었던 사실을 떠올리며 생각했다.

‘그때 문을 열어준 사람이었을까? 어쩌면 불구노인이었을지도… 아니, 아니다. 그 사람이 놓아주었다면 왜 길을 막고 강 소저를 제압했겠는가.’

이리저리 고민해 보았지만 확실하게 짐작 가는 것은 없었다. 그때 강연수의 질문이 그의 생각을 깨뜨렸다.

“그나저나 이제 어떻게 할 거야? 임 숙부님 가족이 있는 곳을 찾았어?”

장소산은 생각을 접고 대답했다.

“찾진 못했지만 대신 챙겨온 것은 있지.”

그는 수레 속에서 숨겨둔 두 벌의 옷을 꺼내 보였다. 바로 숭산파 제자들이 입는 옷이었다. 임한정 가족을 찾는 과정에서 슬그머니 두 벌의 옷을 훔쳐온 것이다.

“문을 통과하지 않고 숨어들 만한 곳을 두세 군데 찾아놓았소. 밤에 안으로 숨어들어 이 옷을 입고 숭산파 제자 흉내를 내면 어두우니 쉽게 알아보지 못할 것이오.”

둘은 수레를 적당한 곳에 숨겨두고 밤이 되길 기다리기로 했다. 날

이 어두워지자 장소산은 강연수와 함께 숭산파 제자로 변장하고 낮에 미리 봐두었던 산비탈을 통해 숭산파 안으로 들어갔다.

"낮과는 달리 숭산파 제자로 변장한 것이 들통 나면 큰일이니 조심합시다."

장소산은 강연수에게 주의를 주고 주변을 살펴보았다. 낮에도 사람이 별로 보이지 않았는데 밤이 되니 폐가라도 된 것처럼 조용하기만 했다.

'이상하구나. 다들 어디로 간 것일까?

둘은 살금살금 건물들 사이로 이동했다. 그런데 그때 저편에서 횃불빛이 들어오며 누군가 낮은 소리로 소리쳤다.

"누군가?"

장소산은 깜짝 놀랐지만 임기응변으로 대답했다.

"접니다."

횃불을 들고 있는 사람은 숭산파 제자였다. 그는 '접니다' 라는 말에 잠시 어리둥절했지만, 상대가 숭산파 옷을 입고 있자 같은 편으로 생각했다. 깜깜한 밤이라 횃불만으로는 자세히 보지 않으면 얼굴을 확인하기 힘들어서 그는 이상한 점을 발견하지 못했다.

"거기서 뭐 하고 있나? 남제자는 모두 정무관으로 모이고, 여제자는 서관으로 가 있으라는 장문인의 명령을 못 들었나? 설마 둘이서 야반도주를 하려고 하는 것은 아니겠지?"

장소산은 재빨리 대답했다. 그는 목소리를 듣고 상대가 낮에 문을 지키던 하씨 성의 숭산파 제자라는 것을 알아차렸다.

"그럴 리가요. 그러는 하 사형께서는 무엇을 하시고 계십니까?"

"나 말인가? 장문인께서 별문제없는지 돌아보고 오라고 했네. 자네는 딴짓하지 말고 나와 함께 정무관으로 가세. 그리고 그쪽은……."

하씨 성의 제자는 강연수 쪽을 보았다. 강연수는 주방에서 일하던 숭산파 여제자 한 명의 이름을 기억해 냈다.

"저 수정이에요, 최수정."

하씨 성의 제자는 목소리에서 이상한 점을 깨닫지 못했다.

"최 사매였군. 사매도 어서 서관으로 가게. 장문인께서 오늘밤은 위험하니 혼자 다니면 안 된다고 하셨네."

장소산은 묻고 싶어졌다.

'그러는 당신은 왜 혼자 다니는 거지?'

그러나 이쪽의 정체가 드러날까 봐 감히 묻지 못했다. 하씨 성의 제자는 자신이 먼저 앞장서 가며 장소산을 불렀다.

"어서 따라오게."

장소산은 머뭇거렸다. 이대로라면 강연수와 헤어질 수밖에 없다. 하씨 성의 제자를 제압할까도 생각했지만, 아직 임한정 가족도 찾지 못한 이때에 위험을 감수하고 싶진 않았다.

할 수 없이 장소산은 강연수에게 말했다.

"우리가 낮에 놓고 온 물건은 일이 끝난 다음에 찾기로 합시다."

낮에 놓고 온 물건이란 수레를 말하는 것이었다. 수레를 숨겨둔 곳에서 다시 만나자는 뜻임을 알아차린 강연수는 고개를 끄덕였다.

"알았어요."

장소산은 하씨 성의 제자를 따라 정무관으로 걸어갔다. 그런데 도중 그가 슬쩍 물어오는 것이었다.

"자네도 임을 따르기로 했나?"

"예?"

"아니, 아무것도 아닐세."

장소산은 의혹을 느꼈지만 그것이 무엇인지는 알 수 없었다.

3

하씨 성의 제자는 그 후로 아무 말도 하지 않았고, 장소산도 궁금하긴 했지만 이쪽의 정체가 들킬까 봐 묻지 않았다. 둘은 아무 말 없이 뒷문을 통해 정무관 안으로 들어갔다.

정무관의 대청 안에는 장문인 박노해와 오십여 명이나 되는 숭산파 제자, 그리고 초대한 진사륜, 거풍, 하일랑, 이연광, 네 명의 고수가 모여 있었다. 박노해와 네 명의 고수는 대청 뒤쪽에 자리하고, 숭산파 제자들은 검을 들고 사방에 열을 지어 서 있었다. 적이 오길 기다리는 모양이었다.

사방에 네 개의 불이 켜져 있었지만 넓은 대청 안을 제대로 밝히긴 무리여서 어두운 편이었다. 장소산은 혹시나 자신이 가짜라는 것을 알아볼까 곧바로 하씨와 떨어져 한쪽에 세워진 검 중에 하나를 집어 다른 숭산파 제자들 틈으로 들어가려 했다. 하지만 정확히 일정 간격으로 도열해 있어 비집고 들어갈 만한 틈이 보이지 않았다.

급히 자리를 찾던 장소산의 눈에 빈 자리가 눈에 띄었다. 바로 박노해의 바로 옆이었다. 장문인이라 제자들이 감히 가까이 서지 못한 모양이었다.

'에라, 모르겠다.'

장소산은 슬그머니 박노해의 뒤편에 섰다. 박노해는 그에게 전혀 신경 쓰지 않고 문 쪽만을 노려보고 있었다.

'오늘 최진방 일당의 습격이 있나 보구나. 그나저나 모임을 숨어서 들은 나도 언제 습격할지는 모르는데, 박노해는 점쟁이도 아니고 잘도 아는군.'

장소산은 생각하며 다른 숭산파 제자들을 흉내 내서 굳은 표정으로 앞만을 주시했다. 그렇게 반 시진 정도의 시간이 흘렀다.

'도대체 오는 거야, 안 오는 거야?'

그때 박노해가 명령을 내렸다.

"불을 꺼라."

사방에 켜져 있던 불이 일제히 꺼지고 대청 안은 한 치 앞도 볼 수 없을 정도로 깜깜해졌다. 대청 안의 사람들은 숨소리 하나도 크게 내지 못하고 그 자리에 그대로 조용히 서 있었다. 그렇게 다시 반 시진 정도가 흘러갔다.

갑자기 밖에서 작은 소리가 들려왔다. 워낙에 작은 소리였지만 사방이 조용하여 소리를 듣는 것은 불가능하지 않았다. 장소산이 귀를 기울여본 결과, 누군가 이쪽으로 오고 있다는 것을 알아차렸다.

잠시 후 문가에 사람의 희미한 그림자가 비춰졌다. 그리고 문이 열리며 사람이 안으로 들어왔다. 순간 박노해가 벼락같은 외침을 내질렀다.

"불을 켜라!"

그 즉시 불이 켜지며 놀란 표정의 세 노인의 얼굴이 비춰졌다. 장소산이 익히 알고 있는 오지경, 초연산, 김진파, 셋이었다.

'최진방은 어디 갔지?'

미리 지시를 받은 숭산파 제자들 열 명이 순식간에 문 앞을 가로막고 검을 세웠다. 세 노인은 자신들이 꼼짝없이 포위되었다는 것을 알고 당황하여 소리쳤다.

"제길, 이게 어떻게 된 거야?"

거풍이 소리쳤다.

"뭐긴 뭐야, 하늘이 너희 악행을 벌하려고 하시는 거지!"

김진파가 그를 알아보고 흠칫 놀랐다가 히죽 웃으며 물었다.

"마누라는 잘 있나?"

거풍은 이를 갈며 도를 들고 덤벼들려다가 박노해의 제지를 받았다.

"진정하시오. 저놈들은 이제 도망치지 못하오. 복수는 천천히 해도 됩니다."

박노해는 세 노인을 살펴보고는 물었다.

"최진방은 어디 갔지?"

김진파는 히죽거리며 대꾸했다.

"글쎄? 지금쯤 당신 마누라와 뒹굴고 있을지도 모르지."

박노해는 상대방의 도발에 넘어가지 않았다. 피식 웃고는 담담한 목소리로 말했다.

"어차피 그놈도 멀리 도망가진 못할 것이다."

그는 가볍게 손을 떨쳤다. 그러자 문을 지키는 인원을 제외한 사십 명의 숭산파 제자가 검을 앞으로 세운 채 한 걸음 앞으로 나아가자 세 노인의 포위망이 좁혀졌다.

세 노인의 무공이 아무리 높다고 해도 사방에서 마흔 개나 되는 검이 한꺼번에 찔러들어 오는 데야 막을 재간이 있을 리가 없다. 세 노인의 얼굴에 절망의 그림자가 드리워졌다.

초연산이 이를 갈며 소리쳤다.

"제길, 이렇게 된 이상 하나라도 더 많은 숭산파 잡놈을 저승 동무로

데려가겠다! 자, 어디 덤벼보시지!'

"곧 죽을 놈이 큰소리를 치는구나."

박노해는 코웃음 치며 손을 떨쳤다. 그러자 스무 명의 숭산파 제자
들은 뒤로 물러나고, 남은 스무 명이 앞으로 나아갔다. 마흔 명 전부로
는 자기들끼리 치여서 포위망을 좁힐 수 없었기 때문이다. 인원이 절
반으로 빠지는 대신 검들은 노인에게 더욱 가까워졌다.

"죽기 전에 하고 싶은 말은 없나?"

박노해는 물으며 다시 손을 떨쳤다. 스무 명 중 열 명이 빠지고, 열
명이 앞으로 나아갔다. 검은 이제 노인들의 지척에 이르렀다.

세 노인은 인원이 바뀌는 틈을 노려보려고 했지만 일사불란하게 움
직이는지라 도무지 틈이 보이지 않았다. 이제 열 명의 숭산파 제자가
일제히 검을 앞으로 뻗기만 하면 꼼짝없이 그들의 몸에 박히고 마는
것이다.

그런데 그 순간이었다. 콱! 하고 문이 부서지는 소리와 함께 외침 소
리가 들려왔다.

"내가 구하러 왔네!"

그와 동시에 대청에 켜져 있던 불이 일제히 꺼져 버리는 것이 아닌
가? 대청은 한 치 앞도 보이지 않는 어둠으로 덮였다.

"아악!"

비명 소리가 들렸다. 이어 초연산의 외침이 들렸다.

"이때다, 도망치자!"

"잡아라!"

하일랑이 소리쳤다.

"어딜 도망가느냐!"

“으악!”

연이어 비명이 들렸다. 병기 부딪치는 소리와 대청 안의 물건이 부서지는 소리, 사람들의 비명 소리가 대청 안에 가득 찼다. 순식간에 대청 안은 아비규환의 아수라장이 되었다.

진사륜이 다급히 소리쳤다.

“불을 켜라! 빨리 불을 켜!”

하지만 이 난장판에 불을 켤 정신이 있는 사람이 없었다. 난리가 어느 정도 잠잠해진 차 한 잔 마실 시간이 지나서야 불이 켜졌다. 그때는 이미 최진방 일당은 도망치고 보이지 않았고, 십여 명의 숭산파 제자들이 쓰러져 있었다.

“일이 어쩌다…….”

이연광이 중얼거릴 때였다. 한 숭산파 제자가 비명과 같은 소리를 내질렀다.

“사부님!”

소리가 들린 곳을 향해 돌아본 사람들은 경악했다. 숭산 장문인 박노해가 쓰러져 있는 것이 아닌가!

진사륜이 즉시 달려가 맥을 잡아보고는 신음 섞인 말을 내뱉었다.

“죽었네.”

숭산파 제자들은 어쩔 줄 몰라 중구난방이었다. 누구는 어서 최진방 일당을 쫓아가 복수를 해야 한다고 했고, 또 누구는 일단 부상 입은 제자들부터 살피고 장문인과 제자들의 시신을 수습해야 한다고 했다. 이끄는 사람이 없어져 시끄럽게 떠들고만 있는데, 그때 뒷문으로 한 사람이 들어와 소리쳤다.

“아니, 이게 어찌 된 일입니까?!”

들어온 사람을 알아본 진사륜이 기뻐하며 물었다.

"임 대협이 여긴 어쩐 일인가?"

나타난 사람은 다름 아닌 임한정이었다. 그는 진사륜과 다른 세 명의 고수에게 포권을 한 다음 말했다.

"장문인께서 네 악인이 숭산파를 노리고 있으니 도와달라고 전갈을 보냈습니다. 제가 급히 출발한다고 했으나 중간에 사고가 생겨 지체하여 천추의 한을 남기고 말았습니다."

진사륜이 고개를 끄덕이고는 말했다.

"늦었지만 지금이라도 와서 다행이네. 자네가 숭산파 제자들을 통솔하여 사태를 수습해 주게나. 숭산파가 아닌 우리들이 나설 수는 없어 갑갑하던 참인데, 명성을 떨치는 숭산파 출신인 자네가 있으니 잘되었네."

"알겠습니다."

임한정은 숭산파 제자들을 둘로 나누어 하나는 부상자를 치료하고 장문인과 죽은 제자들의 시신을 수습하게 하고, 남은 제자들로는 도망친 최진방 일당을 찾도록 했다. 숭산파 제자들은 어쩔 줄 모르고 있다 그의 명령을 듣자 군말없이 따랐다.

진사륜은 상황이 진정되자 다른 세 고수와 눈빛을 주고받은 다음 임한정에게 말했다.

"우린 그놈들을 쫓겠네."

말을 끝나기가 무섭게 네 고수는 달려 나가 버렸다.

한편, 상황을 지켜보고 있던 장소산은 경악하지 않을 수 없었다. 숭산파에 잡혀 있어야 할 임한정이 어찌 멀쩡히 나타나 숭산파 제자들에게 명을 내릴 수 있단 말인가?

'여긴 분명 음모가 있다!'

그는 불이 꺼졌을 때 박노해의 바로 옆에 있었다. 그래서 암습을 당하는 박노해의 신음 소리를 분명히 들었다.

'박노해가 암습을 당한 것은 불이 꺼진 직후였다. 그때는 최진방 일당 그 누구도 그를 해치는 것이 가능한 상황이 아니었다. 분명 박노해를 해친 것은 다른 사람이다.'

장소산은 자신도 모르게 몸을 부르르 떨었다. 악인에게 잡힌 사람을 구해주려고 끼어들었는데, 터무니없는 음모에 말려들고 말았다는 예감이 들었다.

'위험하다, 위험해! 어서 빨리 여길 나가는 것이 좋겠다.'

그는 슬그머니 대청을 빠져나가려 했다. 그런데 그때 뒤에서 누군가 그의 어깨를 덥석 잡는 것이 아닌가!

깜짝 놀란 장소산이 돌아보니 임한정이 빙그레 미소 지으며 그를 보고 있었다.

"네가 여기 있었구나. 그렇지 않아도 널 찾고 있었다."

第五章
악인의 마음

장소산이 하씨 성의 숭산파 제자와 가고 나자 남겨진 강연수는 어찌해야 할지 막막해졌다. 주변은 깜깜하여 사물을 식별하기 어렵고 자신 혼자 적진에 놓여져 있다고 생각하니 겁이 났다. 그녀는 지금까지 자신이 장소산에게 판단을 맡기며 의지하고 있었다는 것을 새삼 깨달았다.

'정신 차리자! 넌 이것밖에 안 되는 여자가 아니지 않니!'

손바닥으로 얼굴을 두드리며 스스로에게 다짐을 한 그녀는 장소산이 없으면 자기 혼자라도 임한정 가족을 찾아내기로 했다.

강연수는 일단 가장 가까운 집부터 하나씩 뒤져 보기로 했다. 그녀는 조심조심 천천히 집을 하나씩 뒤져 나갔다. 하씨 성의 제자의 말대로 숭산파 제자들이 한곳에 모여 있는지 뒤지는 집마다 빈집이었다.

혹시나 누가 알아볼까 그녀는 불을 켤 엄두를 내지 못했다. 불을 켜지 않고 집 안을 뒤지려니 자연 시간이 많이 걸렸다. 십여 채의 집을 뒤지는 동안 시간은 어느새 한 시진이나 지나가 버렸다.

오랫동안 여기저기를 살펴보았으나 아무 성과도 얻지 못하자 강연수는 초조해졌다. 그녀는 뒤지던 집 안 구석에 주저앉아 계속해서 찾아봐야 할지, 아니면 장소산과 약속한 장소로 가서 기다리고 있어야 할지 고민했다.

그런데 그때 갑자기 문이 열리며 사람들이 뛰어들어 왔다. 강연수는 깜짝 놀라 숨을 죽이고 구석에 웅크렸다. 분에 가득한 목소리가 들려왔다.

"제길, 숭산파 녀석들 두고 보자. 나중에 숭산파 놈이라면 애어른 막론하고 모조리 죽여 버리겠다."

강연수는 목소리의 주인공이 최진방 일당 중 하나인 초연산의 것이라는 것을 알아차리고 감히 숨소리 하나도 제대로 내지 못했다.

김진파가 말했다.

"다행히 최가가 뛰어들어 와준 덕분에 목숨을 건질 수 있었네. 고맙네."

그의 목소리는 힘이 없고 가늘게 떨리기까지 했다. 강연수는 속으로 조금 기뻤다.

'이들이 숭산파를 습격하려 하다가 되레 호되게 당했구나. 그것참, 꼴좋게 되었다.'

최진방이 말했다.

"우리가 어떤 사이인가. 오랜 세월 동고동락하던 사이가 아닌가. 오지경, 자네는 몸이 좀 괜찮나?"

오지경은 말하기도 힘든지 목소리가 가늘었다.

"숭산파 놈의 검이 배와 가슴을 찔렀네. 최저 반년은 요양해야 할 거야."

최진방은 나머지 동료들의 상세도 물었다.

"김진파, 자네는 어떤가?"

"옆구리와 한쪽 팔, 그 외에 몇 군데가 다쳤어. 치명상은 없지만 싸우기는 어려울 것 같군."

"초연산은 어떤가?"

"나는 조금 베였지만 근골에 문제는 없네. 아무래도 멀쩡한 것은 자네와 나뿐인 것 같으니 우리 둘이서 활로를 열어야겠네."

그러자 최진방이 중얼거렸다.

"그렇다면 나 혼자서도 충분하겠군."

"그게 무슨 소……."

그 순간 처참한 비명 소리가 터져 나왔다.

"커억!"

사람이 쓰러지는 소리가 들려왔다. 김진파가 놀라 소리쳤다.

"이놈, 최가야, 이게 무슨 짓이냐?!"

최진방이 웃으며 대꾸했다.

"초가만 없으면 부상을 입은 너희 둘이야 아무것도 아니지."

숨어 있던 강연수는 최진방이 갑자기 살초를 써서 초연산을 살해했다는 것을 알아차렸지만 왜 이런 일이 벌어졌는지는 영문을 알 수 없었다.

오지경이 힘없이 말했다.

"네가… 네가 우리가 습격할 것을 박노해에게 알렸구나. 어쩐지 이상하다 했다. 우리가 습격할 것을 알고 미리 단단히 대비를 하고 있었다니.”

최진방은 흐흐 웃었다.

“그래, 맞다. 내가 미리 정보를 흘렸지. 주변을 살피고 온다고 대청 안에 너희들과 함께 들어가지 않은 것도 그것 때문이지.”

말하면서 그는 손을 써서 오지경과 김진파의 몸에 부상을 입혔다. 혹시나 반격해 올까 대비한 것이다. 꼼짝도 못하고 다시 상처를 입은 두 노인은 신음을 흘렸다. 이들이 반격할 수 없다는 것을 확신하고 나서야 안심한 최진방은 물었다.

“그래, 무공총람은 어디다 두었지?”

김진파가 피식 웃고는 대꾸했다.

“네놈이 무공총람을 얻으면 우릴 죽일 것이 뻔한데 미쳤다고 말해주겠나.”

“하하, 말해주기 싫으면 말게.”

최진방은 껄껄 웃고는 말했다.

“너희들의 속이야 뻔히 짐작한다. 우리 모두는 특별한 거처도 없고, 믿고 의지하는 사람도 없다. 책을 숨기려고 해도 자유롭게 떠도는 처지에 숨길 만한 곳도 없고 맡길 만한 사람도 없으니 가장 안전한 곳은 자기 품속이라 생각하겠지. 안 그런가?”

그는 말하며 죽은 초연산의 품을 뒤졌다. 기름종이에 싸인 책을 찾아낸 그는 득의 어린 표정을 지었다.

“역시나 여기 있군. 자네들도 마찬가지겠지.”

오지경과 김진파는 아무 대꾸도 하지 못했다. 둘의 태도에서 자신의 짐작이 맞았음을 확인한 최진방은 머뭇거리지 않고 즉시 살초를 펼쳐 둘을 죽이려 했다. 그런데 그때 문이 열리며 두 명이 뛰어들어 왔다.

"여기 있었구나!"

나타난 두 명은 박노해가 초청한 네 고수 중 두 명인 하일랑과 이연광이었다. 둘은 안으로 들어오자마자 유일하게 멀쩡히 서 있는 최진방에게 공격을 퍼부었다.

"쯥!"

최진방은 혀를 찼다. 세 노인을 상대하는 데 신경을 쓴 나머지 초연산의 비명을 듣고 사람이 나타날 것까지는 미처 대비를 못한 것이다. 어찌 되었든 두 명의 고수가 양쪽에서 공격해 오는 기세가 강해 그는 부득불 몸을 빼지 못하고 대항해 싸워야 했다.

순식간에 셋은 수십 초를 교환했다. 하일랑과 이연광은 둘이서 덤볐음에도 최진방을 쓰러뜨리지 못했다. 반면 최진방 역시 둘을 어쩌지 못했다. 양쪽은 막상막하의 팽팽한 대결을 펼치고 있었다.

오지경과 김진파는 눈짓을 교환했다. 어느 쪽이 이겨도 자신들은 죽은 목숨이니 지금 도망치지 않으면 언제 기회가 있겠는가. 둘은 서로를 부축하며 밖으로 나갔다.

최진방, 하일랑, 이연광, 셋은 둘이 도망치는 것을 알았다. 하지만 셋이 워낙 흉험하게 싸우고 있는지라 조금이라도 틈을 보이면 상대에게 목숨을 잃을 것 같았다. 그렇기에 뻔히 알면서도 둘이 도망치는 것을 막지 못하고 놔둘 수밖에 없었다.

숨어 있던 강연수는 두 노인이 도망치는 것을 알고 정신이 번쩍 들었다.

'이러고 있을 때가 아니라 나도 도망쳐야지.'

그녀는 경공을 펼쳐 날렵한 제비처럼 밖으로 뛰쳐나갔다. 이번에 역시 셋은 그녀를 제지하지 못했다. 그녀가 숭산파 제자의 옷을 입고 있는 것을 보고 숭산파 제자가 왜 여기 있었을까 의문을 느낄 뿐이었다.

밖으로 나온 강연수는 안도의 한숨을 내쉬며 어서 이곳에서 멀어져야겠다고 생각했다. 어느 쪽으로 도망칠까 주변을 두리번거리는데 저편에서 오지경과 김진파, 두 명이 도망치고 있는 것이 눈에 들어왔다.

'저 둘은 죽어 마땅할 악인이다. 저들이 무사히 도망쳐 상처를 치료한다면 또다시 무고한 사람들을 괴롭힐 테니 이 기회를 놓치면 안 되겠다.'

강연수는 생각을 정하고 두 명을 추적했다. 심한 부상을 입은 두 명의 걸음은 느리기 짝이 없어 그녀가 쫓아가는 것은 일도 아니었다. 하지만 그녀는 시종일관 어느 정도 거리를 유지할 뿐, 공격을 하지는 않았다.

그녀는 아직 사람을 죽인 경험이 없었다. 비록 상대가 악인들이고 이미 죽이기로 결심했지만 막상 손을 쓰려니 망설여진 것이다. 그리하여 둘과 하나는 거리를 두고 가기를 계속하여 숭산파 밖의 나무들이 우거진 곳에까지 이르렀다. 그곳까지 이르자 오지경과 김진파는 더 이상 견디기 힘든지 그 자리에서 쓰러져 버렸다.

강연수가 보니 가만 놔두어도 죽을 것 같았다. 그녀는 앞으로 나서며 말했다.

"무고한 사람들을 괴롭히던 악당들이 드디어 천벌을 받게 되었군요."

그녀는 상대가 비록 악인이지만 나이가 많고 강호의 선배라 할 수 있어 존댓말을 했다.

"어디 마지막으로 남길 말이 있으면 해보시지요."

오지경은 누군가 계속 쫓아오고 있다는 것을 알고 있었다. 드디어 쫓아오던 상대가 나타나자 입을 열어 물었다.

"누군가? 숭산파 제자인가?"

"흥! 누가 숭산파 놈들이란 말이에요. 난 당당한 화산파 제자예요."

"그거 잘됐군. 그래, 이름이 뭐지?"

"강연수라고 해요."

오지경은 잠시 생각하고는 말했다.

"강 소저, 우리가 이렇게 만난 것도 인연이니 선물을 하고 싶네. 받아주겠는가?"

김진파가 깜짝 놀라 물었다.

"자네, 설마?!"

오지경은 고개를 끄덕였다. 그리고는 강연수에게 말했다.

"무공총람이라는 말을 들어보았나? 천고에 보기 드문 무공 비급이라네. 내가 가진 무공총람 퇴편과 여기 이 친구가 가진 점혈편을 그대에게 주고 싶네."

강연수는 놀라지 않을 수 없었다. 그녀는 이들이 서로 상대방의 무공총람을 얻기 위해 오랜 세월 싸웠다는 것을 알고 있었다. 그런 귀한 비급을 잘 알지도 못하는 자신에게 주겠다니?

"무공 비급을 줄 테니 살려달라는 건가요? 전 당당한 명문정파의 제자로 당신들 같은 악인을 절대 구해줄 수 없어요."

오지경은 피식 웃었다.

"최가 녀석이 우리에게 치명적인 상처를 남겨서 화타나 편작을 불러도 오늘을 넘길 수 없네. 우린 정말로 아무 대가 없이 그대에게 무공총람을 주겠다는 것이네."

강연수는 인상을 찌푸리고는 물었다.

"도대체 무슨 꿍꿍이지요? 이유를 모르는 한 난 절대 받지 않겠어요."

김진파가 키득거리고 웃었다.

"남들이 목숨을 걸고 탐하는 비급을 거저 줘도 싫다니."

"당신들 악인이 어떤 음모를 꾸미는지 모르는데 어찌 함부로 화가 될지도 모르는 물건을 받겠어요."

오지경이 말했다.

"좋아, 내 솔직히 말해주겠네. 우리가 이대로 죽으면 최진방이나 숭산 장문 박노해 놈의 손에 무공총람이 넘어가겠지. 우릴 함정에 빠뜨린 놈들에게 복수를 해도 시원치 않은데 어찌 이득을 보게 할 수 있단 말인가. 우리가 그대에게 책을 주는 것은 순전히 그 두 놈이 득을 보는 꼴을 보지 못하기 때문일세."

오지경은 박노해가 죽은 줄 모르고 그와 최진방이 손을 잡아 자신들을 해쳤다고 생각하고 있었다. 그의 말을 들은 강연수는 실소하지 않을 수 없었다.

"정 그렇게 책을 넘기기 싫으면 땅을 파고 숨기거나 태워 버리면 되지 않겠어요? 왜 굳이 남에게 주려고 하는 것이지요?"

"그것도 이유가 있네. 땅을 파고 숨기는 것은 흔적이 남아 찾아낼 우려가 있네. 책을 태우는 것 역시 흔적이 남겠지. 내가 원하는 것은 우리가 가진 무공총람의 행방을 최진방, 박노해 둘이 모르게 하는 것이네."

"어째서죠? 책을 태워 버리면 그 둘은 땅을 치고 아까워할 텐데요. 그것도 나름대로 복수가 아닌가요?"

오지경은 히죽 웃고는 답했다.

"그것 가지고서는 무슨 재미가 있겠나. 우리들의 책이 감쪽같이 사라지면 최진방, 박노해 둘은 예전의 우리처럼 분명 상대방이 몰래 숨기지 않았나 의심할 거야. 잘하면 서로를 해칠 수도 있으니 그 편이 더 좋은 복수가 되지 않겠나."

강연수는 가슴이 서늘해지는 것을 느꼈다.

'과연 악인들답게 남에게 해를 입히는 데는 비상하게 머리가 돌아가는구나!'

오지경의 악랄함에 놀람을 금치 못했지만, 그녀 역시 숭산파 제자와 최진방에게 험한 꼴을 당한 경험이 있어 양쪽이 의심하고 싸우는 것이 꼴좋다는 생각이 들었다. 또한 무인으로서 무공총람이 욕심나지 않는 것이 아니었다.

"좋아요. 당신들의 무공총람을 받기로 하지요."

"잘 생각했네."

오지경은 품에서 책을 꺼내주려다가 무슨 생각이 들었는지 잠시 멈추고 말했다.

"책을 주기 전에 소저에게 한 가지 맹세를 받아두고 싶네."

강연수는 경계하며 물었다.

"분명 좀 전까지 아무 조건 없이 준다고 하지 않았어요."

"맹세를 받고자 하는 것은 우리를 위해서기도 하지만 소저를 위해서기도 하네. 내가 원하는 것은 소저가 이 무공총람을 얻은 것을 그 누구에게도 말하지 않겠다고 하는 것이야. 물론 사부나 부모 역시 예외가 아니네."

강연수는 인상을 썼다.

"왜 그래야 하지요?"

"소저는 아직 어려서 강호의 험악함을 모르네. 사람은 죄가 없지만 보물을 가진 것이 죄라는 말이 있지 않나. 소저가 무공총람을 가진 것이 소문이라도 나면 소저뿐만 아니라 가족이나 친구까지 위험해질 수 있어. 부모나 스승이라면 말해줘도 괜찮지 않나 생각하겠지만 비밀이란 아는 사람이 많을수록 들킬 가능성이 높다는 것을 소저는 잊으면 안 되네."

강연수는 코웃음 쳤다.

"내가 무공총람을 가진 것이 알려지면 당신의 이간질 계획이 어긋나게 되어서가 아니고요?"

오지경은 빙그레 웃었다.

"내가 말하지 않았나, 우리를 위해서이기도 하다고."

"좋아요. 원하는 대로 해주기로 하지요. 절대로 누구에게도 말하지 않겠어요."

강연수가 맹세를 하고서야 오지경과 김진파는 무공총람을 꺼내주었다. 책을 주자마자 오지경은 손을 저으며 그녀가 가기를 재촉했다.

"우리는 상관하지 말고 어서 가게. 누가 와서 우리와 같이 있는 것을 보면 좋지 않아."

상대가 비록 악인이고 꿍꿍이가 있어서기도 하지만 귀한 비급까지 받게 되자 강연수는 중상을 입은 그들은 놓고 가기 미안해졌다. 하다 못해 금창약이라도 주고 갈까 했지만 오지경이 한사코 거부하며 가라고 해서 그녀는 할 수 없이 떠나갔다.

강연수가 떠나고 잠시 후였다. 김진파가 중얼거렸다.

"분명 숭산파 제자의 옷이었어. 왜 화산파라고 했을까?"

그는 어둠 속에서도 강연수가 입은 옷이 숭산파 제자의 옷이라는 것을 알아보았던 것이다.

오지경이 말했다.

"숭산파였겠지. 화산파가 이곳에 있을 이유가 어디 있겠나."

김진파는 물었다.

"자네가 무슨 생각이 있다고 생각했기에 잠자코 있었는데 숭산파인 것을 알면서도 왜 무공총람을 준 것인가?"

"하하, 생각해 보게. 왜 굳이 화산파라고 했을까? 자신이 숭산파라는 것을 알리고 싶지 않아서가 뻔하지 않은가. 즉, 그 계집애는 박노해 몰래 자신이 무공총람을 꿀꺽할 생각이었던 거야."

오지경은 사기꾼으로서 수십 년간 수많은 사람들을 속여왔다. 그래서 강연수가 진실을 말한 것을 믿지 않고 자신이 짐작한 것만 진실이라고 믿었다. 그는 득의만만한 표정으로 설명했다.

"그 계집애가 무공총람을 얻었으니 무공이 크게 증진하겠지. 박노해는 그것을 보고 의심을 할 거야. 그 계집애가 나이가 어리긴 하지만 천연덕스럽게 거짓말을 연기하는 꼴을 보니 보통 약은 것이 아니야. 결코 쉽사리 들키지는 않겠지. 흐흐흐, 한 문파의 장문인과 제자가 심기를 겨루며 싸우게 될 테니 참으로 재미있지 않겠나. 그 계집애가 박노해를 죽여주면 더욱 고맙겠고 말이야."

김진파는 껄껄 웃었다.

"하하, 자네에게 그런 깊은 뜻이 있었군! 계집애에게 부모나 사부에게 말하지 말라는 맹세를 시킨 것도 박노해에게 말할까 봐 그랬던 것이군."

"그렇지, 아직 어리니까 혹시나 실수로 말을 할까 봐 만일에 대비한 것이지."

"하하, 둘이 싸우게 될 일이 정말 기대되는군, 기대돼!"

"우리가 그 광경을 보지 못하는 것이 아쉽지만 말이야. 하하하!"

둘은 신이 나서 한참 동안을 웃어댔다. 하일랑과 이연광의 협공에서 간신히 벗어난 최진방이 그 웃음소리를 듣고 찾아왔을 때는 이미 두 사람의 숨은 끊어져 있었다.

2

임한정의 어깨를 잡은 손은 마치 갈고리 같아 장소산은 빠져나올 수가 없었다. 별수없이 빙그레 웃으며 일단 인사를 했다.

"무사하신 것 같아 다행이군요. 부인과 따님은 어디 계신가요?"

임한정은 웃으며 답했다.

"처자식은 자네에게 구함을 받자 바로 화산으로 보냈네."

"그럼 걱정할 것 없겠군요."

웃으며 말을 나누고 있었지만 임한정은 장소산을 잡은 손을 놓지 않았다. 장소산은 어깨가 은은히 아프자 살짝 눈살을 찌푸리며 말했다.

"손을 좀 놓아주시면 감사하겠습니다만……."

"뭘 그리 서두르나. 이렇게 다시 만났으니 단둘이 그동안 쌓인 이야기나 나누네."

임한정은 숭산파 제자들에게 뒷일을 지시하고는 장소산을 데리고 죽은 박노해의 방으로 향했다. 여전히 잡은 손은 놓지 않은 채였다. 주변 사람들은 임한정을 알고 있고 장소산이 숭산파 제자 옷을 입고 있었기에, 임한정이 장소산의 어깨에 손을 올려놓고 있는 것을 보고 사이가 좋다고 생각해 의심하는 일은 없었다.

아무도 들어오지 말라고 조치를 취한 후, 박노해의 방으로 들어간 임한정은 장소산의 어깨를 누르며 말했다.

"앉게나."

강한 힘이 누르니 장소산은 앉기 싫어도 앉을 수밖에 없었다. 그가 털썩 주저앉자 임한정은 그의 등의 혈도 몇 곳을 눌렀다. 장소산은 앉은 자세 그대로 몸이 굳어져 버렸다.

"이게 무슨 짓입니까?"

장소산의 목소리에는 노기가 서려 있었다. 임한정은 코웃음 치며 대꾸했다.

"보면 알지 않겠나."

그리고 임한정은 박노해가 앉던 자리에 앉았다. 그걸 보고 장소산이 빈정거렸다.

"숭산의 제자가 감히 장문인의 자리에 앉다니……."

"뭐 어떤가, 어차피 내가 곧 장문인이 될 텐데."

그 말을 듣는 순간 장소산은 정무관으로 오는 길에 하씨 성의 숭산파 제자가 했던 말을 떠올렸다.

'그때 그자는 나보고 임을 따르기로 했냐고 물었지. 그 임이 바로 임한정의 임을 말하는 것이었구나.'

장소산이 생각하느라 말이 없자 임한정이 입을 열었다.

"자네는 지금 많은 의문을 느끼고 있겠지. 안 그런가?"

"예, 전 그때 최진방의 손에서 당신 부부를 구한 것이 주제 넘는 짓이 아니었나 생각했습니다."

임한정은 웃었다.

“아니, 아닐세. 그때 난 정말 위기였네. 절대 쓸데없는 짓이 아니었
네.”

장소산은 퉁명스럽게 대꾸했다.

“과연 그럴까요? 그때 그냥 집에 편히 처박혀 있었다면 이렇게 앉아
다리 저려 하는 일은 없었을 것이 아닙니까.”

“하하, 하지만 무공총람을 얻지 못했을 것이 아닌가.”

임한정은 웃고는 얼굴에 비웃음을 띠고 물었다.

“자네가 나와 최 선배의 무공총람을 가지고 있지?”

장소산은 놀라며 대답했다.

“최진방의 것을 가진 것은 사실이지만 임 선배님의 것은 없습니다.”

“흥! 잘도 거짓말을 하는군. 내 집에 복도 밑, 숨겨진 벽 안에 있던
무공총람 수공편을 자네가 가지고 있지 않단 말인가?”

“예? 그곳에 있던 책은 가짜가 아니었습니까?”

임한정은 코웃음 쳤다.

“급하니까 잘도 변명을 지어내는군. 그게 무공총람이 아니면 뭐가
무공총람이지? 무공총람이 아니었다면 내가 왜 쓸데없이 책을 숨겨놨
겠나!”

장소산은 그때 비밀 장소의 무공총람이 가짜인 줄 알았다. 그는 이
상하다고 생각했지만 주인이 진짜라고 말하니 인정하지 않을 수 없었
다.

“전 그것이 가짜인 줄 알았습니다. 하지만 진짜라니 제가 곧 돌려드
리지요.”

“이미 실컷 보고 달달 외워둔 다음에 돌려준다? 하하, 자네와 같은
식으로 한다면 세상에 비급이라 불릴 물건이 어디 있을까!”

장소산은 화가 치밀었다. 그는 임한정의 딸 임예정이 건달에게 잡힌 것을 구해주고 이어 최진방의 손에서 임한정 부부를 목숨을 걸고 구했다. 그뿐이랴! 다시 잡혔다는 말에 또다시 위험을 무릅쓰고 이곳까지 찾아왔다. 자신이 이처럼 선의를 베푸는데 상대방은 악의로 대하고 있으니 어찌 화가 나지 않겠는가.

그는 분노를 숨기지 않고 말을 내뱉었다.

"나는 목숨을 걸고 그대 가족을 구했소. 내가 손을 쓰지 않았으면 당신 부부는 몰라도 당신의 귀한 딸은 건달들에게 잡혀 죽거나 기루에 팔려 갔을지도 모르오. 당신은 당신 가족의 목숨보다 그까짓 책 한 권이 더 중요하오? 그깟 책 좀 봤다고 날 이렇게 대할 수가 있냔 말이오!"

임한정은 조금 움찔했다. 하지만 곧 기세등등하게 목소리를 높였다.

"나도 처음에는 네가 선의로 도와주는 줄 알고 고마워했다. 하지만 나중에야 네가 무공총람을 목적으로 했다는 것을 알았다. 꿍꿍이를 가지고 한 선의를 내가 왜 고마워해야 한단 말이냐?!"

"뭐라고요?"

장소산은 기가 막혔다. 자신의 선의가 어찌하여 무공총람을 노린 음모로 변질되었단 말인가?

임한정은 비웃음을 띤 채 설명했다.

"나는 너에게 구함을 받은 후 처와 딸은 화산으로 보내고 가산을 정리하기 위해 낙양의 집으로 돌아왔다. 그러나 이미 숭산파에서 손을 쓴 다음이라 집이 텅 비어 있더군. 난 할 수 없이 일단 화산으로 가 도움을 청해야겠다고 생각했다. 그러나 가는 도중 숭산파 사람들에게 잡혀 숭산으로 끌려가고 말았다."

여기까지는 장소산도 알고 있는 사실이었다. 하지만 숭산으로 끌려

간 임한정이 어찌하여 상황이 이처럼 뒤바뀌었는지는 도무지 짐작조차
할 수 없었다.

"다행히 숭산파의 제자 중에는 나를 따르는 자들이 제법 되었다. 해
마다 많은 은자와 선물을 보내 인심을 쌓아둔 덕분이었지. 그들의 도
움으로 난 도망쳐 나올 수 있었다. 그런데 막 숭산을 빠져나왔을 때 최
진방, 최 선배와 만나게 되었다."

임한정은 말하며 장소산을 쳐다보았다.

"덕분에 너에게 속았다는 것을 알게 되었지."

최진방은 무공총람을 노리고 임한정 부부를 잡아 핍박했으니 적이
라 할 수 있었다. 그런데 임한정의 말투를 들어보니 적대는커녕 친밀
한 사이 같았다.

'도대체 그와 최진방 사이에 무슨 일이 있었던 걸까?

장소산은 참을 수 없어 물었다.

"최진방에게 무슨 소리를 들은 거요?"

"처음에 난 최 선배가 날 노리고 왔다고 생각하고 공격했다. 그런데
최 선배는 나와 싸울 생각이 전혀 없었다. 한참을 싸우다 그가 수비만
할 뿐, 전혀 공격하지 않는 것을 알아차리고 왜 그러냐고 묻자, 최 선배
는 내게 내가 숨겨놓은 무공총람 위치를 말하며 그곳에 무공총람이 있
는 것이 맞느냐고 물었지. 내가 깜짝 놀라 그걸 어찌 아냐고 묻자 최
선배가 말하더군. '자네나 나나 어린 놈에게 꼼짝없이 당하고 말았
군.' 최 선배는 네가 자신의 무공총람도 훔쳐 갔고, 이어 내가 숨겨놓
은 것까지 챙겨 버렸다고 하더군."

"최진방은 악인인데 어찌 그 자의 말을 쉽게 믿는단 말입니까."

임한정은 피식 웃고는 말했다.

"나 역시 처음에는 믿지 않았다. 최 선배는 믿지 못하겠다면 증거를 보여주겠다며 날 무이산으로 안내했지. 그곳의 석실에서 난 네가 연수와 무공을 겨루는 것을 보았다. 네가 펼치는 무공에 나와 최 선배의 무공총람 내용이 분명하게 들어 있는데 내가 어찌 믿지 않을 수 있겠느냐!"

장소산은 최진방이 자신과 강연수를 석실에 잡아두고도 아무런 제제도 가하지 않고 놔둔 것이 무공총람의 무공을 마음껏 펼치게 하기 위해서고, 그동안 최진방과 임한정이 훔쳐보았다는 사실에 놀람을 금치 못했다.

'내가 분명 수공편의 무공을 쓴 것은 사실이다. 그러나 그것은 임한정이 최진방에게 써주었던 필사본의 것이지 책을 본 것은 아니었다. 하지만 어찌 되었든 내가 임한정의 무공 비급 내용을 본 것은 사실이고, 그 차이를 설명하려 해도 이미 나를 믿지 않게 되었으니 말해보았자 소용없겠구나.'

장소산은 한숨을 푹 내쉬고 물었다.

"좋습니다. 내가 훔쳐 배웠다고 칩시다. 그런데 왜 강 소저를 당신은 구하지 않았지요? 그녀는 당신의 조카뻘이라고 들었는데요."

임한정은 대답했다.

"물론 그녀야 나중에 구할 생각이었지. 하지만 당장 내 앞의 급한 일부터 처리하지 않으면 안 되었다."

"최진방과 힘을 합쳐 숭산파를 집어삼키기로 한 일 말입니까?"

임한정은 말했다.

"최 선배와 힘을 합친 것은 서로 간에 필요한 것이 있어서였다. 나는 숭산파를 어떻게 하지 않으면 안 되었고, 최 선배는 무공총람을 필요로 했다.”

“과연 그렇군요. 전 박노해가 어떻게 이리도 빨리 최진방 일당이 습격 계획을 짠 것을 알고 있을까 궁금했는데, 아예 최진방이 일당과 계획을 짜기도 전에 당신을 통해 전해준 것이었군요.”

“그래, 맞다. 과연 똑똑한 놈이로구나.”

임한정은 설명했다.

“나는 나를 따르는 숭산 제자 몇 명을 통해 박노해가 습격 사실을 미리 알도록 했다. 또한 재물을 아낌없이 써서 숭산파 내의 나를 따르는 제자들의 수를 늘렸지. 원래 박노해는 제자들에게 그다지 인심을 사지 못했고, 반대로 나는 오래전부터 제법 많은 제자들이 따랐다.”

그는 웃으며 말을 이었다.

“박노해도 그 사실을 알고 있었기 때문에 무공총람을 노리고 날 잡으려 하는 것을 대부분의 제자들에게 숨겼고, 몇 명의 심복들만으로 일을 처리하게 했지. 그런데 날 잡으러 온 그들 대부분이 최 선배에게 죽고 말았으니 이제 사실상 숭산파 내에서 박노해보다 날 따르는 자가 더 많다고 할 수 있다. 다만 감히 장문인을 거역하지 못할 뿐이지.”

장소산은 탄복하며 말했다.

“그렇다면 박노해가 죽은 이상 숭산파 장문인 자리는 당신의 것이로군요. 그럼 이제 최진방이 자신의 몫을 챙길 차례인가요?”

“그래, 맞다. 이번 계획의 목적은 박노해, 오지경, 초연산, 김진파, 이상 넷을 죽이는 것이다. 박노해의 목숨은 날 위해서고, 나머지 세 명의 목숨은 최 선배를 위한 것이지. 방금 대청에서 그들 셋은 부상을 입었을 것이니 최 선배의 손에서 죽게 될 것이다. 상황이 여의치 않으면 내가 다시 함정을 파고 최 선배가 그들을 유인하여 데리고 오기로 했으니 어찌 되었든 그들은 살아남지 못할 것이다.”

설명을 마친 임한정은 길게 한숨을 내쉬었다.

“사실 이렇게 된 것은 나도 어쩔 수 없는 일이었다. 박노해가 무공총람을 노리고 끊임없이 핍박하고 있으니 이대로 있다가는 그에게 잡혀 목숨을 잃거나, 지금까지 이루어놓은 사업을 모조리 버리고 멀리 새외로 도망쳐야 할 판이었다. 내가 그를 죽이지 않으면 내가 죽을 형국이었지.”

장소산이 퉁명스럽게 말했다.

“무공총람을 줘버리면 될 것 아닙니까.”

임한정은 피식 웃었다.

“준다고 그가 날 살려둘까?”

“아니면 화산파의 도움을 받아 시시비비를 확실히 가리면 되지 않습니까?”

“흥! 세상일이 말처럼 쉬우면 이 고생을 하지도 않았지.”

순간 장소산은 마음속으로 짚이는 것이 있었다.

“원래 무공총람이 숭산파의 것이었는데 당신이 훔쳤기 때문이 아닙니까? 그래서 시시비비를 가려도 결코 자신에게 유리하지 않아서가 아니오?”

그의 이 말을 정곡을 찌른 것이었다. 임한정은 깜짝 놀라 손을 떨며 물었다.

“넌 그 사실을 어찌 아는 거냐?”

장소산은 임한정이 모든 사실을 솔직하게 다 털어놓는 것으로 보아 자신을 죽일 속셈일 가능성이 높다고 생각했다. 그렇다면 어떻게든 그가 자신을 살려두어야 할 이유를 만들어놔야만 할 필요성을 느꼈다.

"글쎄요, 제가 어찌 알까요?"

그는 대단한 비밀이라도 숨기고 있는 것처럼 너스레를 떨었다.

"원래 우리 개방은 천하의 모든 소문이 모이는 곳이랍니다. 사람들이 자신만이 알고 있는 비밀이라 생각하고 있는 것도 십중팔구는 개방도 알고 있지요."

하지만 임한정은 속아 넘어가지 않았다.

"흥! 거짓말하지 마라. 개방에서 알고 있다면 진짜 고수를 보내지 왜 너 같은 어린애를 보냈겠느냐."

"그렇다면 제가 어떻게 석실에서 빠져나올 수 있었을까요?"

장소만의 반문에 임한정은 흠칫했다.

'개방이 어린 제자를 앞에 내세워 이목을 흐리고 뒤에서 조사하고 있었단 말인가?

그는 장소산과 강연수가 어떻게 석실에서 도망쳤는지 모르고 있었다. 장소산 역시 모르는 것은 마찬가지였지만, 임한정을 속여서 뒤에서 돕는 사람이 있다고 믿게 하면 자신을 함부로 해치지 못할 것이라고 생각했다.

"아직 개방에서도 정확한 사정은 모르겠지요. 하지만 제가 돌아오지 않으면 자세한 조사가 있을 것이고 진실이 밝혀지는 것은 시간문제입니다."

임한정은 낮은 신음을 흘렸다. 그는 정말로 개방이 나서게 된다면 큰일이라고 생각했다. 그런데 그때 밖에서 말소리가 들려오며 문이 열렸다.

"자네는 어린 놈의 수작에 속아 넘어가지 말게."

안으로 들어온 노인을 본 장소산은 처음에는 입은 옷을 보고 숭산파 장로인 줄 알았으나 자세히 보니 최진방이 변장한 것이었다.

임한정이 물었다.

"어떻게 됐습니까?"

"세 놈은 죽었네."

"성공하셨군요. 축하드립니다."

그러나 최진방은 그다지 기뻐하는 기색이 아니었다. 그는 장소산을 흘금 보고는 임한정에게 물었다.

"이 녀석은 어디서 잡았나?"

"박노해가 죽을 때 대청 안에 있는 것을 보고 잡았습니다."

최진방은 눈살을 찌푸리며 생각했다.

'그렇다면 이 녀석이 가로챈 것은 아니군.'

그는 세 노인을 죽이긴 했지만 무공총람은 초연산의 권편 하나를 얻었을 뿐이다. 하일랑과 이연광 때문에 잠시 오지경과 김진파를 놓쳤다가 나중에 찾아내고 보니 이미 둘의 숨은 끊어져 있고, 무공총람은 온데간데없이 사라져 있었던 것이다.

장소산이 여기 있는 것을 보고 이 약삭빠르고 도둑질 솜씨가 탁월한 그가 중간에 훔쳐 간 것이 아닌가 생각했지만 임한정이 그를 잡았을 때에는 세 노인이 자신과 함께 있을 때이니 시기상으로 불가능했다.

"최 선배님, 이 녀석이……."

임한정은 장소산과 나눈 대화를 대충 설명했다. 그가 개방에서 이번 일을 조사할까 걱정하는 것을 보고 최진방은 말했다.

"자넨 걱정할 필요 없네. 개방은 최근 자기들 일에도 바빠 남의 일에 끼어들 겨를 따위는 없네. 이 꼬마 녀석의 말은 십중팔구는 터무니없는 소리니 그대로 믿었다가는 자네만 손해네."

장소산은 일부러 소리 내어 웃었다.

"하하, 과연 터무니없는 소리일까요?"

최진방은 무시하고는 물었다.

"나와 임제의 무공총람을 어디다 두었느냐?"

장소산은 임한정을 보고 웃고는 대답했다.

"저 역시 임 선배님이 박노해에게 무공총람을 돌려주지 않았던 것처럼, 책을 돌려드리면 살인멸구당할까 두려워 돌려드리지 못하겠는데요."

"흥, 약아빠진 녀석!"

최진방은 노기를 참으며 웃었다. 그는 장소산을 노려보며 말했다.

"네가 책을 숨겨놓은 곳을 말하지 않으면 우리가 책을 찾기 위해 널 살려둘 줄 아느냐? 그 책은 이미 나와 임제가 달달 외웠으니 시간만 있으면 필사본 정도 만드는 것은 식은 죽 먹기다. 널 죽이지 않을 이유는 어디에도 없단 말이다."

장소산은 상황이 이렇게 된 이상 이미 사지에 발을 들여놓은 격이라 갈 데까지 가보는 수밖에 없다고 보았다.

"하하, 그럼 죽이시지요. 제가 죽으면 제 친구가 두 권의 무공총람을 가져가 방주께 지금까지의 일을 설명드릴 것입니다."

최진방은 코웃음 치며 말했다.

"좋아, 어디 맘대로 해보려무나. 넌 절대 우리에게 훔친 무공총람을 익힐 수 없을 것이다. 자, 어디 네가 믿는 그 친구라는 놈이 널 구해주는가 보자꾸나."

말을 마치는 것과 동시에 그는 장소산의 뒤통수를 후려쳤다. 장소산은 눈앞이 캄캄해지는 것을 느끼며 정신을 잃어버렸다.

3

장소산은 자신이 얼마나 오랜 시간 동안 정신을 잃었는지 몰랐다. 머리 위에서 떨어지는 차가운 물방울에 그는 정신을 차렸다.

"내가 살아 있는지 모르겠군."

그는 자신의 사지가 쇠사슬에 묶여 있다는 것을 알아차렸다. 고개를 돌려 주변을 살펴보니 자신이 있는 곳은 어둡고 습기 찬 동굴 안이었다.

"어이, 누구 없소? 나 좀 구해주시오!"

한참을 소리쳤지만 아무 반응도 없었다. 장소산은 암담해지는 것을 느끼며 긴 한숨을 내쉬었다. 그런데 그때 누군가 걸어오는 소리가 들렸다. 고개를 들어 나타난 사람을 본 그는 떨떠름한 표정이 되었다.

"당신이었군."

나타난 사람은 무이산에서 장원을 관리하던 불구노인 아복이었다.

'이 사람이 있는 것을 보니 이곳은 무이산일 가능성이 높다. 아마도 산중에 있는 또 다른 동굴이겠지. 최진방 녀석이 날 여기다 가둬둔 것이로구나.'

아복이 가져온 것은 음식이었다. 그는 숟가락으로 밥을 퍼 내밀며 입을 벌려 보였다. 장소산은 그가 입을 벌려 받아먹으라고 하는 것을 알고 쓴웃음을 지으며 말했다.

"내가 세 살 먹은 애도 아니고 먹는 것쯤은 할 줄 아오."

그러나 막상 팔을 움직이려 하자 조금 움직이다 탁 하고 걸려 버렸다. 쇠사슬이 바위에 깊이 박혀 있어 움직일 수 있는 범위라고는 불과 몇 뼘에 불과했던 것이다. 장소산은 심장이 덜컥 내려앉는 기분이었다.

'최진방은 내가 결코 무공총람의 무공을 익히지 못할 것이라고 했다. 확실히 이렇게 꼼짝도 못해서야 무공 연습을 하려고 해도 할 수가 없다. 무공이야 연습하지 않으면 그만이라고 해도 평생 이렇게 갇혀 있어야 한다면 살아도 사는 것이 아니고 차라리 죽는 것이 낫겠다!'

그는 속으로 이렇게 생각하면서도 배가 너무 고파 아복이 주는 음식을 받아먹었다. 음식을 모두 먹자 아복은 장소산의 다리 밑에 있는 통을 탁탁 쳐 보였다. 장소산은 기가 막혔다.

"볼일을 여기다 보라는 거요?"

아복은 고개를 끄덕였다. 장소산이 팔을 움직여 보니 팔은 머리 있는 곳까지는 올라오지 않고 허리춤까지는 가게 되어 있었다.

"하하, 그래도 다행히 바지를 내렸다 올릴 수는 있겠군. 최진방의 배려에 감사드린다고 전해주시오."

장소산은 웃으며 말했지만 사실 속으로는 분통이 터져 미칠 지경이었다. 다만 어렸을 때부터 의지할 곳 없이 세상을 떠돌며 온갖 고난을 겪었기 때문에 절망해 봐야 아무것도 얻지 못한다는 것을 알 뿐이었다.

아복은 알아들었는지 고개를 끄덕이고는 나가 버렸다.

그 후로도 아복은 꼬박꼬박 하루 세 끼 먹을 것을 가져오고 통에 장소산이 배설한 오물을 갈아주었다.

장소산은 매일매일 시간이 갈수록 절망적인 심정이 되었다. 불과 갇힌 지 일주일도 안 돼 미칠 것 같았다.

전에 강연수와 두 달간 석실에 있을 때는 몇 달이든 아무렇지 않았다. 그때는 비록 석실 안이지만 팔다리를 자유롭게 움직일 수 있었고, 옆에는 외로움을 달래줄 강연수가 있었기 때문이다. 그녀와 말씨름을 하고 무공을 겨룰 때는 즐거움마저 있었다.

하지만 이곳은 그때와는 천양지차였다. 언제나 습기가 눅눅하여 가만히 있어도 답답하고 쇠사슬에 묶인 팔다리는 쑤셨다. 거기다 찾아오는 아복과는 벙어리라 대화도 나눌 수 없으니 답답하기만 했다.

'지금 내 신세는 우리에 넣어져 길러지는 가축과 다름이 없구나. 석실에 있을 때 삼시 세끼 먹을 것을 주니 좋다고 하니 강 소저는 그럼 차라리 돼지가 되라고 했다. 그런데 지금 내 신세가 정말 돼지와 다름이 없으니 강 소저는 선견지명이 있었군.'

장소산은 자신이 아직 살아 있는 이유가 자신을 돕는 친구가 있다는 허풍을 최진방과 임한정이 신경 쓰고 있기 때문이라는 것을 알았다.

'실제로 날 도울 친구는 쥐뿔도 없다. 시간이 지나면 그 사실을 최진방도 알게 될 테고, 그때가 내가 죽는 날이겠구나.'

죽음을 생각했지만 장소산은 오히려 담담해졌다. 이렇게 사느니 차라리 죽는 것이 낫겠다는 생각 때문이었다.

'이렇게 된 이상 욕이라도 실컷 해두자.'

장소산은 듣는 사람이 없음에도 욕을 퍼부어댔다.

"야, 이 천인공노할 최가 놈과 임가 놈아! 개새끼들도 너희들보단 쓸모있고, 금수들도 너희들보단 인정있을 것이다. 이 개잡종 새끼들! 염병에 걸릴 것들!"

한참을 그렇게 욕을 퍼붓다 보니 더 이상 욕이 생각나지 않았다. 장소산은 한참 궁리를 해서 몇 가지 새로운 욕을 했다. 신나게 욕을 하다

보니 조금은 울화가 풀리는 것 같았다.

장소산은 그 후 갇힌 생활 중에 유일한 취미 생활을 만들어 즐기게 되었으니 바로 욕을 하는 것이었다. 계속 욕을 하다 보니 최진방과 임한정이 미워서 욕을 하는 것보다 욕 자체를 하는 것을 즐기게 되어버렸다.

원래 장소산은 남을 원망하거나 마음속으로 원한 같은 것을 담아두는 성격이 아니었다. 화가 나는 일도 하루만 지나면 훌훌 털어버리고 잊어버리곤 했다. 아무리 힘든 상황에서도 즐거운 일을 찾곤 했으니 이런 절망적인 상황에서도 자그마나 취미를 만들어낸 것이다.

장소산이 갇힌 지도 어언 한 달이 지났다. 그날도 그는 신나게 욕을 퍼붓고는 스스로 한 욕이 재미있다고 생각해 껄껄 웃고 있었다. 그런데 마침 아복이 음식을 가지고 들어왔고 그는 웃으며 물었다.

"방금 내 욕이 어떻습니까? 꽤나 통쾌하지 않습니까?"

상대가 벙어리이니 대답을 기대하지 않고 그냥 한 번 해본 말이었다. 그런데 놀랍게도 아복이 퉁명스럽게 대꾸하는 것이 아닌가?

"욕을 아무리 해봤자 무엇 하나, 상대가 듣지도 못하는데."

장소산은 눈이 휘둥그레졌다.

"다, 당신 벙어리가 아니었군요."

"물론 벙어리가 아니다."

아복은 못마땅한 표정으로 장소산을 보고 혀를 끌끌 차며 말했다.

"넌 참으로 쓸모없는 놈이다. 모처럼 내가 풀어주었더니 아무것도 못해 보고 도로 잡혀와 쓸데없는 짓이나 하고 있으니."

장소산은 놀람과 기쁨으로 아복을 바라보며 떨리는 목소리로 물었다.

"다, 당신이 그때 석실의 문을 열어준 사람입니까?"

"그렇다."

아복의 대답에 장소산은 뛸 듯이 기뻤다. 자신을 구해준 사람을 찾았기 때문이 아니라 또다시 그가 자신을 구해줄 것을 기대했기 때문이다.

"다시 한 번 절 구해주시지 않겠습니까?"

"구해주면 무엇 하나, 어차피 도로 잡혀올 것이 뻔한데."

장소산은 재빨리 말했다.

"이번에는 절대 잡히지 않겠습니다."

그러나 아복은 억지로 장소산의 입을 벌리고는 음식은 쑤셔 넣고는 그대로 가버렸다. 장소산은 마음이 다급해졌다.

'어떻게 해야 저 사람이 날 구해줄 것인가?'

그는 욕을 하는 것은 그만두고 고민에 빠졌다. 그 후에도 아복은 계속 음식을 가져왔지만 아무리 말을 걸어도 전처럼 벙어리 흉내를 냈다.

장소산은 아복의 눈치를 살펴 한 가지 결론을 내릴 수 있었다.

'나에게서 원하는 말이 나오기를 기다리고 있는 것 같다.'

도대체 무슨 말을 원하는 것일까? 장소산은 고민 또 고민했다. 그러자 한 가지 짚이는 것이 있었다. 그는 아복이 음식을 가져오자 말했다.

"날 구해주면 최진방과 임한정, 두 놈에게 반드시 복수하겠습니다."

순간 아복의 입가에 살짝 미소가 드리우는 것을 장소산은 놓치지 않았다.

'제대로 짚었군!'

아복은 드디어 다시 입을 열었다.

"네놈은 쓸모가 없지만 너와 내가 둘 다 최진방에게 원한이 있으니 동지라 할 수 있다. 함께 힘을 합쳐 복수를 한다면 이보다 좋은 일은 없겠지."

장소산은 사실 복수는 그다지 생각하고 있지 않았다. 그저 이곳에서 빠져나가 자유를 찾을 수만 있으면 최진방이든 임한정이든 다시는 상관하고 싶지 않았다. 하지만 솔직히 말했다가는 자신을 풀어줄 것 같지 않아 본심을 숨기고 물었다.

"노인께서도 최진방에게 심한 꼴을 당하셨나 보군요. 대체 무슨 일을 당한 것입니까?"

아복은 이를 갈며 대답했다.

"최진방 한 놈이 아니지. 오지경, 초연산, 김진파, 이 네 놈이 날 이 꼴로 만들어놓았다."

"아!"

장소산은 아복의 불구인 몸이 최진방 일당의 짓이라는 것을 알고 놀랐다. 하지만 한 가지 의문이 생겨났다.

'그렇다면 왜 최진방은 원수인 이 사람에게 장원을 관리하는 일을 맡긴 것일까? 그의 성격이라면 당장 죽였어야 정상일 텐데.'

아복은 장소산의 표정에서 궁금함을 읽고 물었다.

"나와 최진방 놈들과의 과거를 알고 싶으냐?"

장소산은 궁금한 것도 궁금한 것이지만 아복이 말하고 싶은 눈치이자 얼른 고개를 끄덕였다.

"그렇습니다."

"이 일은 벌써 삼십 년이나 거슬러 올라간다. 모든 일의 원인은 바로 무공총람이었지."

장소산은 순간 마음속으로 짚이는 것이 있어 물었다.

"당신이 바로 최진방 일당이 잃어버린 무공총람 내공편을 가진 사람입니까?"

아복은 깜짝 놀라며 물었다.

"네가 그걸 어떻게 알았느냐?"

장소산은 설명했다.

"전 석실을 빠져나왔을 때 최진방 일당이 숭산파를 습격할 의논을 하며 무공총람 내공편을 잃어버렸고, 그 때문에 서로를 믿지 않게 되었다는 말을 들었습니다. 당신이 과거 일에 무공총람이 관련되어 있다고 하자 혹시나 해서 물어본 것입니다."

아복은 자신이 무공총람을 가진 사실을 다른 사람이 알고 있는 줄 알고 놀랐으나 장소산의 짐작이라는 말에 안도하여 고개를 끄덕였다.

"그래, 맞다. 내가 무공총람 내공편을 가지고 있다."

4

아복은 옛날이야기를 하듯 과거를 얘기하기 시작했다.

"지금으로부터 삼십여 년 전, 진겸이라는 분이 계셨다. 그분은 대대로 유학자 집안 출신이셨지만 유교적 가르침보다 배워 직접 쓸 수 있는 잡학 쪽에 더 관심을 기울이셨다. 그분은 또한 책을 수집하는 것이 취미셨다. 처음 들어보는 읽어보지 못한 책은 돈을 얼마나 들이던, 천 리 밖을 가서라도 구하곤 하셨다. 그러던 중 우연히 다섯 권의 책을 얻게 되었는데 그것이 바로 무공총람이었다."

장소산은 아복이 진겸이라는 사람을 언급할 때 은연중에 존경심이 담겨 있는 것을 느꼈다. 그는 조금 의아함을 느끼며 물었다.

"그 다섯 권이 최진방 일당이 가진 네 권의 무공총람과 당신이 가진 내공편이로군요."

"그래, 맞다."

"무공총람은 무인들이 노리는 귀한 무공 비급인데 한꺼번에 다섯 권이나 얻다니 그분의 운이 정말 좋군요."

"자세한 사정은 나도 모른다. 단지 누군가 여행 중에 여비가 떨어졌다며 그 책을 팔러 왔다고 들었을 뿐이다. 어찌 되었든 다섯 권의 무공총람을 얻은 그분은 그 안에 적힌 무공에 흥미를 느껴 수련을 시작했다. 원래 타고난 재능이 있었던 그분은 십 년이 지나자 상당히 성취를 보게 되었다. 한데 사람이 뭔가를 배우면 써보고 싶어지는 것이 인지상정이라 그분도 자신의 무공을 시험해 보고 싶은 생각이 들었다. 그래서 몇 명의 하인만을 데리고 집을 떠나 각지에 이름난 고수들을 찾아가 대련을 청했다."

아복은 그때를 회상하듯 잠시 멍해져 있다가 정신을 차리고 말을 이었다.

"놀랍게도 각 지방의 이름난 고수들 중 그 누구도 그분의 상대가 되지 않았다. 그분은 자신이 익힌 무공총람의 무공이 천하에 보기 드문 뛰어난 절학임을 알고 크게 만족했다. 또한 무인들이 하나같이 별호를 가진 것을 보고 스스로 별호를 지어 오절신군이라 칭했다."

장소산은 오절신군이라는 이름에 대해 사부에게 들었던 적이 있다는 것을 기억해 냈다.

'사부님이 말씀하시길 오절신군이라는 자는 홀연히 나타나 각지의 이름난 고수들을 십 초 안에 모조리 격파하여 강호를 놀라게 했다고 했다. 그러나 나타난 것과 마찬가지로 홀연히 사라져 그 후 아무도 그

의 행방을 모르게 되었다고 했지.'

아복은 계속해서 말해 갔다.

"자신의 무공에 만족한 그분은 집으로 돌아갈 생각을 하지 않고 계속해서 강호를 돌아다녔다. 그러던 중 한 명의 고수를 만났다. 놀랍게도 그 고수의 무공은 너무나 뛰어나 그분은 패하고 말았다. 하지만 처음 당한 패배에 그분은 쉽게 승복할 수 없었지. 그분은 자신이 아직 무공총람의 무공을 완전히 다 익히지 못한 것을 떠올리고 그 고수에게 십 년 후에 다시 겨루자고 약속했다. 그 고수는 혼쾌히 허락을 했지."

장소산이 물었다.

"그 고수는 누구입니까?"

"나도 모른다. 한 가지 확실한 것은 강호의 유명한 고수는 아니었다는 것이다. 그래서 그분이 패하는 것을 보고 정말 놀라고 말았다."

아복은 이야기를 계속 이어갔다.

"그분은 하인들과 함께 무이산으로 올라 장원과 무공을 수련할 석실, 그리고 외인이 무공을 익히는 데 방해하지 않도록 석실로 들어가는 동굴 앞에 석진을 지었다. 무공총람에는 진법이 없었지만 잡학에 능한 그분은 진법에도 일가견이 있으셨지. 모든 것이 완성되자 그분은 무공 수련에 매진하셨다. 그러나 공교롭게도 얼마 지나지 않아 병에 걸려서 그만 세상을 떠나시고 말았다."

"아!"

장소산은 전에 장원에서 보았던 그림의 중년인이 바로 오절신군이라는 것을 알게 되었다. 또한 절정의 고수이고, 그림으로 보아 나이도 그리 많아 보이지 않던 오절신군이 그렇게 어이없이 죽었다는 말에 이

상함을 느꼈지만 별말없이 이야기를 재촉했다.

"그래서 어떻게 되었습니까?"

"그분이 죽자 무공총람 다섯 권은 그분을 모시던 하인들의 손에 고스란히 떨어졌다. 하인들은 이 책의 무공을 익히면 절세고수가 될 수 있다는 것을 알기에 기쁨을 감추지 못했다. 그런데 한 가지 문제가 발생하고 말았다."

"문제라니 뭡니까?"

"책은 다섯 권인데 사람은 여섯 명이었던 것이다."

장소산은 실소했다. 책이야 다 같이 보면 되는데 사람 수와 권수가 같든 다르든 무슨 상관이 있냐는 생각이 든 것이다. 그러나 과거의 하인들은 생각이 달랐던 모양이었다.

"하인들은 각기 책을 한 권씩 챙겨 그 안의 무공을 익히고 다 익힌 후 서로 책을 바꿔보기로 했다. 그런데 한 명에게는 책이 돌아가지 않았다. 가장 나이 어린 하인이었다."

아복은 절로 목소리에 분기가 서리기 시작했다.

"어린 하인은 분노하지 않을 수 없었다. 이 일의 가장 큰 공로자는 자신인데 득은 자기들끼리만 보려 하다니!"

장소산은 속으로 생각했다.

'공이라니, 무슨 공을 세웠다는 거지?'

아복은 그가 의문을 느끼든 말든 정신없이 말해 갔다.

"어린 하인은 참지 못하고 다른 한 하인이 무공총람의 내공을 익히는 틈을 타 그의 등을 찌르고 책을 훔쳐 달아났다. 그러나 운이 없어 그만 다른 네 하인에게 잡혀 버렸지. 네 하인은 어린 하인에게 인정사정없이 매질을 하여 죽여 버렸다. 그러자 이번에는 또 다른 문제가 생기고 말았다.”

“무슨 문제입니까?”

“어린 하인이 찌른 하인도 죽고 어린 하인 역시 죽었다. 둘이 죽어버렸으니 책은 다섯 권인데 사람은 네 사람이 되지 않았느냐.”

장소산은 웃음을 터뜨렸다.

“책이 한 권 남게 되었군요. 책을 한 권 늘리는 것은 어렵지만 사람을 늘리는 것은 쉬운 일이죠. 아무나 한 명 데려와 같이 무공을 익히면 숫자가 맞게 되는 것이 아닙니까.”

아복은 코웃음 쳤다.

“미쳤다고 사람을 데려와 공을 나누겠느냐. 그들은 새로 사람을 데려올 생각도 없고 그렇다고 자신들 중 누군가 한꺼번에 두 권을 익혀 자기들보다 더 무공을 증진시키는 것도 바라지 않았지. 그래서 남는 책인 내공편을 상자에 넣고 자물쇠를 네 개 채워 각기 네 개의 열쇠를 가진 다음, 상자를 자기들만이 아는 비밀 장소에 숨겨두었다. 하지만 그들은 한 가지 중요한 사실을 모르고 있었지.”

“그게 뭡니까?”

“죽은 줄 알았던 어린 하인이 살아 있었다는 거지. 그것이 바로 나다!”

장소산은 이야기를 들으며 어느 정도 짐작하고 있었지만 일부러 크게 놀란 표정을 지어보였다.

“분명 어린 하인은 죽었다고 하지 않았습니까. 어찌 된 것입니까?”

아복은 득의 어린 표정을 지으며 답했다.

“그 녀석들은 내가 죽은 줄 알고 산에다 아무렇게나 버려 버렸지. 하지만 난 숨이 약간이나마 붙어 있었다. 그리하여 목숨을 부지한 나는 후에 상처를 치료하고 녀석들이 숨겨놓은 무공총람을 찾아낸 것이다.”

장소산은 감탄했다.

“자기들만이 아는 비밀 장소에 숨겼다고 하더니, 잘도 찾아내셨군요.”

“그 녀석들과 난 어린 시절부터 줄곧 함께 다녀 녀석들이 아는 곳은 나도 모두 안다. 녀석들이 비밀 장소라고 숨길 장소야 뻔하지. 네 개의 자물쇠 역시 그 녀석들의 멍청함을 보여주는 것이었다. 열쇠장이를 찾아가 돈 몇 푼만 주니 반각도 안 돼 따주더군.”

장소산은 실소했다.

‘네 하인들은 바로 최진방 일당이겠지. 그들도 예전에는 그다지 똑똑하지 못했군.’

그는 생각을 하다 의문이 들어 물었다.

“당신이 무공총람을 얻었으면 아무도 모르는 곳에 숨어 무공을 익힌 다음 강호를 종횡하며 명성을 떨칠 것이지 왜 이런 곳에서 최진방 일당의 하인 노릇을 하는 겁니까?”

아복은 짜증을 내며 외쳤다.

“홍! 내 꼴을 봐라. 그 네 놈들에게 두들겨 맞아 팔다리가 부러지고, 얼굴까지 비틀어져 버렸다. 그 후 제대로 치료를 받지도 못해 잘못 뼈가 아물어 굳어져 버렸으니 완전히 불구인 몸이 돼버렸다. 이런 몸으로 무공을 익혀봐야 제대로 펼칠 수나 있겠느냐. 내공이 천하제일에 이르러도 아무 소용이 없다.”

장소산은 새삼 아복의 몸을 살펴보았다. 유일하게 멀쩡한 것이 왼팔이고, 나머지는 기이하게 꺾여 엉망진창이었다. 세월이 흐른 후에도 이 정도이니 그 당시 얼마나 심하게 두들겨 맞았는지 상상조차 되지 않았다.

"그렇다면 더 이해가 되지 않는군요. 그런 몸으로는 최진방 일당 중 하나도 당하지 못하지 않습니까. 그런데 정체가 들키면 어쩌려고 이곳에 있는 것입니까?"

"네가 짐작하듯이 네 하인이 바로 최진방, 오지경, 초연산, 김진파, 네 놈이다. 난 무공을 익혀봤자 틀렸다는 것을 깨닫자 이곳으로 왔다. 네 놈들은 내가 내공편을 가져간 것을 모르고 자기들 중에 하나가 슬쩍한 것으로 생각하고 서로를 의심하고 있었다. 그러니 약속대로 서로의 무공총람을 교환할 생각도 못했지. 하지만 그러면서도 상대의 무공총람에 미련을 못 버리고 자신들이 주인으로 모시고 살던 그분의 장원에 삼 년마다 모여 서로 옥신각신했다."

생각만 해도 고소한지 아복을 낄낄거렸다.

"그 녀석들은 모임을 갖는 장원이 폐가가 되지 않게 관리하고 자기들끼리의 연락을 전달해 줄 사람을 필요로 했다. 때마침 그들은 날 보았지. 내 용모는 맞아서 비틀어지고 크게 고생을 하는 바람에 예전과 크게 달랐다. 난 그들이 날 못 알아볼 것이라 생각했지만 목소리만은 예전과 다름이 없어 벙어리 행세를 했다. 그런데 그들은 내가 불구이고 말조차 못하는 것을 보자 비밀을 지키기에 적당하다고 생각해 장원을 관리하는 일을 맡겼다. 내가 누군지 꿈에도 모르고 말이다."

그는 웃음소리는 갈수록 커졌는데 소름이 끼쳤다.

"흐흐흐, 그 후부터 난 장원을 관리하며 몇 년마다 그들이 모여 티격태격하며 무공총람을 교환하지 못하고 수십 년간이나 허송세월을 보내는 것을 구경할 수 있었다. 그들이 내공편을 내가 가진 줄 모르고 서로 책을 내놓으라며 싸우는 꼴을 보며 난 웃음을 참아야 했지. 으하하하하!"

장소산의 아복의 말의 의미를 깨닫고 황당하기 짝이 없었다.

"그러니까 들키면 죽을 위험을 무릅쓰면서까지 이곳에 있는 이유가 최진방 일당이 서로 싸우는 꼴을 보기 위해서란 말입니까?"

"내 인생은 어차피 틀렸다. 날 이 꼴로 만든 놈들이 서로 싸우는 꼴이라도 보지 않으면 무슨 낙으로 세상을 살아갈 수 있겠느냐."

장소산은 어이가 없기도 하고 기가 막히기도 했다.

'아무리 몸이 불구가 되었어도 일신에 무공을 지니고 있으니 맘만 먹으면 지금보다 좀 더 편안히 살아갈 방법이야 얼마든지 있을 것이다. 최진방 일당이 다툰다고 했지만 고작 몇 년에 한 번 모여 말다툼을 벌이는 정도가 아닌가. 미워하는 사람이 조금 잘못되는 것을 보기 위해 스스로 위험과 고생을 자초하다니……!'

그는 물어보았다.

"그럼 그때 석실을 나왔을 때 입구를 지키고 나와 강 소저가 빠져나가지 못하게 한 것도 최진방 일당의 음모를 듣게 하기 위해서였군요. 최진방 일당이 하는 일을 어떻게든 방해해 보려고요."

아복은 고개를 끄덕였다.

"그렇다. 네가 그놈들이 작당하는 것을 들으면 자연히 쫓아가 방해하지 않을까 기대한 것이다. 그러나 내 계획대로 네놈이 쫓아가긴 했지만 무능하여 아무 결과도 내지 못했으니 참으로 재미없게 되었지."

장소산은 웃음이 터져 나오려는 것을 간신히 참았다.

'남의 불행을 보기 위해 스스로 더 큰 불행을 마다하지 않으니 세상에 이렇게 고약한 심보를 가진 인간은 드물 것이다. 최진방 일당이나 이 사람이나 결국 똑같은 놈들이로구나!'

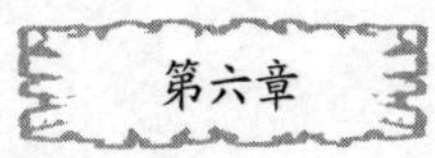

第六章

내공을 익히다

아복이 최진방 일당이 싸우는 것을 보기 위해 수십 년간 고생을 마다하지 않았다는 이야기를 모두 들은 장소산은 속으로 한심하게 생각하면서도 본심을 숨기며 말했다.

"오지경, 초연산, 김진파, 셋은 최진방과 임한정의 음모로 죽고 말았다고 하더군요. 이제 노선배께서는 넷이 다투는 꼴을 볼 수 없게 되었으니 무슨 낙으로 사시렵니까?"

아복은 웃으며 대답했다.

"세 놈이 비명횡사를 한 것은 참으로 속이 다 시원한 일이다. 다만 최진방 놈이 무공총람을 모두 손에 넣었으니 그놈이 앞으로 잘되는 꼴을 봐야 한다는 것이 배가 아플 따름이다. 하지만 방법이 없는 것도 아니지."

"노선배님께서는 어떻게 하시렵니까? 독이라도 먹여 최진방을 죽이실 겁니까?"

"난 독에 대해 잘 모르고 최진방이 강호 경험이 많으니 중독시킬 자신도 없다. 그리고 무엇보다 무공으로 때려잡아야 통쾌하지 않겠느냐."

장소산은 의아해했다.

"노선배님은 최진방을 이길 자신이 있습니까?"

"나야 물론 없지. 하지만 너라면 충분히 가능성을 점칠 수 있지 않겠나."

아복의 대답에 장소산은 속으로 비웃었다.

'수십 년 동안 최진방 일당은 이자를 의심하지 못했다. 독 같은 것을 쓴다면 넷을 한꺼번에 죽일 기회야 얼마든지 있었을 것이다. 그럼에도 단지 구경만 한 것은 담이 작아 감히 손을 쓰지 못한 것이다. 이제 원수가 하나만 남았는데도 이자는 여전히 소심하여 직접 하지 못하고 내 손을 빌어 원수를 죽이려 하는구나.'

평소의 그라면 양쪽 다 똑같은 놈들이니 맘대로 하라고 상관하지 않았을 것이다. 하지만 지금은 꼼짝없이 잡혀 아복만이 자신을 구할 희망이었다.

'내가 최진방을 죽이려면 당연히 여기를 빠져나가야 한다. 이자는 내 목숨 따위 신경 쓰지 않겠지만 복수를 위해서라면 날 풀어줄 것이다.'

계산을 끝낸 장소산은 이곳을 빠져나가기 위해서라면 일단 무조건 아복이 원하는 대로 해주는 수밖에 없다고 결론 내렸다.

장소산은 이를 갈며 말했다.

"저 역시 최진방 놈을 찢어 죽이고 싶습니다. 하지만 그와 나의 무공 차이가 너무 나니 싸워서 도저히 승산이 없군요.”

아복은 고개를 저었다.

“물론 지금이야 네가 더 약하겠지. 하지만 넌 나이가 어리니 얼마든지 성장할 가능성이 있지 않느냐. 내가 너에게 무공총람 내공편을 전수해 주겠다.”

장소산은 무공을 가르쳐 주겠다는 말에 깜짝 놀라며 감격한 표정을 지었다.

“저, 정말이십니까?”

그러나 속으로 그는 당황하고 있었다.

‘이자가 혹시 나보고 자신을 사부로 모시라는 것은 아니겠지? 아무리 지금은 이 인간의 비위를 맞춰야 한다지만 나에게는 이미 사부가 있고, 또한 이런 인간을 사부로 모시고 싶지도 않다.’

아복은 장소산이 무공 비급을 전수한다고 하자 좋아하는 줄 착각했다.

“너무 감격할 필요는 없다. 나나 너나 그놈에게 원한이 있으니 함께 힘을 합쳐 복수하려는 것뿐이니.”

그런데 장소산이 생각해 볼 때, 내공편을 익힌다고 해도 최진방을 이길 가능성은 없어 보였다. 자신이 신법편, 수공편을 가지고 이번에 내공편을 익히면 세 권의 무공총람을 익히게 되는 것이다. 그러나 최진방은 이번에 손에 넣은 세 권과 이미 익히고 있는 한 권, 거기다 임한정에게 필사본을 받게 되면 모두 다섯 권의 무공총람을 소유하게 되는 격이 아닌가.

‘뭐, 굳이 최진방과 싸울 필요야 없지. 무공을 가르치려면 날 풀어줘야 할 테고, 기회를 보아 도망치면 되겠지. 최진방의 나이로 보아 어차

피 세월이 지나면 알아서 나보다 빨리 죽을 텐데 뭐 하러 내가 위험을
감수하겠나.'

원한이야 아무래도 상관없었던 장소산은 속으로 이런 생각을 하면
서 아복에게 말했다.

"가르쳐 주시면 열심히 배우겠습니다. 우리 둘이 이곳을 빠져나가
아무도 모르는 심산유곡에 숨어 삼사 년 정심전력으로 무공을 익혀 최
진방에게 도전하지요. 제가 비록 이길 자신은 없지만 최소한 놈의 팔
이나 다리 하나쯤은 가지고 가겠습니다."

그런데 아복이 고개를 흔드는 것이 아닌가?

"도망가면 최진방 놈이 반드시 우릴 찾아다닐 텐데 어찌 마음 편히
무공을 연마하겠느냐. 이곳에 있으면 최진방이 네가 꼼짝없이 잡혀 있
는 줄 알고 안심하고 있을 테니 나중에 뒤통수를 칠 수도 있고 얼마나
좋으냐."

장소산은 깜짝 놀라 물었다.

"저보고 계속 이 상태로 있으란 말입니까?"

"그래, 맞다."

"이런 상태로 무슨 무공을 익히란 말입니까?"

"내공을 익히는데 묶여 있으면 어떻고 풀려 있으면 어떠냐. 내공 연
마 외에 아무것도 하지 못하면 오히려 딴생각 없이 집중할 수 있을 테
니 오히려 좋다."

아복은 빙그레 웃으며 말을 이었다.

"네 내공이 경지에 이르면 그때 널 풀어주겠다. 원래 내공이 오래
걸리고 초식은 금방이 아니더냐. 내공을 이루고 다음에 초식을 익혀도
늦지 않다."

장소산은 기가 막혀 입이 딱 벌어졌다. 내공이란 십 년을 익혀도 경지에 이르기 힘든 것이다. 최진방과 상대할 수 있을 정도로 내공을 이루려면 대체 여기서 몇 년을 갇혀 있어야 한단 말인가?!

"저의 사부님이 말씀하시길 무공이란 내외공을 함께 익혀야지 어느 한쪽을 소홀히 하면 안 된다고 했습니다. 노선배님의 내공편을 배움과 동시에 제가 가진 수공편과 신법편을 찾아 함께 익히는 편이 좋지 않을까요?"

장소산은 무공총람 이야기를 하면 아복이 찾아가자고 할 것을 기대했다. 그러나 아복은 그의 생각과는 달리 복수가 중요할 뿐, 무공총람에는 더 이상 미련을 두지 않았다.

"수공, 신법은 나중에 익혀라. 지금은 내공을 익히는 것이 가장 중요하다."

아복은 사실 무공총람 내공편 외에 다른 무공은 하나도 익히지 않았다. 내공편의 내용에 나오는 혈도 위치를 파악하기 위해 의서를 몇 권 구해 읽어보고 덕분에 약간의 점혈을 할 수 있게 된 것이 그의 무공의 전부였던 것이다. 전에 강연수를 제압할 수 있었던 것도 갑작스런 기습 덕분이지 실제로 싸웠다면 몸이 성치 않기도 하니 반드시 패했을 것이다.

최진방 일당 네 명의 경우 무공총람의 적힌 무공만으로는 부족하다는 것을 알고 다른 무공들을 구해 익혀 부족한 점을 보완했다. 하지만 아복은 무공을 익히기도 전에 불구가 되어 평생 한 번 제대로 싸워본 적이 없어 무공에 뭐가 부족한지 전혀 몰랐다. 그저 주워들은 이야기로 무공에서 가장 중요한 것은 내공이라는 소리를 듣고 그것이 진리라고 생각하고 있었다.

내공만 절정에 이르면 초식쯤이야 한두 번 보고 따라 할 줄만 알면 된다고 단단히 착각하고 있었던 것이다.

장소산이 아무리 말해보아도 아복은 자신의 생각을 절대 굽히지 않았다. 그저 계속 내공만 익히라는 소리만 반복했다.

"내공이야말로 무공의 근본이니 내공을 익히라는 것이 뭐가 잘못된 것이란 말이냐. 혹시 도망치고만 싶은 마음에 그러는 것이 아니냐?"

그렇게 되자 장소산은 자신의 속셈이 들킬까 봐 더 이상 자기 주장을 할 수 없었다. 하지만 아복이 하자는 대로 내공을 익히다가 어느 세월에 이곳을 나갈 수 있을지 걱정이었다.

"노선배님, 노선배님이 그렇게 말씀하시니 내공을 먼저 익히겠습니다. 하지만 내공을 익히다가 너무 세월을 지체하여 최진방이 죽어버리면 이를 어쩌지요?"

최진방보다 자기가 견디기 힘들어서이지만 말을 돌린 것이다. 아복은 빙그레 웃으며 대답했다.

"걱정하지 마라. 그렇게 오래 걸리지는 않을 것이다. 무공총람 내공편에는 내공을 속성할 수 있는 방법이 적혀 있다. 삼사 년만 익히면 그 다음에 수공편, 신법편을 같이 익혀도 될 것이다."

이곳에 삼사 일 있는 것도 답답해 죽을 지경인데 삼사 년이나 어찌 지낸단 말인가! 장소산은 어서 빨리 이곳에서 꺼내달라고 소리 지르고 싶었지만 자칫 아복의 의심을 샀다가는 삼사십 년이 지나도 빠져나갈 수 없을 것이라 생각하고 꾹 참았다.

"노선배님의 가르침을 받아 열심히 익히겠습니다."

"좋아, 잘 생각했다."

그 후로 아복은 세끼 음식을 주러 올 때마다 내공의 구결을 하나씩 가르쳐 주었다. 무공총람의 내공편에 적힌 내공심법은 특이하게도 처음 단계에서 익혀야 할 운기법이 다르고, 다음 단계에서 익혀야 할 운기법이 또 달랐다. 계단을 오르듯 한 단계, 한 단계, 차근차근 과정을 밟아가야 하는 것이다. 장소산은 그가 가르쳐 주는 대로 내공을 익히기 시작했다.

세월이 지나도 최진방이나 임한정이 동굴에 찾아오는 일은 없었다. 아복의 말에 의하면 사람을 시켜 제대로 잡혀 있는지 가끔 확인하기만 할 뿐, 그 외에는 그다지 신경 쓰는 것 같지 않다고 했다. 아무래도 장소산의 구해줄 사람이 있다는 거짓말이 그다지 먹히지 않은 모양이었다.

'그렇다면 그냥 깨끗이 날 죽여 버리는 편이 간단할 텐데 왜 그냥 놔두고 있는 것일까? 무공총람 때문이라면 찾아와 책이 어디 있냐고 닦달을 해야 하는 것 아닌가?'

아무리 생각해 보아도 최진방과 임한정의 속셈이 무엇인지 짐작할 수 없었다.

'설마 죽일 가치도 없다고 무시하고 있는 건가?'

장소산은 그들이 자신을 괴롭히거나 죽이려 하지 않으니 그 점이 좋긴 했지만, 자신을 이렇게 만들어놓고 발길에 차이는 개미마냥 무시하고 있다고 생각하니 화가 나기도 했다.

'구해주는 사람이 없으면 날 영원히 여기 가둬둘 속셈인가 보군.'

아복은 일 년이 지나자 확인하러 오는 사람도 더 이상 오지 않는다고 했다. 이제는 아예 존재조차 잊혀졌다는 생각에 장소산은 허탈해졌다.

2

　장소산은 아복이 만족할 만한 경지까지 이르러야 자신이 풀려날 수 있다는 생각에 최선을 다해 잠자는 시간도 아껴가며 밤낮으로 내공을 수련했다. 그는 삼사 년은 도저히 못 견딜 시간이니 아복이 놀랄 정도로 빠른 성취를 보여 그의 기분이 좋아지면 살살 꼬드겨 자신을 풀어 주도록 하게 할 생각이었다.

　그러나 열심히 노력하는데도 내공은 좀처럼 발전을 보이지 않았다. 무공 비급에 적혀 있는 내공심법이고, 거기다 속성할 수 있다기에 운기를 시작하면 바로바로 반응을 보일 것이라 생각했는데, 이건 몇 달이 지나도 한 줌의 진기도 느낄 수가 없는 것이 아닌가.

　‘이거 혹시 엉터리가 아니야?

　장소산은 이런 생각까지 들었다. 그는 사부인 채평안에게 기본적인 내공심법을 배워 삼 년 동안 익혔다. 비록 기초 단계에 불과했지만 몇 달 지나자 몸 안에 움직이는 진기를 약간이나마 느낄 수 있었는데 무공 비급의 내공심법이 이렇게 진전이 느리니 의심이 들 수밖에 없었다.

　그러나 아복이 매일같이 그의 맥을 짚어보고 내공의 진전이 없자 실망하는 모습을 보니 절대 엉터리로 가르쳐 주는 것 같지는 않았다.

　“책에 의하면 삼 개월이 지나면 진전이 있든 없든 다음 단계로 넘어가게 되어 있으니 다음 단계로 넘어가자.”

　“예.”

　놀라운 성취로 아복의 환심을 사 탈출하는 계획이 요원해지자 장소산은 풀이 죽어 대답했다.

　장소산은 그렇게 일 년 동안 내공을 익혀 사단계에 이르렀다. 그러나 여전히 몸 안에는 한 줌의 진기도 모이지 않았다. 탈출을 위해서가 아니었다면 아마 진작에 때려치웠을 것이다.

"노선배님도 이렇게 처음에 진전이 없었습니까?"

장소산의 질문에 아복은 고개를 끄덕였다.

"원래 처음에는 다 그런 법이다."

일 년이 지나 오단계로 접어들자 드디어 한 줌의 진기가 몸 안을 돌고 있는 것이 느껴졌다. 장소산은 기뻐 환성을 내질렀다.

"드디어 진기가 모이는구나!"

고작 일 년의 고생치고는 참으로 보잘것없는 진기였지만 드디어 나타난 성과에 그는 기뻐하며 열심히 수련에 박차를 가했다. 하지만 드디어 진기를 모으게 되었을 뿐, 여전히 진전은 느리기 짝이 없었다.

다시 일 년이 지났다. 장소산의 성취는 보잘것없었지만 삼 개월에 한 단계씩 넘어가 이 년간 팔단계까지 넘어갔다. 즉, 여덟 개의 운기법을 익힌 것이다. 그는 아복의 지시에 따라 지금까지 배운 여덟 개의 운기법을 번갈아가며 수련했다.

그런데 그 후 한 달쯤 지나자 갑자기 놀라운 일이 일어났다. 진전이 없던 내공이 갑자기 빠른 속도로 증가하기 시작하는 것이 아닌가?

운기를 하면 할수록 하루가 다르게 많은 진기가 모이는 것이 느껴졌다. 마치 이 년간의 헛고생을 일순간에 보상하는 듯했다.

'원래 이 내공심법은 처음에는 단지 기초를 다지는 단계이고 그 다음부터가 진짜 시작이로구나!'

하루가 다르게 내공이 증진되는 것이 느껴지니 장소산은 신이 나서 밤잠도 잊고 계속해서 내공을 운기했다. 아복도 놀라운 성과에 함께 기뻐하며 더욱 열심히 내공심법을 전수해 주었다.

빠른 속도로 증가하기 시작한 내공은 시간이 갈수록 가속도를 더해 갔다. 장소산은 그동안 하루가 다르게 발전하는 내공에 기뻐 이곳에서 도망쳐야 한다는 생각도 잊고 연마에만 몰두했다.

그 후 일 년, 그러니까 장소산이 여기 갇힌 지 삼 년째가 되는 해가 되자 그의 내공은 어느새 강호에서 고수라 불릴 정도의 경지까지 이르렀다.

그런데 하루는 그가 평소처럼 내공 연마에 몰두할 때였다. 갑자기 가슴팍에 있는 중정혈이 답답해지며 몸 안의 진기가 마구 날뛰는 것이 아닌가?

"아이쿠!"

장소산은 진기를 제어할 수 없자 자신이 주화입마에 빠진 줄 알고 당황해 어쩔 줄 몰라 했다. 때마침 아복이 음식을 가지고 들어왔고, 그는 다급히 소리쳤다.

"절 좀 도와주십시오! 뭔가 이상합니다!"

아복이 놀라며 물었다.

"뭐가 잘못되었느냐?"

장소산은 자신의 증상을 이야기했다. 아복은 눈살을 찌푸리며 곰곰이 생각하다 표정을 풀고는 말했다.

"이건 일시적인 증상일 뿐이다. 신경 쓸 것 없다."

"그, 그럴까요?"

장소산은 불안했지만 아복의 말을 믿을 수밖에 없었다. 날뛰던 진기도 시간이 지나자 다시 잠잠해졌고, 그는 안도했다.

그러나 그 후에도 내공을 수련하면 답답해지는 혈도만 다를 뿐, 같은 증상이 반복되는 것이 아닌가? 장소산은 자신이 내공을 수련하는 것이 뭔가 단단히 잘못되었다는 것을 확신하게 되었다.

아복은 무조건 괜찮다며 계속 내공을 수련할 것을 재촉했다. 장소산은 더럭 의심이 생겨났다.

'이자는 사부도 뭣도 아니다. 단지 복수를 위해 날 이용하려는 것뿐이다. 복수를 위해서라도 제대로 무공을 가르쳐 줄 것이라 생각했는데 정말 믿을 수 있을까?

장소산은 삼 년이나 익혔지만 실제로 자신은 무공총람 내공편의 내용을 직접 보지 못했음을 깨달았다. 그저 아복이 가르쳐 주는 대로 따랐을 뿐이다.

그는 확실히 하지 않으면 안 되겠다고 생각하고 아복이 오자 말했다.

"노선배님, 제가 잘 이해가 가지 않는 것이 있습니다. 무공총람의 내용을 보고 연구해 보고 싶으니 책을 보여주시지 않겠습니까?"

아복은 대답했다.

"모르는 것이 뭔가. 내가 직접 대답해 주겠네."

"이 의문은 상당히 난해하여 저도 제대로 설명하기 어렵습니다. 노선배께서 수고스럽지만 무공총람을 가져와 제가 읽게 해주시기 바랍니다."

장소산은 쇠사슬에 묶인 팔을 들며 웃어 보였다.

"제가 가지고 도망을 가겠습니까? 노선배님은 조금도 의심하지 마십시오."

그러나 아복은 한사코 자신이 대답해 주겠다고 하며 무공총람을 보여주지 않았다. 그럴수록 장소산의 의심은 점점 더 확신으로 변해갔다.

"노선배님께서 보여주지 않으시면 저도 더 이상 수련을 하지 않겠습니다."

이것은 그가 지금 할 수 있는 유일한 시위라 할 수 있었다. 아복은 그가 자신을 의심하고 있다는 것을 깨닫고 말로 설득하는 것으로는 더이상 그가 내공을 익히도록 할 수 없다는 것을 알았다.

"좋아, 좋아! 보여주겠다."

아복은 품에서 무공총람을 꺼냈다. 그리고 펼쳐 맨 앞장의 내용을 보여주었다.

"네가 찾는 것이 바로 이 부분이겠지. 책에서 이 내공심법은 따로 적어놓은 무공총람 심공편을 배우기 전에는 삼성 이상 익혀서는 안 된다고 적혀 있다. 아마도 네 증상은 심공편 없이 내공이 삼성을 넘어섰기에 생긴 증상이겠지."

어느 정도 짐작하고 있었으나 실제로 확인하게 되자 장소산은 소스라치게 놀랐다. 자신은 삼 년간 익혀서는 안 되는 내공을 익히고 있었던 것이다.

그는 이 사실을 쉽게 받아들일 수 없어 따져 물었다.

"노선배도 나와 같이 내공편의 내공을 익혔는데 왜 괜찮은 것입니까? 삼성까지만 익히고 그만두었단 말입니까? 노선배의 이야기의 오절신군은 분명 절정의 고수인데, 삼성 정도로 어찌 절정고수가 될 수 있었단 말입니까?"

아복은 히죽 웃으며 대답했다.

"물론 난 네가 배운 내공심법은 배우지 않았다. 오절신군께서도 당연히 익히지 않으셨겠지. 원래 이 내공편에는 두 가지 심법이 적혀 있다. 둘 다 근본은 같은 것이지만 하나는 빠르게 성취를 볼 수 있지만 심공편이 필요한 것이고, 또 하나는 성취가 느리지만 심공편이 없어도 상관없는 것이다."

장소산은 화가 치밀었다.

“당신 날 속였군!”

“처음에 네가 너무 성취가 오래 걸릴까 걱정하자 내가 속성법이 있다고 말해주지 않았느냐.”

“내가 죽으면 당신 복수도 끝인데 왜 날 속여 사지로 빠뜨리는 거요?!”

“속성법이 아닌 지공법을 익히면 어느 세월에 내공을 대성하고 최진방을 죽이겠느냐. 그렇게 되면 최진방이 늙어 죽는 것을 기다리는 것이 더 빠를 테니 복수를 포기하는 것이 낫지.”

아복에게 장소산은 복수를 위한 도구일 뿐, 목숨 따위는 전혀 관심이 없었다. 운 좋게 제대로 내공을 대성하면 좋은 것이고, 아니면 말겠다고 생각했던 것이었다.

장소산으로서는 아복이 복수를 위해 최선을 다해 자신에게 무공을 전수할 줄만 알았지 자신의 목숨을 가지고 도박을 하고 있을 줄은 꿈에도 상상하지 못했다. 그는 최진방, 임한정에게 속고, 이번이 세 번째 속는 셈이었다.

“이 자식, 널 가만두지 않겠다!”

장소산은 속았다는 것에 분노해 미친 호랑이처럼 날뛰었다. 아복은 그의 기세가 무섭자 재빨리 뒤로 한 걸음 물러섰다. 장소산은 사지가 쇠사슬로 묶여 있었기에 아복이 약간만 떨어져도 건드릴 수조차 없었다.

“이 나쁜 자식! 더러운 놈! 허억!”

장소산은 마구 소리치다가 갑자기 눈을 부릅뜨고 몸을 부들부들 떨었다. 마치 간질이라도 걸린 것처럼 몸을 떨던 그는 숨 쉬기가 괴로운 듯 입을 벌리고 헉헉거렸다.

"커억! 커억!"

아복은 장소산의 반응에 깜짝 놀랐다.

'이놈이 너무 흥분하는 바람에 진기를 다스리지 못해 주화입마에 빠졌나 보구나!'

장소산은 계속해서 고통스러워 몸을 떨었다. 그러다 갑자기 고개를 쳐들며 한 소리 괴성이 내지르고는 축 늘어져 버렸다.

"이 녀석이 죽었나?"

아복은 이제 쓸모가 없어지긴 했지만 삼 년 동안이나 먹이며 가르친 장소산이 죽은 것 같자 내심 아까운 생각이 들었다. 그는 슬그머니 손을 들어 장소산의 코밑에 가져가 보았다. 아무것도 느껴지지 않았다.

"정말 죽었군."

아복은 입맛을 다셨다. 그런데 그때였다. 갑자기 장소산이 몸을 앞으로 내밀며 아복의 목덜미를 덥석 깨무는 것이 아닌가!

3

장소산은 아복이 진실을 말한 이상 그가 자신을 구해주기를 바라는 것은 이제 다 틀렸다는 것을 알았다. 그렇다면 죽기 전에 아복이라도 같이 끌고 들어가야 분이 풀릴 것 같았다.

그래서 그는 어떻게든 아복이 다가오게 하기 위해 주화입마에 빠져 죽은 척하고 있었던 것이다. 그는 사부에게 귀식대법을 배웠고, 이제 내공도 상당히 경지에 이르러 얼마든지 숨과 맥을 멈추고 죽은 척할 수가 있었다.

그는 죽은 척하며 기회를 엿보다 안심한 아복이 가까이 다가오자 유일하게 제대로 공격할 수 있는 이로 아복의 목을 깨물어 버린 것이다.

"허억!"

아복은 목덜미에 파고드는 통증에 깜짝 놀랐다. 장소산이 목을 깨물자 이가 살 속으로 파고들며 피가 철철 흘러나왔다. 이대로는 물려죽을 판이라 아복은 필사적으로 발버둥 쳤다. 장소산이 죽을힘을 다해 버텼지만 그만 이가 목에서 빠지고 말았다.

"헉! 헉!"

하마터면 죽을 뻔한 아복은 뒤로 물러서며 거친 숨을 내쉬었다. 목에서는 계속해서 피가 흘러나와 치료가 급했지만 화가 치밀어 오른 그는 들고 있는 지팡이로 사정없이 장소산을 후려치기 시작했다.

"이 개 같은 놈이 감히 날 물어?!"

묶여 있어 저항할 수 없는 장소산은 맞고 있을 수밖에 없었다. 그는 맞으면서도 필사적으로 이 상황을 타개할 수 있는 방법을 생각했다. 순간 머리 속에 떠오르는 생각이 있어 그는 고개를 들어 아복 뒤편을 보고는 깜짝 놀란 표정을 지었다.

"당신 누구요?"

흠칫 놀란 아복은 뒤를 돌아보았다. 뒤에는 아무도 없었다.

"이놈이 또 무슨 수작을 부리는 거냐?"

"당신은 안 보인단 말입니까? 손에 부채를 들고 팔괘가 그려진 옷을 입은 중년 문사가 서 있는 것이?"

아복은 깜짝 놀랐다. 그는 떨리는 소리로 말했다.

"네, 네놈의 수작에 넘어갈 것 같으냐."

　장소산이 말하는 중년 문사는 바로 죽은 오절신군이었다. 아복은 장소산이 예전에 장원 안의 그림을 보았다는 것을 모르고 정확히 오절신군의 모습을 설명하는 것을 보고 이상하다고 생각했다.

　'저 녀석이 그분을 어떻게 알지? 설마 정말로 귀신이? 아니야, 그럴 리가 없다!'

　장소산은 자신의 거짓말이 어느 정도 효과가 있자 마치 누군가의 말을 듣는 것 같은 흉내를 내었다.

　"뭐라고요? 이자가 당신을 살해했다는 말입니까?!"

　아복은 기겁을 했다. 그는 정말로 과거에 무공총람을 노리고 최진방 일당과 짜고 주인인 오절신군을 독살했다. 그 사실은 지금까지 최진방 일당이나 자신이나 감히 입 밖에 내지 못하고 있었는데, 장소산이 말하자 아복은 그가 정말 오절신군의 귀신에게 들은 것이라고 생각하게 되고 말았다.

　장소산은 전에 아복이 과거 이야기를 할 때, 무공총람을 나눌 때 공이 가장 많은 자신에게 몫이 안 돌아왔다고 분노하는 것을 보고 혹시나 하고 생각하고 있었다. 목숨이 위태로운 이때에 짐작으로 도박을 걸어본 것이 들어맞자 그는 기뻐하며 소리쳤다.

　"하하, 억울하게 죽은 네 주인이 복수를 하러 오셨구나. 좋습니다. 오절신군님, 어서 들고 있는 부채를 내리치세요. 일격에 이 배은망덕한 놈을 때려죽여 버리십시오!"

　아복은 주인인 오절신군에게 존경과 두려움을 함께 느끼고 있었다. 그러다 그를 독살하게 되자 오랜 세월이 지나도 그 일만 생각하면 마음이 편치 않았다. 거기다 장소산에게 물린 목에서 피가 계속해서 나오자 정신이 어지럽고 제대로 생각을 할 수가 없었다. 그는 장소산의 말에 정말로 오절신군의 귀신이 자신을 내려칠 것 같은 기분이 들어 엉겁결에 동굴 안쪽으로 몇 걸음 물러났다.

아복이 몇 걸음 가자 바로 장소산의 몸과 닿았다. 이 절호의 기회를 놓칠 장소산이 아니었다. 그는 조금이나마 움직일 수 있는 팔을 들어 아복의 손을 덥석 잡았다.

"잡았다!"

손을 꽉 잡은 장소산은 이번에야말로 놓치지 않겠다고 생각하며 다시 이로 아복을 물어뜯으려 했다.

아복은 다급해졌다. 그는 살면서 제대로 된 대적 경험이 없었다. 급해진 그는 유일하게 자신있는 내공을 장소산에게 밀어붙였다. 내공 대결로 상대를 쓰러뜨리려는 것이었다.

장소산은 갑자기 물밀듯이 내공이 몰아쳐 오자 이로 물 겨를이 없이 자신도 운기하여 대항하려 했다. 그러나 운기를 시작하자 또다시 혈이 답답한 증상이 나타나는 것이 아닌가?

'아이고, 망했다!'

상대가 제대로 대항을 못하자 아복은 신이 났다. 그는 더욱더 힘차게 내공을 주입했다.

'네가 고작 삼 년을 익힌 내공으로 수십 년을 익힌 내 내공을 이길 수는 없지!'

그런데 이때 놀라운 일이 벌어졌다. 아복이 주입한 내공이 그대로 장소산의 내공과 섞여 축적되어 버리는 것이 아닌가.

장소산이 익힌 무공총람의 내공은 여덟 개의 경맥을 동시에 단련하여 일반 내공심법보다 몇 배나 빠르게 주변의 기를 받아들여 내공을 축적하는 효용이 있었다. 문제는 이 흡입력이 너무 강해 오히려 수련자의 몸을 망치게 된다는 것이다.

장소산이 운기를 시작하자 몸 안의 경맥은 또다시 무리하게 주변의 기를 흡입하려고 했다. 그런데 때마침 아복의 내공이 들어오자 그것을 그대로 받아들여 단전에 축적해 버리게 된 것이다.

무공총람의 내공심법에는 타인의 내공을 흡수하는 능력은 없었다. 하지만 장소산과 아복이 익힌 내공은 기본적으로 같은 것이었다. 그러다 보니 같은 문파의 고수끼리 내공을 전수하는 것과 비슷한 경우가 되어버렸다.

아복은 신이 나서 내공을 밀어붙이다가 자신의 집어넣은 내공이 호수에 던진 돌멩이처럼 들어갔다 하면 소식이 없는 것을 보고 깜짝 놀랐다. 뭔가 잘못되었다는 것을 깨달은 그가 그만두려 했지만 장소산은 잡은 손을 놔주지 않고, 내공은 스스로 밀어 넣지 않아도 강력한 흡입력에 이제는 저절로 빨려들어 가기에 이르렀다.

이 경우에 보통 고수라면 발로 차거나 해서 떨어지려 하겠지만 아복은 다리뼈가 비틀어져 차는 것이 불가능했다. 유일하게 제대로 움직이는 것이 왼팔인데 그 팔이 잡혀 있으니 그는 아무 대응도 할 수 없었다.

장소산이라고 편한 것은 아니었다. 그는 자신의 내공이 점점 강해지는 것을 느끼고 두려워졌다. 지금도 몸 안의 진기를 감당 못해 마구 날뛰는데 내공이 더 강해지면 어찌한단 말인가? 하지만 일이 이렇게 된 이상 호랑이 등에 탄 격이라 손을 놓지 않고 계속해서 아복의 내공을 빨아들였다.

일각 정도가 흐르자 아복은 축 늘어져 버렸다. 평생 동안 모은 내공을 모두 장소산에게 빼앗기고 만 것이다. 그는 힘없이 입을 열어 말했다.

"나를 놓아줘."

그는 불구의 몸이라 같은 나이의 노인보다 몸이 더 약했다. 그럼에도 그가 잔병 없이 활동할 수 있었던 것은 순전히 내공의 힘 덕분이었다. 이제 내공을 모두 잃자 그는 서 있을 힘조차 없었다.

장소산은 여전히 아복의 손을 꽉 잡고는 말했다.

"날 풀어주시오."

"난 열쇠가 없어."

"그렇다면 함께 죽는 수밖에."

아복은 할 수 없이 숨겨놓은 열쇠를 꺼내 장소산을 풀어주었다.

"이제 됐지? 날 놔줘."

"좋소."

장소산은 자신을 이용한 아복을 없앨까도 생각했지만 아무 힘도 없이 쓰러져 있는 그를 보니 불쌍해 보이기도 했다. 게다가 목의 상처에서 계속 피가 흘러나오는 것이 굳이 손을 쓰지 않아도 알아서 죽을 것 같았다.

'됐다, 됐어. 이제 상관할 필요 없지.'

지금은 어서 이 지겹던 동굴을 빠져나가고만 싶었다. 장소산은 즉시 밖으로 달려 나가려고 했다. 그런데 막 발로 땅을 박차려는 순간 다리에 힘이 안 들어가며 그대로 주저앉아 버리는 것이 아닌가?

'아니, 내 몸이 왜 이러지?'

깜짝 놀랐던 장소산이었지만 생각해 보니 그 이유를 알 수 있었다. 자신은 삼 년 동안 꼼짝도 못하고 그 자세 그대로 있었다. 팔다리를 거의 움직이지 않다 보니 뼈가 약해지고 근육이 말라 버려 힘을 쓸 수가 없었던 것이다.

'갇혀 있는 동안 거의 폐인이 되어버렸구나!'

그나마 조금이라도 움직일 수 있었던 팔은 약간이지만 힘을 쓸 수 있었다. 장소산은 아복의 지팡이를 빼앗았다. 그때 옆에 떨어진 무공총람 내공편이 눈에 띄었다.

'이 책에 내 잘못된 내공을 바로잡을 수 있는 방법이 적혀 있을지도 모른다.'

그는 책까지 챙겨 품에 넣고는 지팡이에 몸을 지탱하며 동굴 밖으로 걸어 나갔다.

"아!"

눈부신 햇살이 눈에 들어오자 현기증이 났다. 주변을 둘러보니 저 멀리 오절신군의 장원이 보이는 것을 보니 이곳은 무이산의 산자락이었다.

'일단 여길 도망치고 보자.'

장소산은 지팡이에 몸을 의지하여 비틀거리며 힘겹게 산을 내려갔다. 그는 걸음이 느려 하루가 꼬박 걸려서야 산을 내려올 수 있었다. 이제는 안전하다는 생각이 들자 그는 힘이 들어 길가에 털썩 주저앉았다.

'이제 앞으로 어쩌면 좋단 말인가?'

최진방과 임한정에게 복수하는 일은 그다지 하고 싶은 생각도 없고, 제 몸도 가누지 못하는 처지에 복수를 하려고 하다가는 목숨만 잃게 될 것 같았다. 자신의 잘못된 내공을 바로잡으려면 무공총람 심공편을 익혀야 하는데, 이 넓은 세상 어디에 그 책이 있는지 알 길이 없다.

"두 가지 일 모두 막막하기만 하니 나중에 생각하는 것이 낫겠다.

일단 사부님을 찾아가 지난 일을 말씀드려야겠다. 그분이라면 좋은 방법을 알려주실지도 모르지."

생각을 정한 장소산은 사부와 함께 살던 집으로 돌아가기로 했다. 세상을 떠도는 사부 채평안이 집에 있을 것 같진 않지만 그가 어디 있는지 알려면 일단은 집으로 돌아가야 했다.

그는 전에 강연수를 구하려고 할 때 무이산 아래 땅을 파고 숨겨두었던 두 권의 무공총람을 찾아내고는 집을 향해 출발했다.

집까지는 수천 리 길이었다. 그 먼길을 이런 몸으로 갈 수 있을지 걱정이 되긴 했지만 달리 방법도 없으니 그는 걸음을 옮겼다.

그런데 길을 떠난 지 삼 일째 되는 날, 또다시 진기가 날뛰는 현상이 벌어지는 것이 아닌가? 장소산은 당황하여 어쩔 줄 몰라 했다.

'아니, 내공 운기도 하지 않았는데 어째서?

이 현상은 전보다 더욱 심해져 경혈 곳곳에 통증이 느껴졌다. 한참을 신음을 흘리며 괴로워하던 그는 진기가 잠잠해지자 그제야 고통에서 벗어날 수 있었다.

"망할 내공 때문에 내가 죽겠군."

그는 투덜거리며 무공총람 내공편을 꺼내 차근차근 읽어보았다. 그제야 그는 자신이 익힌 내공이 어떤 것인가 확실히 알게 되었다.

장소산이 익힌 무공총람 내공편의 내공은 비유를 하자면 불을 피우는 것과 비슷하다고 할 수 있다.

불을 피울 때는 태울 것들을 모아놓고 불을 붙이게 된다. 처음에 불씨는 아주 작아 살리기 위해서는 많은 신경을 써야 한다. 어느 정도 불이 살아나면 이제 신경 쓰지 않아도 태울 것만 계속 대주면 불은 점점 커진다. 불길이 어느 이상에 이르면 이제는 너무 불이 번지지 않게 조심해야 한다.

장소산의 내공은 여덟 개의 경맥을 단련하는, 태울 것을 모아놓은 단계, 불씨를 살리는 최초의 진기를 만드는 단계, 불이 어느 정도 살아나 태울 것만 대주면 되는 내공을 모으는 단계에 이르렀다. 그래서 이제는 불이 너무 번지지 않게 조심해야 하는 내공을 제어해야 하는 단계에 가까워졌다.

그의 몸에 단련된 경맥은 운기를 하면 빠르게 주변의 기를 흡수하게 되었는데, 주변의 기만으로 모자라 물을 제대로 못 마시면 갈증을 느끼듯이 답답함을 느끼게 되었던 것이다.

장소산의 단계는 아직 초입이라 운기만 하지 않으면 문제가 없었다. 그런데 그만 아복의 내공을 흡수함으로써 내공이 갑자기 크게 불어나 버렸다. 이는 불에다 다시 불을 더해 더욱 큰 불을 만들었다 할 수 있었다.

이제 그의 안의 내공은 갑자기 커지는 바람에 화염이 걷잡을 수 없게 번진 격이 되어버렸다. 운기를 하지 않아도 진기가 스스로 움직이며 점점 내공이 불어나는데, 이 내공이 마구 날뛰어 고통을 겪게 된다. 불이 계속해서 커지다 보면 결국 주변의 모든 것을 태워 버리듯, 내공이 계속해서 불어나다 결국 수련자의 경맥을 파괴하게 되는 것이다.

장소산은 운기를 하지 않아도 스스로 내공이 불어나서 수련자를 해친다는 책의 내용에 깜짝 놀랐다. 아무리 책을 뒤져 봐도 해결책으로는 따로 존재하는 심공편을 찾아 그 안의 기를 제어하는 법을 배워야 한다고 되어 있을 뿐이었다. 그전까지는 삼성까지에서 만족하고 더 이상 운기하지 말라고만 되어 있었다.

"이놈의 무공총람은 왜 꼭 중요한 부분이 빠져 있는 거야?!"

그는 화가 치밀어 책을 내던졌다. 하지만 곧 진정하고 책을 챙겼다.

"책은 죄가 없다. 내가 책을 보고 익혔다면 심공편이 필요없는 방법을 익혔거나 적당한 부분에서 그만두었을 것이 아닌가. 책의 주의사항을 못 본 것은 아복 때문이지 책 때문은 아니다."

그는 마음을 다잡고 다시 길을 떠났다. 하루하루가 지날수록 자신의 내공이 점점 불어나고 있다는 것이 느껴졌다. 그와 동시에 고통의 강도와 간격 역시 점점 강하고 빠르게 진행되고 있었다.

하루는 대로를 걷고 있는데 내공이 날뛰기 시작했다. 지금까지 겪던 것 중 가장 큰 것이었다. 그는 지팡이를 떨어트리고 그대로 대로에 쓰러졌다.

날뛰는 진기가 진정되길 기다리며 그는 누운 채 몸을 부들부들 떨고 있었다. 그런데 그때 저편에서 마차가 오는 소리가 들렸다. 달려온 마차는 그의 옆에서 멈추더니 말소리가 들려왔다.

"저 사람은 왜 길가에 누워 저러고 있는 거지?"

젊은 여자의 목소리였다. 이어 남자의 목소리도 들렸다.

"몸을 떠는 것을 보니 중풍이나 간질에 걸린 모양입니다. 무시하고 그냥 가는 편이 좋겠습니다."

장소산은 누운 채로 속으로 소리쳤다.

'누가 간질이란 말이냐?!'

여자의 목소리가 들렸다.

"병에 걸린 거면 도와주어야 하지 않을까?"

"전염병에 걸려 자칫 옮기기라도 하면 어쩝니까. 무시하는 편이 나을 것 같습니다."

여자는 장소산을 구해주자고 했고, 남자는 그냥 가자고 했다. 가만히 듣고 있던 장소산은 어느 정도 고통이 잦아들자 입을 열어 말했다.

"난 괜찮으니 신경 쓰지 말고 그냥 가시오."

"어머!"

여자는 놀라더니 물었다.

"당신 괜찮은가요?"

"난 괜찮소. 좀 지나면 움직일 수 있을 테니 신경 쓰지 말고 가시오."

여자는 함께 있는 남자에게 말했다.

"본인이 괜찮다고 하니 우린 그만 가도록 하자."

그런데 남자가 코웃음을 치더니 말하는 것이었다.

"도움이 필요없다고? 그냥 가라고? 네가 뭔데 우리에게 이래라저래라 하는 것이냐. 네가 도와주지 말라고 하면 오히려 난 기필코 널 도와주어야겠다."

장소산은 어이가 없었다.

'청개구리 같은 놈이로군.'

그는 잠시 생각해 보고는 말했다.

"좋소, 당신이 날 구해주시오."

그러자 남자는 말을 바꾸었다.

"네가 도와달라니 난 도와주지 않겠다."

장소산은 생각했다.

'그래, 가라. 빨리 가버려라. 이상한 놈아!'

그런데 이번에는 여자가 호호 웃으며 말했다.

"당신은 도움이 필요하군요. 도와달라고 하니 내가 당신을 도와주겠어요."

장소산이 재빨리 말했다.

"난 도움이 필요없소."

그러자 남자가 말했다.

"그럼 내가 도와주지."

장소산은 이 황당한 상황에 웃음이 나올 뻔했다.

'남자는 도와주지 말라고 하면 도와주겠다고 하고 도와달라면 도와주지 않겠다고 한다. 여자는 도와달라면 도와주고 도와주지 말라면 도와주지 않는다. 이래도 도와주는 것이고 저래도 도와주는 것이군.'

그는 물어보았다.

"당신들은 대체 누구요?"

여자가 대답했다.

"난 유지정이라고 해요. 이쪽은 내 동생인 유지반이라고 하죠."

장소산은 실소했다.

"하나는 정이고, 하나는 반이니 그것참, 재미있군."

유지정은 설명했다.

"저희 아버지가 절 낳고 지정이라 지은 다음, 동생을 낳자 음양의 원리에 따라 정이 있으면 반이 있어야 한다고 동생 이름을 지반이라고 했죠. 그보다 당신은 도움이 필요한가요, 필요하지 않은가요?"

장소산은 어차피 뭐라 대답해도 결과는 같으니 이렇게 말하려 했다.

"당신들 마음대로 하시오!"

하지만 막상 말을 꺼내려는 순간 대답에 따라 결과가 다르다는 것을 깨달았다.

'내가 도움이 필요하다고 하면 누나 쪽이 구해줄 테고, 필요없다고 하면 동생 쪽이 구해줄 것이다. 거꾸로 하는 이상한 동생보다 누나 쪽

이 훨씬 낫겠지.'

생각을 정한 그는 소리쳤다.

"도와주시오!"

"호호, 좋아요. 도와드리지요."

마부가 마차에서 내려 장소산을 안아 마차 안으로 집어넣었다. 마차 안의 남자가 받아서 그를 한쪽에 눕혔다.

장소산이 고개를 돌려 보니 열여덟 살로 보이는 녹색 비단옷을 입은 여인과 열다섯 살의 아직 어린 티가 가시지 않은 소년이 있었다.

'이 둘이 정반대의 남매로군. 하는 짓은 반대여도 생긴 것은 비슷하군.'

유지정은 마부에게 가까운 마을로 가도록 했다. 마을에 도착하자 그녀는 의원을 불러 장소산을 진찰하도록 했다.

의원은 장소산을 진맥해 보더니 말했다.

"이분은 기가 왕성하고 건강합니다. 아픈 것이 없으니 치료할 것도 없습니다."

장소산의 문제는 내공을 제어할 수 없어서이고, 이때는 이미 내공이 진정된 상태라 당장 보기에는 아무 문제가 없었다. 평범한 의원이 그 사실을 알 리가 없다. 장소산은 그다지 기대하지 않았던지라 의원이 가자 덤덤히 말했다.

"제 병은 괴이한 것이라 일반 의원은 알 수가 없습니다. 도와주셔서 감사합니다. 전 이만 가보겠습니다."

유지정은 도와주겠다고 해놓고는 실제 아무 도움도 주지 못했다는 생각에 실망했다.

"어디로 가시는 건가요?"

“강남의 임하현으로 갑니다.”

지금은 십일월 말이라 하루하루 갈수록 추워지기 시작하는 시기였다. 장소산이 입은 옷은 삼 년 전 숭산파에 잠입할 때 입었던 숭산파 제자의 옷이었는데, 삼 년이라는 세월이 흐르는 동안 완전히 누더기가 되어 있었다.

“그곳까지는 수천 리 길이에요. 지금 시기는 날이 갈수록 추워지고 사람들은 겨울을 날 채비를 하지요. 차라리 저희 집에서 겨울을 나고 날이 따뜻해지기 시작하면 가는 것이 어떤가요?”

장소산은 어떻게 할까 생각해 보았다. 확실히 지금 여행을 하는 것은 고달픈 일이었다. 찬바람에 동사하기 쉬운데다가 구걸조차 쉽지 않다. 개방의 거지인 그는 겨울이 거지들에게 가장 고달픈 시기이고, 많은 거지들이 겨울을 나지 못해 죽는다는 것을 상기했다. 게다가 눈 덮인 산 같은 곳을 지날 때 오늘 같은 일이 벌어졌다가는 꼼짝없이 얼어 죽지 않겠는가.

‘현재 나에게 가장 중요한 것은 심공편을 찾는 것이다. 이를 위해서는 다소의 위험은 감수할 수밖에 없다. 문제는 이런 몸으로는 아무것도 할 수 없다는 것이다.’

날뛰는 내공도 문제지만 길을 가는 데 더 큰 문제는 동굴에 갇혀 있는 동안 망가져 제대로 움직이지 않는 팔다리였다. 일주일을 쉬지 않고 걸었는데 오십 리도 채 못 왔다. 돈이라도 있으면 어떻게 해보겠는데, 잡힐 때 강연수에게 받은 돈을 모조리 빼앗겨 한 푼도 없었다. 당장 먹고사는 것도 힘들어 죽을 지경이니 이래서는 목적지까지 도착하는 데 몇 년이 걸릴지 감도 안 잡힌다.

‘할 수 없군. 일단 몸부터 추스르는 것이 낫겠다.’

결심을 한 장소산은 고개를 숙였다.

"그렇다면 잠시 신세를 지겠습니다."

유지반은 거지꼴의 잘 알지도 못하는 그를 집 안에 들여놓는다는 것에 불만스러운 표정이었지만 누님의 결정을 대놓고 반박하지 않았다. 유지정은 방긋 웃으며 장소산의 예의 바른 감사 표시에 답례했다.

"그러고 보니 당신의 성함도 모르고 있었군요."

장소산은 자기 이름을 대려다가 멈칫했다.

'이 사람들이 나에게 친절을 베풀고는 있지만 만일 최진방이나 임한정과 아는 사이거나 해서 나에 대해 말하면 큰일이 아닌가.'

그는 재빨리 가명을 지었다.

"전 하일서라고 합니다."

第七章

다시 만나다

다시 만나다 1

장소산은 유지정, 유지반 남매의 마차를 타고 그들의 집으로 가서 신세를 지기로 했다. 마차는 동쪽으로 삼 일 정도를 가더니 산중턱에 죽림이 무성한 곳에 도착했다. 죽림의 한쪽에는 장원이 한 채 세워져 있었으니 이곳이 바로 유씨 남매의 집이었다.

유지정은 장소산에게 설명했다.

"주변 사람들은 우리 집을 설죽산장이라고 부른답니다."

마차가 장원 안으로 들어가자 하인들이 달려나왔다. 유씨 남매는 마차에서 내려 물었다.

"아버님은 집에 계시느냐?"

"장주님께서는 폐관수련 중이십니다."

유지정은 고개를 끄덕이고는 하인에게 명령했다.

"이분은 당분간 우리 장원에서 지낼 것이니 방을 마련해 드려라."

“예.”

한 하인이 대답하고는 장소산에게 따라오라고 했다. 장소산은 유씨 남매에게 가볍게 고개를 숙여 보인 다음 하인의 뒤를 따랐다.

하인은 잠시 걷다 유씨 남매에게서 멀어지자 몸을 돌려 장소산의 위아래를 훑어보았다. 복장이 남루하기 짝이 없고 나이도 어려 보이자 만만하게 생각되었는지 곧바로 반말이 튀어나왔다.

“넌 어쩌다 이곳에 오게 된 거냐?”

장소산은 하인의 태도에 별 신경 쓰지 않고 상대가 자신보다 나이가 훨씬 많아 보이자 존대하여 대답했다.

“길에서 쓰러져 있는 것을 두 분이 구해주셨습니다.”

“그래?”

하인은 고개를 끄덕이고는 다시 발걸음을 옮겼다. 장소산은 계속 그 뒤를 따랐다. 장원의 뒤쪽으로 빙 돌아 도착한 곳은 낡은 건물이었다. 하인은 늘어선 문 중 하나를 열고는 말했다.

“여기가 네가 지낼 방이다.”

두 사람이 들어가 누우면 꽉 찰 것 같은 조그만 방이었다. 이곳은 하인들이 쓰는 방이었던 것이다.

장소산은 자신이 그래도 명색이 손님인데 너무 대우가 형편없다는 생각이 들었지만 문제를 일으키고 싶지 않아 참았다.

‘거지인 내가 발 뻗고 누울 자리를 얻었으니 이것도 호사가 아닌가. 사부님이 지금 상황을 보면 오히려 부러워할지도 모른다.’

방으로 들어간 그는 바로 두 다리를 쫙 펴고 드러누워 보았다. 좁아 답답한 감이 있었지만 삼 년 동안 갇혀 있던 좁고 습기 찬 동굴에 비하면 천국이라는 생각이 들었다.

하인이 말했다.

"밥은 여기서 오른쪽으로 돌아가 보면 식당이 있다. 찌꺼기를 먹고 싶지 않으면 늦지 않도록 해라. 나는 박칠형이다. 박씨 아저씨라고 하면 날 말하는 줄 장원 사람 모두가 알지."

장소산은 웃으며 답했다.

"전 하일서라고 합니다. 하 첫째라고 하면 고향 사람 모두가 알지요."

"하이든 상이든 내가 알 바 아니다."

박칠형은 문을 닫고 가버렸다. 장소산은 그대로 한숨 푹 잔 후 일어나 식당으로 갔다. 역시나 하인들이 식사를 하는 곳이었지만, 나오는 음식은 상당히 좋은 편이어서 장소산은 불만을 느끼지 않았다.

저녁을 먹고 장소산은 방으로 돌아갔다. 품에서 무공총람을 꺼냈다. 두 권은 과거 오절신군의 것이었다가 최진방과 아복의 손을 거쳐, 한 권은 숭산파에 있던 것이 임한정의 손을 거쳐 자신의 손으로 들어온 것이었다. 세 권의 책을 내려다보며 그는 생각에 잠겼다.

'남들이 탐을 내는 비급을 세 권이나 얻었으니 나름대로 기연이라고 할 수 있을 것이다. 이곳은 내가 말썽을 일으키지 않고 조용히 있으면 나에게 해를 입히는 사람은 없을 것이다. 몸을 추스르는 틈틈이 이 무공총람을 익히자.'

그의 시선이 수공편으로 향했다.

'난 이게 가짜인 줄 알았는데 원주인인 임한정이 진짜라고 하니 진짜인가 보지. 뭐, 익혀보다 아닌 것 같으면 그만두면 되니 상관없다. 어찌 되었든 내가 이 안의 무공을 모두 익히면 최진방과 임한정을 다시 만난다 해도 이길 수는 없어도 최소한 그들도 날 어떻게 하기는 쉽지 않을 것이다.'

문제는 몸 안에서 감당이 안 되는 내공이었다. 장소산은 고민해 보았지만 뾰족한 수가 생각나지 않아 한숨을 내쉬며 고개를 저었다.

"어차피 이곳을 나간다 해도 심공편을 찾을 수 있다는 보장이 없다. 아까 장주가 폐관수련 중이라고 말한 것으로 보아 이곳은 무림세가 중에 하나일 것이다. 그렇다면 이곳에 있는 편이 밖에서 돌아다니는 것보다 심공편의 단서를 얻을 가능성이 높을지도 모르지."

생각을 정한 장소산은 밖으로 나와 주변을 둘러보았다. 아무도 몰래 무공을 익힐 만한 장소를 찾는 것이었다.

'저 죽림이 좋겠군. 저렇게 넓고 또한 대나무가 빽빽하니 누가 일부러 찾아본다고 해도 찾기 힘들 것 같다.'

그날 밤, 장소산은 몰래 장원을 빠져나가 죽림 속으로 들어갔다. 죽림 속 깊은 곳에 작은 공터를 발견한 그는 그곳에서 신법편과 수공편의 무공을 수련하기 시작했다. 내공편의 내공은 수련하지 않았는데 수련하다간 오히려 상태가 나빠질 것 같아서였다.

날이 새도록 수련을 한 장소산은 새벽녘에 되어서야 자신의 방으로 돌아왔다. 피곤해진 장소산은 즉시 누워 곯아떨어졌는데, 얼마 후 방문이 열리며 어제 안내해 주었던 박칠형이 안으로 들어와 발로 장소산을 몸을 마구 밀며 소리쳤다.

"이 녀석아, 일어나지 않고 뭐 해!"

장소산은 졸린 눈을 비비며 일어나 물었다.

"왜 그러십니까?"

"왜 그러긴 뭘 왜 그래. 해가 떴으니 일을 해야 할 것 아니냐. 미쳤다고 너에게 공짜밥을 먹이겠느냐!"

박칠형은 옷을 던지고는 밖으로 나가며 외쳤다.

"빨리 갈아입고 따라와라!"

장소산이 받아 든 옷을 보니 바로 이곳 하인들이 입는 옷이었다. 그는 어이가 없어졌다.

'내가 언제부터 이 장원의 하인이 되었단 말인가.'

그의 행색이 초라하고 또한 쓰러져 있던 것을 유씨 남매가 구해주었다는 말에 박칠형은 하인으로 쓰려고 데려온 것이라 생각한 것이었다.

장소산은 확실히 따질까 하다가 생각을 바꾸었다.

'손님보다 하인인 편이 더 눈에 띄지 않는다. 게다가 내가 이 집에서 공짜로 얻어먹지 않고 일을 한다면 이 집 사람에게 아무 빚도 없는 셈이다.'

그는 박칠형을 따라가 하인의 일을 했다. 일은 특별히 어렵지 않았다. 겨울을 날 땔감을 해오는 것이었다.

"하루에 다섯 짐을 가득 해와 땔감을 쌓아놓는 것이 네가 할 일이다. 모자라면 밤을 새더라도 양을 채워놓아야 한다."

"예, 알겠습니다."

장소산에게 그 정도 일은 어렵지 않았다. 장작을 패며 몸을 움직이니 갇혀 있는 동안 약해진 뼈와 근육을 단련시키기 안성맞춤이었다.

박칠형은 장소산이 일하는 것에 특별한 문제가 없자 고개를 끄덕이고는 말했다.

"좋아, 앞으로 그런 식으로만 해라."

"예."

몸이 단련되고 익숙해질수록 일을 끝내는 시간은 갈수록 단축되었다.

‘너무 빨리 돌아오면 의심을 사겠지.’

장소산은 남는 시간 동안 무공을 연습한 다음 나뭇짐을 등에 메고 돌아왔다. 그런 식으로 장소산은 일을 하고 남는 시간과 밤늦은 시간에 무공을 연습했다.

그런 식으로 사흘이 흘렀을 때였다. 한밤중에 죽림 속에서 무공 수련을 하고 있는데, 또다시 내공이 날뛰는 상태가 일어났다.

그는 괴로워 데굴데굴 굴렀다. 날뛰는 내공을 감당하지 못하고 어쩔 줄 모르던 그는 자신도 모르게 수련하고 있던 수공편의 구결대로 손을 뻗어 눈앞의 바위를 후려쳤다. 그러자 진기가 손을 통해 빠져나가는 것이 느껴지며 조금 속이 편해지는 기분이었다.

앞뒤 정신을 차릴 겨를이 없던 장소산은 본능적으로 계속해서 바위를 손바닥으로 내려쳤다. 때리는 중에도 내공을 운기 하여 발출해야만 효과가 있다는 것을 깨달을 수 있었다.

원래 내경을 발출할 수 있는 경지에 이르려면 무공이 상당한 수준에 이르러야 가능했다. 그런데 수공편의 무공 구결과 본능적으로 내공을 발출해야 한다는 의지가 그것이 가능하게 만든 것이다.

수십 장을 연달아 바위를 때린 장소산은 내공이 날뛰는 증상이 사라진 것을 느끼고 기뻐했다.

“몸 안의 너무 과한 내공이 빠져나가니 안정이 되는구나!”

과하느니 모자람만 못하다는 말이 있다. 무공총람 내공편의 내공과 아복의 내공을 흡수하여 너무 내공이 높았던 장소산이 딱 그런 상태였던 것이다.

‘어쩌면 이 기회에 잘못된 내공을 바로잡을 수 있을지 모른다.’

장소산은 그동안 하지 않던 운기조식하기 시작했다. 그는 운기를 통

해 진기를 모으기보다 진기가 자신의 뜻대로 움직이게 하기 위해 최선
을 다했다. 한 시진을 그렇게 하다 보니 어느 정도 성과가 있는 것이
느껴졌다.

"살았구나!"

장소산은 그 후로도 매일 밤 죽림 속 공터에 가서 바위를 향해 내공
을 발출하고 운기를 하여 진기를 다스리려 노력했다. 가슴이 답답하고
기혈이 미미하게 아픈 증상은 계속되었지만 그 후로 내공이 날뛰는 일
은 생기지 않았다.

'심공편의 진기를 다스리는 법을 익히면 내공편의 잘못된 부분을 바
로잡을 수 있다고 했다. 내공을 발출하고 진기를 운기하는 이 방법이
어느 정도 심공편의 비법과 비슷한 점이 있을지도 모르겠다.'

비록 응급처치 식이지만 급한 불은 끌 수 있을 것 같았다. 근본적인
해결책은 심공편을 찾는 수밖에 없을 것 같지만 당장 발작이 일어나지
않는 것도 감지덕지였다. 장소산은 낮에는 나무를 하는 틈틈이 신법과
수공을 연마했고, 밤에는 죽림 속에서 내공을 발출하고 진기를 다스리
는 연습을 했다. 그렇게 시간이 흐르는 동안 어느덧 한 달이란 세월이
흘러갔다.

원래 장소산은 몸만 추스르면 곧바로 떠날 생각이었지만 진기를 다
스리는 법을 터득하고 더 이상 발작을 걱정하지 않게 되자 느긋해졌다.

'기왕 이렇게 된 것, 천천히 겨울을 나고 떠나자.'

2

이제 완연한 겨울이 되어 장소산은 더 이상 나무를 하지 않았다. 하

인들이 해야 할 일이 상당히 줄어 장소산 역시 하루에 두 번 말에게 먹이를 주는 것 외에 특별히 할 일이 없어 무공을 수련하는 일에 좀 더 많은 시간을 할애할 수 있었다.

그런데 하루는 말에게 줄 건초를 꺼내고 있을 때였다. 하인들이 웅성거리며 어딘가로 몰려가고 있는 것이 그의 눈에 띄었다.

"무슨 일이 있습니까?"

장소산의 질문에 이제는 어느 정도 친해진 박칠형이 대답해 주었다.

"구경거리가 생겼으니 너도 따라와 봐라."

호기심이 생긴 장소산은 하인들 무리에 끼었다. 하인들이 가는 대로 따라가던 그는 이상한 것을 느꼈다. 그가 늘 몰래 무공을 익히려 가는 길 그대로 가고 있는 것이 아닌가?

'이게 어떻게 된 거지?

처음에는 우연이라고 생각했지만 결국 도착한 곳은 죽림 속, 그가 몰래 무공을 익히던 공터였다.

'왜 이 사람들이 여기로 왔을까?

의아해하던 장소산은 하인들이 가리키며 수군거리는 것을 보고 그 이유를 알 수 있었다. 하인들이 가리키는 것은 다름 아닌 장소산이 내공을 발출할 때 손바닥으로 치던 작은 바위였다. 한 달이라는 기간 동안 계속해서 같은 곳을 치다 보니 그만 바위에 그의 손자국이 선명하게 찍혀 버리고 만 것이었다.

밤에만 수련하느라 이제야 손자국을 발견하게 된 그는 놀랍기도 하고 신기하기도 했다.

'내 장력이 언제 이렇게나 강해졌지?

장소산은 자신의 손바닥과 바위의 손자국을 번갈아보며 생각했다.

'난 그동안 필요없는 내공을 소모하기 위해 진기를 운행하여 손바닥을 통해 발출했다. 그러다 보니 자연스럽게 장력이 단련되어 버린 모양이로구나.'

그가 스스로의 솜씨에 감탄하고 있을 때, 하인들이 소리치는 소리가 들려왔다.

"장주님께서 오셨다!"

말로만 듣고 지금까지 한 번도 본 적이 없는 장주 유상명까지 바위에 남겨진 손바닥 이야기에 직접 확인하기 위해 나선 것이었다. 장소산이 보니 유상명은 사십대의 중년인으로 겉보기에는 무인보다는 서생에 가까워 보였다. 하지만 두 팔을 좌우로 흔들며 성큼성큼 빽빽한 대나무들 사이를 거침없이 빠져나오는 신법을 보니 일류고수란 것을 짐작할 수 있었다.

유상명은 손자국을 처음 발견한 하인을 불러 자초지종을 물었다. 하인의 이야기에는 별로 건질 것이 없었다. 그냥 우연히 산책을 하고 있다가 바위를 보게 되었다는 것이다. 이야기를 모두 들은 유상명은 찬찬히 바위의 자국을 살피기 시작했다.

곧이어 유씨 남매도 달려왔다. 둘은 아버지 유상명과 똑같이 출발했지만 경공이 떨어져 이제야 도착했다. 유지정은 아버지가 바위 자국을 살피는 것을 보고 방해되지 않도록 뒤로 조금 물러나 있다가 하인들 틈에 있는 장소산을 발견했다.

"어머, 당신……."

유지정은 장소산의 이름을 기억해 내지 못하고 머뭇거렸다. 장소산은 웃으며 고개를 숙이고는 말했다.

"하일서입니다."

유지정은 고개를 끄덕이고는 장소산의 복장을 보고 말했다.

"아, 맞아, 그랬었지요. 당신은 결국 여기 하인이 되기로 했군요."

장소산이 하인이 되겠다고 한 적은 한 번도 없었다. 주변 상황에 순응하다 보니 그렇게 된 것뿐이었다. 장소산은 그냥 웃으며 고개를 끄덕였다.

"어쩌다 보니 그렇게 되었습니다."

유지정은 살짝 고개를 끄덕이고는 바위로 시선을 옮겼다. 더 이상 그에게 관심을 보이지 않는 것을 보니 그대로 장소산을 하인으로 인식해 버린 모양이었다.

그녀의 동생인 유지반은 유상명 옆에서 같이 바위의 자국을 살피다가 말했다.

"아버님, 단단한 이 바위에 이토록 선명한 손자국을 남기다니 누구의 솜씨인지 몰라도 대단한 고수 같습니다."

유상명은 고개를 저었다.

"확실히 상당한 고수긴 하지만 한 번에 손자국을 남긴 것은 아니다. 잘 보아라, 손자국이 가운데는 선명하지만 주변은 그렇지 않다. 분명 계속해서 몇 번이나 장력을 발했기 때문일 것이다. 만일 한 번에 이토록 선명한 자국을 남길 수 있다면 장력에 있어서 가히 천하에 열 손가락 안에 드는 인물이겠지."

유지정이 듣고 있다 말했다.

"몇 번이나 바위를 내려쳤다면 제 생각에는 장력을 수행하고 있었던 것 같아요."

유상명은 고개를 끄덕였다.

"내 생각에도 그렇다. 그런데 왜 하필이면 우리 장원의 근처인 이곳에서 수련을 했을까? 그 점이 마음에 걸리는구나.”

유상명이 걱정하는 것은 누군가 일부러 자신에게 보여주기 위해 이런 자국을 남기지 않았을까 하는 점이었다. 만일 그렇다면 결코 자신들에게 선의로 한 일이 아닐 것이다.

“아버님, 감히 저희 산장 바로 옆에서 이런 짓을 하다니 참으로 괘씸한 자입니다. 반드시 잡아 혼쭐을 내줘야겠습니다.”

“함부로 말하지 말아라. 이자의 무공은 상당한 수준이다. 얕보고 덤볐다가는 혼쭐이 나는 쪽은 오히려 너일 것이다.”

하인들 틈에서 유씨 부자의 말을 듣고 있던 장소산은 눈살을 찌푸렸다.

‘이거, 내 짓이라는 것을 들키면 난리나겠는걸.’

유상명은 큰일이 아니니 시끄럽게 떠들지 말라고 하인들을 돌아가게 했다. 그리고 아들과 밤을 새워 이 근처를 지켜 누구의 짓인지 밝혀내기로 했다.

그러나 아무 수확도 없었다. 그럴 수밖에 없었다. 낮의 일을 뻔히 지켜본 장소산이 바보가 아닌 바에야 이곳에 다시 와서 수련할 리가 없었다. 유상명은 며칠 동안 계속 잠복했으나 효과가 없자 의문의 고수가 자신의 흔적이 발견되자 떠난 것으로 생각했다.

좀 있으면 새해가 밝기에 장원의 처리할 일이 한두 가지가 아니었다. 언제까지 이 일을 두고 시간을 보낼 수는 없어서 유상명은 이 문제를 끝난 것으로 생각하기로 했다.

한편, 장소산은 이번 일이 위험했다고 생각했다. 만일 바위의 손자국이 발견된 것을 모르고 그날 밤 수련을 하러 갔다면 꼼짝없이 걸렸을 것이 아닌가. 그는 앞으로 조심해야겠다고 생각했지만 그렇다고 내력을 발출하는 일을 그만둘 수도 없었다.

그는 생각 끝에 통에다 물을 가득 담은 다음, 손을 물에다 담그고 장력을 발했다. 이렇게 하면 손자국이 남을 일도 없고 소리가 나지도 않으며, 밖으로 나가지 않고 방 안에서도 할 수 있다고 생각했기 때문이다.

그런데 장소산의 이런 수련 방법은 생각지도 않은 효과가 있었다. 물속에서 장력을 발하니 그 힘이 퍼져 나가는 정도가 물의 파문을 통해 그대로 보이는 것이 아닌가?

원래 넘치는 내공을 제어할 목적으로 시작한 수련법이었지만 한 달 동안 자신의 장력이 대단히 강해진 것을 보고 신기해했던 장소산은 물의 파문을 보고 생각했다.

'지금 보니 내 장력이 사방으로 퍼져 낭비가 심하구나. 이래서는 제대로 되었다고 할 수 없다.'

장소산의 자신의 문제점을 깨닫고 그 점을 보완하기 위해 노력했다. 한 달 후가 되자 그가 손을 담근 물에는 점점 파문이 줄어갔다. 다시 한 달이 지나자 파문이 거의 없어지고, 통의 바닥에 그의 손자국이 생기는 것이었다. 그의 장력이 손바닥에서 발출된 그대로 흩어지지 않고 바닥까지 도달했다는 증거였다. 그는 수련의 흔적이 들킬까 봐 물통을 부숴 버린 후, 자신의 장력이 어느 정도 경지에 이르렀다는 것을 알고 크게 흡족해했다.

'이 장법은 무공총람을 보고 익힌 것도 사부님에게 배운 것도 아닌 내 스스로 창안한 것이라 할 수 있다. 뭐라고 이름을 지을까? 그래, 물속에서 익혔으니 수심파(水深波)라고 하자.'

그가 장법을 완성할 수 있었던 것은 아복의 내공을 흡수하는 바람에

일 갑자에 가까운 내공을 가지게 되었고, 자신의 내공을 제어하기 위해 노력하면서 자연스럽게 진기를 뜻대로 움직일 수 있는 경지에 이르렀기 때문이다.

진기를 뜻대로 움직일 수 있게 되자 신법편과 수공편의 익히기 어렵던 부분도 좀 더 쉽게 펼칠 수 있게 되었다. 또한 장소산은 무공총람의 한 가지 비밀을 알 수 있었다. 원래 이 무공총람의 무공은 한 권씩 차근차근 익히는 것이 아니라 책 전부를 한꺼번에 익혀야 하는 것이었다.

장소산은 처음 신법편을 익힐 때 후반부에 이르니 도저히 적혀 있는 대로 할 수 없었다. 또한 수공편에는 맨 처음 내공을 운기하여 손에 진기를 모으는 가장 중요한 부분이 적혀 있지 않았다. 그래서 수공편이 가짜인 줄 알았다가 임한정이 말하는 것을 듣고서야 진짜라는 사실을 알기도 했다.

그런데 지금 세 권의 무공총람을 한꺼번에 익히다 보니 원래 무공총람의 작자가 일부러 책을 미완성으로 만들었다는 사실을 깨달았다. 내공편을 제대로 익히려면 심공편이 필요한 것같이, 신법편과 수공편도 다른 무공총람을 익혀야 완성할 수 있었던 것이다.

하나만 익혀도 어느 정도 성취를 볼 수 있기는 했다. 신법편은 전반부만으로도 충분한 절기였고, 수공편도 내공을 운기하는 법을 몰라도 상당한 위력이었다. 내공편에 심공편이 없어도 되는 내공심법을 따로 넣어둔 것도 그런 이유였다. 따로 익혀도 좋지만 한꺼번에 익히는 편이 훨씬 좋은 것이 바로 이 무공총람이었던 것이다.

'내가 장력을 발할 수 있었던 것도 수공편의 무공이 내공편의 내공에 맞춰져 있었기 때문이구나. 아니, 애초에 하나의 무공이라고 보는 편이 맞겠다. 그런데 왜 신법편과 수공편의 필적이 다를까?'

장소산이 다시 세 권을 비교해 보니 신법편과 내공편의 필적이 같고, 수공편의 필적은 달랐다.

"거참, 이상하구나."

어찌 되었든 그는 더욱 열심이 무공을 연마했다. 전에는 펼칠 수 없었던 신법편과 수공편의 많은 부분을 익힐 수 있었다. 하지만 세 권에 적힌 내용을 모두 익힐 수는 없었다.

'지금 못하는 부분은 다른 무공총람을 얻어야 하는가 보군. 거참, 왜 이 책을 쓴 사람은 이렇게 귀찮게 만든 것일까? 무공총람이 전부 몇 권인지 모르겠지만 무공을 익히는 것보다 책을 모두 모으는 것이 훨씬 더 어렵겠군.'

어찌 되었든 그는 시험해 볼 수는 없지만 자신의 무공이 상당히 높은 경지에 이르렀다는 것을 짐작할 수 있었다.

'이제 최진방이나 임한정을 만나도 쉽게 당하지 않을 것 같다.'

세월이 흘러 이제 이월 초였다. 얼음이 녹고 해의 길이가 점점 길어졌다. 해가 바뀌니 장소산의 나이도 이제 열여덟 살이 되었다.

3

날이 풀리자 장소산은 또다시 나무를 하는 일을 맡게 되었다. 하루는 그가 일을 마치고 장원으로 돌아가는데, 말을 탄 네 명의 젊은 남녀가 달려오더니 선두에 선 남자가 그에게 길을 물었다.

"여보게, 설죽산장이 어디인지 아는가?"

대답하려고 고개를 돌린 장소산은 흠칫 놀랐다. 그가 아는 사람이 보인 것이다. 바로 삼 년 전에 만났던 화산파의 강연수였다.

강연수와는 티격태격 싸우기도 하고 위험한 상황을 함께 극복하기도 하면서 상당히 정이 쌓였다고 할 수 있다. 장소산은 반가워 말을 걸고 싶었지만 현재 자신의 처지를 생각하고 꾹 참고는 손으로 앞쪽을 가리키며 대답했다.

"앞으로 쭉 가면 됩니다."

"고맙네."

네 남녀는 그대로 곧장 그를 지나쳐 달려갔다. 장소산은 천천히 걸어가며 생각했다.

'강 소저와 임한정은 친한 사이이다. 내가 살아 있는 것을 그녀가 알게 되면 임한정도 알게 될지 모른다. 그녀가 비밀을 지키게 하려면 사정을 설명해야 할 텐데, 임한정의 악행을 알면 그녀가 충격을 받을 것이다. 만약 그녀가 나보다 임한정을 중시하여 날 해치려 들기라도 하면 그것도 곤란하지. 그냥 입 다물고 모른 척하는 편이 좋겠다.'

장소산이 장원에 도착하니 장원 안이 떠들썩했다. 유씨 남매의 친한 친구들이 왔다는 것이었다.

'그녀가 유씨 남매와 친분이 있었구나.'

장소산은 어차피 이제 할 일도 없고, 장원 안에 있다가 강연수 일행과 만나고 싶지 않아 밖으로 나갔다. 어디로 갈까 잠시 생각하던 그는 자연스럽게 죽림의 무공을 수련하던 공터로 갔다.

대나무들이 바람에 흔들리며 파도가 치는 듯한 소리가 나니 마음속까지 시원해지는 것 같았다. 장력을 수련하던 작은 바위에 등을 기대고 한숨 낮잠을 자던 그는 사람들의 말소리에 깨어났다.

유씨 남매와 강연수 일행 네 명이 이곳에 나타난 것이다. 장소산은 일이 공교롭게 되었다고 생각했다.

‘피하려다 오히려 만나게 되었군.’

유지정은 장소산을 보고는 물었다.

“여기서 뭐 하고 있지?”

처음 만났을 때와 달리 지금은 자기 집의 하인이라 유지정은 자연스럽게 하대를 했다. 장소산도 일어나 공손히 대답했다.

“일을 끝내고 잠시 쉬고 있었습니다.”

아까 전 장소산에게 길을 물었던 남자가 말했다.

“길을 가르쳐 주었던 친구로군. 설죽산장은 하인들까지 홍취를 아는가 보오. 대나무의 물결 소리를 들으며 한가롭게 낮잠이라니.”

칭찬일 수도 있지만 듣기에 따라서는 하인이 게으름을 피운다는 뜻으로 들릴 수도 있었다. 유지반이 눈살을 찌푸리며 질책을 하려는데 유지정이 재빨리 말했다.

“가서 이곳으로 차를 가져오라고 전하게.”

“예.”

장소산은 얼른 대답하고는 재빨리 떠나려고 했다. 그런데 강연수가 갑자기 그의 앞을 가로막고는 물었다.

“우리 어디서 만난 적 있지 않나?”

장소산은 모르겠다는 표정을 지었다.

“초면입니다.”

“그대의 이름이 뭐지?”

“하일서입니다.”

“장소산이라고 모르나?”

“그게 누굽니까?”

강연수는 묘한 표정으로 장소산을 훑어보았다. 삼 년이란 세월이 흐르는 동안 장소산의 용모와 목소리가 많이 변해 확신을 할 수 없었다. 장소산은 능청스럽게 아무것도 모른다는 표정을 지었다.

장소산에게 길을 물었던 남자가 물었다.

"왜 그러시오? 아는 사람과 닮았소?"

강연수는 한숨을 내쉬며 고개를 저었다.

"닮았다고 생각하긴 하는데……."

유지정이 흥미있다는 표정을 지으며 장난스럽게 물었다.

"언니는 이 사람이 장소산이라는 사람과 닮아 혹시 그 사람이 아닐까 생각했나 보네요. 그 장소산이라는 분은 어떤 분이죠? 혹시 언니의 정인이라도 되나요?"

강연수는 고개를 젓고는 다시 한숨을 내쉬고 말했다.

"그 사람과 나는 삼 년 전에 어떤 일이 있어 만날 약속을 했지. 그런데 그는 나타나지 않았지. 그 후로 그를 본 적도, 소식을 들은 적도 없어."

강연수 일행 중 하나인 서생풍의 남자가 말했다.

"약속을 지키지 않다니 나쁜 사람이군. 강 소저는 그런 사람 따위 빨리 잊어버리는 것이 좋겠소."

강연수는 그를 힐끔 노려보았다.

"그 사람에게 대해 알지도 못하면서 함부로 말하지 말았으면 좋겠군요."

서생풍의 남자는 흠칫 놀라며 당황한 표정을 지었다.

"난 그저 강 소저가 심란해할까 봐……."

그가 곤란해하자 유지정이 다시 물었다.

"장소산이라는 사람은 어떤 분이죠?"

"그 사람은 개방의 제자야. 무공은 뛰어나다고 할 수 없지만 총명하고 기지가 넘칠 뿐 아니라 협의가 넘치는 뛰어난 사람이지."

유지정은 강연수가 이토록 누군가를 칭찬하는 것을 처음 보았다. 그녀는 놀람을 감추지 못하며 물었다.

"언니와 그를 비교하면 어떨까요?"

"음, 무공이야 모르겠지만 어떤 문제를 두고 해결하라고 한다면 난 그를 절대 따르지 못할 거야."

유지정을 포함한 이곳에 있는 사람들 모두 깜짝 놀라는 표정이었다. 강연수는 최근 몇 년간 무공이 크게 성장하여 화산파의 젊은 제자 중 으뜸이었다. 평소 자신에 대해 자부심이 대단한 그녀가 스스로 남보다 못하다고 말할 줄이야 상상도 못했던 것이다.

강연수의 칭찬에 장본인인 장소산은 표정이 묘해졌다.

'당신이 날 그렇게 좋게 봐줄 줄이야. 이거 황송하여 어쩔 줄 모르겠소.'

갑자기 서생풍의 남자가 냉소를 하며 말했다.

"개방에 그렇게 뛰어난 인물이 있을 줄은 정말 몰랐군. 그런데 왜 난 그 장가란 인물에 대해 전혀 들어보지 못했을까?"

원래 그는 강연수를 마음에 두고 있었다. 그런데 그녀가 장소산에 대해 칭찬하자 질투가 난 것이었다.

유지정은 자칫 화기가 상하게 될까 봐 재빨리 끼어들어 말했다.

"그보다 제가 보여주고 싶다고 한 것이 있었죠. 자, 여길 한 번 봐주세요."

그녀가 가리키는 것은 장소산이 남긴 바위의 손바닥 자국이었다.

"자, 이 손바닥은 누가 남긴 것일까요?"

서생풍의 남자가 물었다.

"소저의 아버님이 남긴 것이 아니오?"

"틀렸어요. 이 자국은 몇 달 전에 생긴 것인데, 저희 아버님도 누구의 짓인지 모르시죠. 여러분 중에 누군가 이 손바닥의 비밀을 밝혀낸다면 우리 설죽산장 식구 모두의 궁금증을 풀어주는 것으로 아버님도 그분께 감사해할 거예요."

장소산은 생각했다.

'이것 때문에 이 사람들이 이곳으로 몰려온 것이군.'

이곳에 모인 사람들은 손자국을 열심히 살펴보고는 자신의 추측을 떠들어댔다. 하지만 손바닥만으로는 알 수 있는 것이 아무것도 없었다. 장소산은 강연수가 중얼거리는 소리를 들었다.

"그가 이곳에 있다면 이 비밀을 밝혀냈을지도……."

장소산은 속으로 크게 웃었다.

'당연히 밝혀낼 수 있고말고. 내가 한 짓이니 내가 왜 모르겠나.'

그는 더 이상 이곳에 있다가 들통이 나면 곤란하다는 생각에 산장으로 돌아갔다. 주방에 차를 가져오라는 말을 전한 그는 죽림으로 돌아가지 않았다.

산장 안의 소문은 빨리 퍼진다. 장소산은 굳이 묻지 않아도 강연수과 함께 온 세 남자가 누군지 들을 수 있었다.

길을 물은 사람은 황보세가의 소가주인 황보륭, 서생풍의 남자는 칠성방 방주의 둘째 아들 가신풍, 아무 말도 하지 않아 존재감을 느낄 수 없었던 사람은 공동파 제자인 연사랑이었다. 강연수를 포함해 모두들 이름난 문파나 가문의 후지기수들이었다.

장소산은 그들이 누군지 신경 쓰지 않았다. 다만 지금 자신이 말없

이 훌쩍 떠나 버리면 자신이 장소산인 것을 그들이 눈치챌까 그것이
걸릴 따름이었다.

'뭐, 그들이 평생 이곳에 있을 것도 아닌데 괜찮겠지.'

다음날이었다. 장소산이 아침에 일찍 일어나 자신의 맡은 일을 하기
위해 장원의 정원을 지나가는데 어제 만났던 서생풍의 가신풍과 만나
게 되었다.

그는 산책을 하고 있던 모양이라 장소산은 그냥 무시하고 지나가려
고 했다. 그런데 그때 가신풍이 신형을 날리더니 장소산의 옆으로 다
가와 다리를 걸려고 하는 것이 아닌가?

'이놈 봐라?'

장소산은 빠른 걸음으로 가는 중이라 그 상태로 가다가는 다리가 걸
려 꼴사납게 자빠지게 될 것이었다. 하지만 그는 이미 상당한 고수였
다. 무공총람 신법편의 느림의 가르침대로 발걸음 속도를 줄이고 보폭
을 줄였다. 그러자 가신풍이 장소산의 다리를 거는 것이 아닌 장소산
이 가신풍이 발을 밟게 되었다.

"어이쿠!"

일부러 있는 힘껏 발뒤꿈치로 가신풍의 발등을 찍어버린 장소산은
잠시 비틀거리는가 싶더니 중심을 잡고는 놀라 소리쳤다.

"아니, 공자님이 어떻게 된 것입니까?"

가신풍은 아파서 펄쩍 뛸 지경이었지만 체면을 생각해서 간신히 참
았다. 장소산의 발로 밟는 공격은 너무나 시기적절하게 펼쳐졌지만 특
별히 교묘한 움직임이나 위력이 없었다. 누가 봐도 장소산이 일부러
밟은 것이 아닌 가신풍이 발을 내밀어 밟혀준 꼴이니 당한 본인조차

단지 재수가 없었다고만 생각했다.

'이놈의 자식이……'

가신풍이 장소산을 공격한 이유는 별것 없었다. 어제 강연수가 장소산을 칭찬하는 말을 듣고 기분이 나빴는데, 아침에 우연히 장소산과 닮았다는 하인을 보자 배알이 뒤틀려 골려주려고 한 것이었다.

혼을 내려 하다가 오히려 혼이 나버린 가신풍은 장소산을 노려보다가 물었다.

"넌 이곳의 하인이지?"

"그렇습니다."

"그런데 손님인 날 보고도 왜 아는 척도 안 하느냐."

가신풍이 일부러 시비를 건다는 것을 안 장소산은 얼른 고개를 숙이고 사죄했다.

"정말 죄송합니다. 제가 바빠 미처 보지 못했습니다."

가신풍은 화를 내며 손을 뻗어 장소산의 가슴을 밀며 외쳤다.

"감히 하인 주제에 날 능멸하다니!"

장소산은 안색이 변하더니 그대로 풀썩 쓰러졌다. 그러더니 땅바닥을 데굴데굴 구르며 비명을 질러대기 시작했다.

"아이고, 나 죽네! 아이고, 나 죽어!"

이렇게 되자 가신풍이 당황해 버렸다. 그는 장소산을 몇 대 때려 괴롭힐 생각이기는 했지만 이번에 민 것은 막 시비를 거는 것으로 전혀 힘이 실려 있지 않았다. 그런데 상대가 죽겠다고 난리니 영문을 모를 판이었다.

'설마 나도 모르게 내경을 실은 걸까?'

장소산의 비명은 조용한 설죽산장의 아침을 뒤흔들어 버렸다. 무슨

영문인가 싶어 산장의 사람들과 강연수 일행이 모조리 뛰어나왔다. 그
들은 장소산이 죽겠다고 난리치고 가신풍이 자신의 손을 보며 놀라는
표정인 것을 보고 가신풍이 장소산을 쳤다고 생각했다.

"이게 어떻게 된 건가?"

황보륭의 질문에 가신풍은 당황해하며 대답했다.

"전 그저 살짝……."

설죽산장 사람들의 표정에 분노가 서렸다. 무공고수의 살짝이 일반
인에게 어찌 살짝이 될 수 있겠는가!

가신풍은 달려나온 유지정과 유지반의 표정까지 굳어 있는 것을 보
자 다급히 변명을 했다.

"난 그냥 살짝 밀었을 뿐이오. 정말이오."

그렇게까지 말하자 사람들도 조금은 믿는 눈치였다. 장소산은 이제
비명을 멈추고 신음 섞인 목소리로 말했다.

"지병이… 지병이……."

이 한마디로 충분했다. 유지정은 장소산을 만났을 때 그가 쓰러져
있고, 의원도 병을 모른다고 했던 것을 기억해 냈다.

"그는 지병이 있어요. 가형께서 살짝 민 것이 그만 그의 지병을 건
드리고 만 것 같군요."

이곳에 있는 가신풍을 포함한 모두가 유지정의 말에 상황을 그렇게
판단했다. 가신풍은 급히 고개를 숙이며 사과했다.

"정말 죄송하오. 내 실수입니다."

하인 하나 때문에 사이를 악화시키고 싶지 않았던 유지정은 사과를
받는 것으로 사태를 수습하려고 했다. 그런데 그때 장소산이 비틀거리
며 일어나 유지반에게 말했다.

"소장주님, 그냥 넘어가시지요. 저 같은 미천한 하인 때문에 강호에 세력이 큰 칠성방과 원한을 맺을 필요는 없지 않겠습니까."

이 말은 좋게 넘어가자는 것 같지만 실상은 싸움을 부추기는 것이었다. 유지반은 자존심이 강하고 남에게 지시받는 것을 싫어해 남이 어떻게 하자고 하면 오히려 반대로 하려고 들었다. 그는 즉시 표정이 변해서 코웃음 치며 말했다.

"칠성방이 뭐 어떻단 말인가. 그까짓 사람 수 좀 많다고 우리 설죽산장 사람을 맘대로 건드려도 된단 말인가?"

가신풍도 얼굴이 굳어졌다. 자신이 사과까지 하는데도 상대가 오히려 시비를 건다고 느꼈기 때문이다. 또한 유지반의 나이가 이제 겨우 십육, 칠 세로 새파랗게 어린 것이 예의가 없다고 생각했다.

"내가 미안하다고 하지 않는가!"

말은 미안하다고 해도 미안해하기보다 화를 내는 것에 가까웠다. 양쪽의 대립은 더욱 격화되었고, 장소산은 속으로 희희낙락했다.

'그래, 어디 한번 신나게 한판 붙어봐라.'

그는 유지반이나 가신풍 양쪽에게 별로 원한 같은 것은 없었다. 그저 하인이 되어 몇 달을 지내보니 자기 맘대로 행동해도 아무도 뭐라 하지 않던 거지 때에 비해 해야 할 것도 많고 참아야 할 것도 많아 상당히 답답했었다. 그러다 이런 일이 생기자 이 기회에 그동안 쌓인 것을 풀고 한판 즐겁게 놀고 싶었다.

'보는 사람도 많아 위험할 것도 없으니 어디 마음껏 붙어봐라. 이 어르신께서 감상해 주마.'

임한정을 구할 때 그 무서운 최진방까지도 놀린 전적이 있는 그였다. 그에게 이 정도 일은 가벼운 장난에 불과했다. 왜 불 구경과 싸움 구경이 세상의 가장 재미있는 구경거리라고 하지 않던가.

그는 슬그머니 뒤로 물러서서 땅바닥에 앉아 편안히 구경하기 위해 자세를 잡았다. 그런데 그만 구경할 생각만 하느라 유지정이 묘한 눈으로 그를 쳐다보고 있는 것을 눈치채지 못하고 말았다.

4

유지반은 결코 물러설 생각이 없었다. 가신풍도 상대가 자신보다 네다섯 살이나 어려 보이니 제깟 것이 무공을 익혀봤자 얼마나 익혔겠느냐는 생각으로 만만하게 보았다. 오히려 이 기회에 자신의 무공 실력을 보이면 전화위복이 되어 강연수가 자신을 다시 보지 않게 될까 기대되었다.

"나와 싸우자는 건가?"

가신풍이 묻자 유지반은 피식 웃고는 대꾸했다.

"원한다면 얼마든지 상대해 주지."

가신풍은 화를 참으며 외쳤다.

"좋아, 싸우자!"

유지반은 하인에게 명령했다.

"죽봉을 가져오너라."

"예."

황보릉이 싸움을 말리려고 말을 걸어보았지만 가신풍은 못 들은 척했다. 그래서 이번에는 유지정에게 동생을 말려달라고 하려 했는데, 그녀는 곰곰이 생각하는 표정으로 싸움에는 관심도 없어 보였다. 그는 곤란해하며 한숨을 내쉬었다.

"이걸 어쩌나……."

강연수가 걱정하지 말라며 말했다.

"위험해지면 우리가 끼어들면 될 거예요. 오히려 싸우다 친해지는 경우도 있으니 두고 보지요."

하인 두 명이 푸른 대나무를 가져왔다. 대나무의 길이는 유지반의 키의 세 배에 가까웠다. 두께 역시 한 손으로 잡기 힘들 정도였다. 설죽산장 근처 죽림에서 자라는 대나무 중 아무거나 하나를 잘라온 것 같아 강연수 일행은 저런 불편한 무기로 어떻게 싸우려고 하는지 의아했다.

유지반은 대나무를 받아 세운 다음 가신풍에게 물었다.

"자, 그쪽은 어떤 무기를 사용하겠소?"

가신풍은 호기롭게 양손을 들어 보였다.

"난 맨손으로 충분하다. 내가 연장자로서 삼 초를 양보하겠으니, 어디 한번 공격해 봐라."

"좋소. 사양하지 않겠소."

유지반은 말하고는 곧장 세워놓은 대나무를 쓰러뜨리며 가신풍을 내려쳤다. 그 기세가 가히 바위도 부술 것 같아 가신풍은 재빨리 옆으로 피했다. 그러자 유지반은 미리 예상했는지 대나무를 옆구리에 끼고 허리를 돌리며 떨어지는 힘의 방향을 수평으로 바꾸어 맹렬하게 후려치는 것이 아닌가?

가신풍은 기겁하여 몸을 뒤집어 대나무를 피했다. 유지반은 공세를 늦추지 않고 다리로 대나무를 후려쳐 다시 방향을 바꾸더니 두 팔로 흔들자 유연한 대나무는 마치 수십 개의 창이 동시에 찌르듯 무수한 변화를 일으키며 가신풍의 온몸을 노리는 것이었다.

관전하던 황보륭은 자신도 모르게 감탄을 터뜨렸다.

"대단하군!"

장소산 역시 상당히 놀랐다. 유지반의 실력이 그가 생각하던 것보다 훨씬 뛰어났기 때문이다. 그는 정신을 집중하여 유지반의 죽봉법을 관찰했다.

유지반은 순식간에 수십 초의 공격을 퍼부었다. 가신풍은 처음에 선수를 내준 후 계속해서 몸을 피하기에 바빴다. 그는 상대의 무공이 뛰어난 것을 뒤늦게 깨닫고 선수를 양보한 것을 크게 후회했다.

"벌써 삼십 초가 지났군. 가 형, 양보는 이제 그만 하시오. 내가 미안하구려."

유지반의 놀림에 가신풍은 화가 치밀었다. 그의 장법은 분명 뛰어난 절기였으나 유지반 근처에 접근하지 못하니 아무짝에도 소용없었다. 그는 위험을 감수하고 난무하는 대나무의 그림자 속으로 뛰어들었다.

"앗!"

구경하던 사람들에게서 놀란 외침이 터져 나왔다. 대나무가 가신풍의 오른팔을 후려친 것이다. 가신풍은 뼛속까지 통증이 파고드는 것을 참으며 대나무를 옆구리에 끼었다. 일단 꽉 잡아두면 자신보다 체구가 작은 유지반이 어쩌지 못하리란 계산이었다.

그런데 그 순간 유지반이 자신 쪽의 대나무 끝을 바닥에 대면서 발로 힘껏 대나무를 쳤다. 그러자 탄력이 넘치는 대나무는 진동하여 그 위력을 그대로 가신풍 쪽으로 전달했다. 전체적인 힘은 가신풍이 위인지 몰라도 팔보다 다리 힘이 훨씬 강한 법이다. 가신풍은 견디지 못하고 대나무를 놓았다.

"받아라!"

대나무를 놓는 순간 가신풍은 놀라운 속도로 몸을 날려 유지반에게 접근하여 노도와 같이 장법을 퍼부었다. 유지반이 대나무를 놓은 기회를 놓치지 않고 결판을 내려는 것이었다. 그런데 유지반은 침착하게 자신도 장법을 펼쳐 가신풍의 공격을 모조리 막아냈다.

원래 장법에 있어서는 가신풍이 유지반보다 훨씬 위였다. 그러나 가신풍이 오른팔을 대나무에 맞는 바람에 장법의 위력이 급격히 약해져 있었다.

접근전을 펼쳐도 상대를 어쩔 수 없자 가신풍은 크게 당황했다. 그 순간 유지반이 바닥의 대나무를 발로 쳐올렸다. 대나무를 잡은 그는 짧은 쪽을 앞으로 하여 단봉처럼 사용하여 맹렬히 공격해 갔다.

가신풍도 지지 않고 공격했다. 그런데 공격은 여전히 바로 지척까지 뻗어오는데 유지반과의 거리를 점점 멀어지는 것이 아닌가? 유지반은 공격하면서 대나무를 잡은 손이 점점 뒤로 가고 있었던 것이다. 어느새 가신풍의 손은 유지반을 공격할 수 없었고, 다시 장병의 장점을 살린 유지반의 공격이 펼쳐졌다.

가신풍은 암담해졌다. 그의 실력으로 다시 유지반에게 접근하려면 또 한 번 공격을 허용하지 않으면 안 되었다. 하지만 또다시 공격을 맞았다가는 버틸 수 없을 것 같았다.

그는 힐끔 관전하는 강연수를 보았다. 척 봐도 유지반의 실력에 감탄하고 있다는 것을 알 수 있었다.

'후지기수 중에 손가락으로 꼽힌다고 자부하던 내가 이런 창피를 당하다니!'

원래 그의 무공은 유지반에 비해 뒤떨어지지 않았다. 그가 상대를 얕보지 않고 도를 사용했다면 결코 이런 식으로 밀리지는 않았을 것이

다. 자존심에 상처를 입은 그는 노호성을 지르며 다시 대나무의 그림
자 속으로 뛰어들었다.

그때였다. 강연수가 놀라운 신법으로 뛰어들었다. 그녀는 가신풍을
노리고 날아드는 대나무를 발로 누르며 손으로는 가신풍의 어깨를 잡
았다.

"앗!"

주변의 구경하던 사람들이 놀람과 경탄의 외침을 터뜨렸다. 그녀는
대나무 위에서 조금도 중심을 잃지 않고 우뚝 서 있었다. 유지반이 흔
들어 보았지만 마치 나뭇가지에 앉은 한 마리의 새처럼 조금의 흔들림
도 없었다. 가신풍은 멍하니 그 모습을 쳐다보고 있었다. 그녀가 어깨
를 잡는 순간 순식간에 요혈을 점한 것이다.

한순간에 두 고수를 제압한 강연수의 솜씨에 모두들 놀라 할 말을
잃었다. 장소산 역시 놀라긴 마찬가지였다.

'언제 저렇게나 무공이 강해졌지?'

강연수는 생긋 웃으며 말했다.

"이제 운동을 충분히 했으니 그만 아침이나 먹는 것이 어때요?"

유지반이 살짝 눈살을 찌푸리고 말을 하려는데, 유지정이 나서서 말
했다.

"가 소협의 팔비신도는 가히 천하일절이라 할 수 있다. 가 소협이
무기를 썼다면 네가 어찌 호각으로 겨룰 수 있었겠느냐. 사정을 봐주
신 것에 감사드려라."

유지반은 불만이 가득했지만 누님의 말을 거역할 순 없었다. 그는
대나무를 놓고 살짝 고개를 숙이고는 몸을 돌려 가버렸다. 강연수는
웃으며 가신풍의 등을 가볍게 두드려 점혈을 풀고는 말했다.

"그만 가죠."

유지정이 호각이라고 말했지만 이번 대결은 사실상 가신풍의 패배였다. 그는 유지정의 배려에 감사를 표하고는 강연수를 따라갔다.

장소산도 슬그머니 자리를 떠나서 돌아가며 생각에 잠겼다. 유지반의 독특한 무기 사용법도 훌륭하긴 했지만 더욱 놀라운 것은 강연수가 한순간에 펼친 무공이었다.

'그녀가 뛰어들 때 사용한 것은 분명 무공총람의 신법이었다. 나와 석실에서 겨룰 때 배운 것이겠지. 그것이야 이미 나도 알고 더 잘할 자신 있으니 놀랄 것 없지만, 빠르게 휘두르는 대나무 위에 올라타는 것과 가신풍을 순식간에 점혈한 재간은 내가 따를 수 없구나. 그녀의 사문 화산파의 무공인 것일까?

하지만 마음속으로 뭔가 걸리는 것이 석연치 않았다. 그는 일을 하는 내내 멍하니 그 장면을 계속해서 떠올리다 자신을 부르는 소리에 정신을 차렸다.

"아가씨께서 부르시니 가봐라."

하인 박칠형이었다. 장소산은 대답하고는 안채에 있는 유지정의 방으로 가서 문을 두드렸다.

"부르신다고 해서 찾아왔습니다."

"들어오세요."

장소산은 흠칫했다. 그가 하인이 된 후로 유지정은 그에게 하대를 했는데 말투가 처음 만났을 때로 다시 바뀐 것이다.

'이거 안 좋은데?'

그는 속으로 생각하면서도 방 안으로 들어가 앉았다.

"무슨 일로 부르셨습니까?"

유지정은 물끄러미 장소산을 쳐다보고 있다가 불쑥 말했다.

"재간이 훌륭하시더군요."

"예? 무슨 말씀이신지……."

"강 언니가 문제를 해결하는 능력을 따를 수 없다고 했는데, 문제를 해결하는 것을 보진 못했지만 문제를 만드는 재간이 대단한 것은 확실히 알겠더군요. 무공 역시 상당하시고 말이지요. 죽림의 손바닥 자국도 당신의 짓이지요?"

장소산은 속으로 혀를 찼다.

'역시 들켰군!'

그는 쓸쓸하게 웃으며 물었다.

"언제부터 짐작하셨소?"

"죽림 속의 손바닥 자국을 봤을 때부터지요. 주변에 인가도 드무니 매일 그곳에 와서 수련을 하려면 여간 오가기 불편한 것이 아니죠. 하지만 반대로 생각하여 이곳에 산다면 오히려 편한 것이 아니겠어요? 게다가 산장에 그 일에 대한 소문이 퍼지자마자 그 사람이 나타나지 않게 되었으니 말할 것도 없죠."

유지정은 싱긋 웃었다.

"물론 그때 당신은 산장 식구 중에 의심 가는 사람 중 하나일 뿐이었어요. 그런데 강 언니가 당신을 알아보았고, 오늘 아침 일까지 겪고 나니 확신이 가더군요."

장소산은 감탄하지 않을 수 없었다.

"정말 총명하시군!"

"자, 그럼 말해주시죠. 왜 개방의 고수가 저희 산장의 하인 노릇을 하고 있는 거죠?"

"내가 하인이 되려 한 것이 아니고, 당신들이 날 하인으로 만든 것이오."

장소산은 하인이 된 과정을 설명했다. 유지정은 웃으며 물었다.

"그렇다면 어쩌다 보니 그렇게 되었다는 건가요? 그런데 왜 자신의 정체를 숨긴 거죠?"

"그것도 나름대로 사정이 있소. 하지만 지금은 말할 수 없소. 부탁이니 나에 대해 누구에게도 말하지 말아주시오."

"저희 가족에게도 말인가요?"

"그렇소."

"강 언니에게도?"

"물론이오."

유지정은 장소산을 한참 동안 쳐다보았다. 장소산은 입을 다물고 그 눈빛을 받았다. 유지정이 입을 열어 물었다.

"그래도 내가 말한다면?"

"그럼 난 그 즉시 꽁무니가 빠져라 도망갈 수밖에."

장소산의 대답에 유지정은 살짝 웃고는 물었다.

"확실히 당신은 대방파 개방의 제자고, 강 언니의 말에 따르면 협의가 넘치는 사람이니 나쁜 속셈으로 이 집에 들어온 것은 아닌 것 같군요. 하지만 비밀을 지켜주면 나에게 무슨 이득이 있죠? 내가 볼 때 당신의 정체를 강 언니에게 알려주면 그녀는 나에게 대단히 감사해할 것 같은데."

장소산은 잠시 머리를 굴리고는 말했다.

"당신의 집안은 무공이 뛰어나고 재산도 많으니 사는 데 아무 지장이 없겠지만 살다 보면 다른 사람의 힘이 필요할 일이 생길지 모르지.

그때가 되면 내가 최선을 다해 당신을 돕겠소."

"좋아요. 단, 조건을 조금 바꿔 저 혼자가 아닌 저희 가족 전부에게로 하지요."

"좋소."

둘은 손바닥을 마주쳐 맹세를 했다. 자신의 방으로 돌아온 장소산은 바닥을 치며 후회했다.

"장소산아, 장소산아, 장난 한 번 쳤다가 꼼짝없이 족쇄를 하나 차고 말았구나! 너란 놈은 매번 쓸데없이 나서서 잔머리만 굴리다가 오히려 손해를 보니 너처럼 멍청한 놈도 세상에 드물 것이다!"

그러나 이미 늦은 후회였고, 본바탕이 어디 가는 것도 아니었다.

第八章
사건(1)

사건(1) 1

유지정에게 정체가 들킨 지 며칠이 지났다. 장소산은 섣부르게 일을 일으켰다가 정체가 발각당하자 후회하여 조용하게 지냈고, 유지정 역시 그에게 평소처럼 대하고 내색하지 않았다. 강연수는 단지 사람을 착각했다고 생각했는지 더 이상 장소산에게 관심을 두지 않았다.

장소산은 이제 이곳을 떠날 때가 되었다고 생각했다.

'유 소저와의 약속은 언제 이 집안에 일이 생길지 모르니 나중에 그때가 되면 오겠다고 하면 된다. 설마 그때가 될 때까지 여기 처박혀 있으라고는 하지 않겠지. 이대로 이 집안 사람들이 별문제없이 살면 나역시 영원히 이 집안과 관계할 필요가 없어지는 것이니 그럼 양쪽 다 좋은 일이다.'

그는 유지정에게 비밀을 지킬 것을 다시 한 번 다짐한 후 떠나려고 했다. 그런데 그가 결심을 하고 유지정을 찾아갈 기회를 기다릴 때, 하인 박칠형이 와서는 말했다.

"너 좋겠다."

뜬금없는 소리에 장소산은 어리둥절해했다.

"그게 무슨 소립니까?"

"이번 외출에 네가 따라가게 되었다."

"예?"

이야기를 들어보니 강호의 명사 주청백의 칠순 잔치에 유씨 남매와 강연수 일행이 찾아가기로 했는데, 그때 따라갈 하인 중의 하나로 장소산이 뽑혔다는 것이다.

일 년 내내 별다를 것 없는 이곳 산장을 떠나 바깥 구경을 할 수 있다는 사실에 하인들 모두 뽑히길 원하는 일이었지만, 내일이라도 이곳을 떠날 생각이었던 장소산은 당황했다.

'아니, 왜 하필 내가 뽑힌 거야?'

자신의 정체를 알고 있는 유지정이 일부러 골랐다는 것을 짐작할 수 있었지만 장소산은 달갑지 않아 몰래 그녀를 찾아가 물었다.

"아니, 왜 날 뽑았소?"

유지정은 호호 웃고는 대답했다.

"강호는 험난한 곳이죠. 무슨 일이 있을지 어찌 알겠어요? 저와 제 동생이 위험해지면 약속을 지킬 좋은 기회이지 않나요?"

장소산은 속으로 혀를 찼다. 듣기에는 그럴듯한 것 같지만 강연수 일행이 있으니 자신이 나설 기회가 과연 있을까? 게다가 기회가 있어도 정체를 들킬 수 없으니 나설 수도 없는 노릇이지 않는가!

'완전히 약점을 잡혔군, 잡혔어!'

이쪽이 말하지 말라고 부탁하는 입장이라 장소산은 더 이상 따지지 못하고 따를 수밖에 없었다. 그는 결국 별수없이 따라가기로 했다.

출발하게 된 일행은 모두 여덟 명이었다. 유씨 남매와 강연수 일행 네 명, 그리고 수산이라는 하녀와 장소산이었다. 마차에는 여자인 유지정, 강연수, 하녀인 수산이 타고, 하인 신분인 장소산은 마차를 몰게 되었다. 나머지 남자들은 말에 탔다.

주청백이 사는 하남 복양까지는 보름 정도의 거리였다. 일행은 흔한 산적이나 사소한 말썽 없이 무사히 목적지까지 도착할 수 있었다. 혈기가 넘치는 젊은 고수 황보륭과 가신풍의 경우 도적을 만나지 못한 것을 아쉬워하기까지 했다.

"도적이 없다는 것은 그만큼 세상이 평화롭다는 증거죠. 두 분께서는 너무 실망하지 마세요."

유지정이 웃으며 둘을 위로했다.

주청백은 하남성에서 모르는 사람이 없을 정도로 유명한 사람이었다. 무공 자체는 그다지 뛰어나다는 평가를 받지 못하는 사람이었지만, 어려움에 처해 도움을 청하는 사람을 마다하지 않고 홍수 등으로 백성들이 재해를 당하면 재산을 풀어 구하니 그를 존경하지 않는 사람이 없었다. 또한 수대를 내려온 갑부 집안이라 모두들 그 집안과 인연을 맺기를 간절히 원했다.

자연 그의 칠순 잔치에는 하남성의 유명 인사들이 모두 모여들었다. 주청백의 장원 앞에는 안으로 들어가려는 사람들의 줄이 길게 늘어서 있었다. 사람이 많다 보니 명성과 지위가 있는 자만이 장원 안으로 들어갔고, 그렇지 못한 사람들은 밖에 임시로 깔아놓은 자리에 앉아야 했다.

일행도 그 줄에 서서 기다리다 이름을 썼다. 유씨 남매나 강연수 일행이나 하나같이 배경이 탄탄한 사람들이라 안으로 들어갈 수 있었다.
장소산과 하녀 수산 역시 덤으로 따라 들어갔다.

"하하, 어서 오게나."

주청백이 친히 일행을 맞아주었다. 그는 일흔이나 되는 나이에도 외
공을 익혀 기골이 장대하고 힘이 넘쳐 보였다.

유지정이 먼저 고개를 숙이고 인사했다.

"저희 아버님께서 직접 축하드리러 오지 못해 용서를 구한다는 말씀
이 있으셨습니다."

"하하, 나이 든 사람보다 활기 넘치는 젊은 사람을 보는 편이 훨씬
낫지. 자네들을 못 보고 자네 아버님만 봤다면 오히려 내가 실망했을
게야."

유지반과 강연수 일행도 다투어 인사를 올렸다. 주청백은 새 시대를
책임질 젊은 기재들을 보았다며 크게 즐거워했다.

한편, 뒤에 조금 떨어져 있던 장소산은 호화찬란한 장원 안을 두리
번거리며 떨떠름한 표정이 되었다. 거지인 그로서는 부잣집이 그다지
체질에 맞지 않았던 것이다. 거기다 눈에 띄는 것이라고는 모조리 값
비싼 것뿐이라 사부에게 배우긴 했으나 써먹어 보지 못한 도둑질 솜씨
를 시험해 보고 싶어 손이 근질근질해지는 기분도 들었다.

'사고 치지 말고 조용히 있어야지.'

유씨 남매와 강연수 일행이 자리를 배정받아 앉자 장소산은 유씨 남
매 뒤에 섰다. 이런 저런 잡담이 오가고 시간이 흘러가자 장소산은 지
겨워 하품을 했다. 유지정이 돌아보고는 말했다.

"밖에서 음식을 먹으며 쉬고 있도록 해요."

"알겠습니다."

장소산은 속으로 얼씨구나 하고 얼른 대답하고는 밖으로 나갔다. 밖에는 인근에서 온 백성들이나 하인들 같은 안으로 들어갈 만한 신분이 안 되는 사람들이 자리를 깔고 앉아 있었다. 그들에게 주어지는 음식은 장원 안의 것과는 비교할 수 없었지만 장소산은 이곳이 훨씬 편하고 좋았다.

"실례 좀 하겠습니다."

한 자리에 끼어든 그는 사람들과 먹고 떠들며 놀았다.

장소산이 앉은 자리에 있는 사람들은 손님으로 온 무림세가의 하인들이었다. 그들은 장원 입구가 잘 보이는 곳에 자리를 잡고 찾아오는 손님들이 누구고 어떤 사람들인가로 떠들고 있었다. 그들은 무공은 전혀 모르면서도 주워들은 것은 있어서 손님들의 복장이나 차림만으로도 누군지 거의 백발백중 맞추고는 했다.

장소산으로서는 듣는 것만으로도 좋은 공부가 되었다. 그가 다른 사람들 말에 맞장구를 쳐주며 이야기를 듣고 있는데, 한 대의 마차와 마차를 호위하듯 둘러싼 네 명의 말을 탄 인물이 안으로 들어왔다.

처음에 장소산은 수많은 손님 중 하나로 보고 그다지 신경을 쓰지 않았다. 그런데 왠지 말 탄 사람들의 복장이 신경 쓰였다. 이상하다고 생각하는데 옆의 사람이 하는 말에 깜짝 놀랐다.

"숭산파도 축하해 주러 왔군."

장소산이 본의 아니게 삼 년간이나 숭산파 제자의 옷을 입었기에 자연 눈길이 갔던 것이었다. 잠시 움찔했던 그는 옆의 사람에게 물었다.

"숭산파 장문인이 누구죠?"

"아니, 그것도 모르나? 창천검 임한정 아닌가."

임한정은 삼 년 전에 예견한 대로 숭산파의 장문인이 되었던 것이다. 장소산은 마차를 노려보며 생각했다.

'저기에 임한정이?'

그런데 막상 문이 열리고 내린 사람은 어린 소녀였다. 어디서 봤던 얼굴이라고 생각하던 장소산은 그녀가 바로 임한정의 딸 임예정이라는 것을 기억해 냈다.

'임한정이 자기 대신 어린 딸을 보낸 건가? 대리로 오긴 너무 어린 것 같은데?'

숭산파 사람들은 임예정과 함께 장원 안으로 들어갔다. 장소산도 슬그머니 일어나 따라 들어갔다.

임예정과 숭산파 사람 중 가장 나이가 많아 보이는 중년인이 주청백과 인사하고 있었다. 임예정이 포권을 하고는 방긋 웃으며 말했다.

"주 선배님의 칠순을 저의 아버님을 대신해 축하드립니다. 제가 할머니가 될 때까지 건강하게 사시길 기원합니다."

주청백을 껄껄 웃었다.

"하하, 그건 내가 너무 오래 사는 것 같은걸!"

임예정은 예의를 잃지 않으면서도 말을 잘해 주청백은 그녀가 말을 할 때마다 연신 웃어댔다. 주변의 사람들도 어린 소녀의 생기 넘치는 말솜씨에 자신도 모르게 얼굴에 미소가 번졌다.

그 모습을 보며 장소산은 생각했다.

'저 아이는 별 볼일 없던 어린 거지인 나에게도 소협, 소협 하면서 깍듯이 대해 내가 자기 부모를 위해 위험을 무릅쓰고 나서지 않으면 안 되게 했지. 삼 년이 지나도 저 아이는 달라진 것이 없구나.'

그는 유씨 남매 자리 뒤에 섰다. 임예정은 강연수에게 언니라고 부르며 가볍게 아는 척을 한 다음 숭산파 제자들과 함께 한쪽에 앉았다.

올 손님들이 거의 다 오자 칠순 잔치가 시작되려 했다. 주청백의 자식과 손자, 제자들이 모두 나와 앞에 늘어섰다. 찾아온 손님들에게 인사하려는 것을 알고 주변은 조용해졌다.

그런데 그때 장원 안에서 하인 둘이 가마를 지고 나타났다. 가마를 탄 여성을 본 손님들에게서 탄성이 터져 나왔다.

너무나도 아름다운 여인이었던 것이다. 흘러내리는 새까만 흑발과 너무나 대조적인 창백한 피부를 가진 가냘픈 미녀였다. 미녀는 살짝 고개를 돌려 주청백을 보고는 말했다.

"할아버지."

주청백은 안쓰러운 표정을 지었다.

"몸도 좋지 않은데 누워 있지 그러냐."

"할아버지의 생신인데 어찌 그럴 수 있나요."

하녀들이 미녀의 몸을 부축하여 가마에서 내려 의자에 앉게 해주었다. 미녀는 다리를 쓸 수 없는 모양이었다. 손님들은 하나같이 똑같은 생각을 했다.

'저런 미녀가 불구라니 정말 아깝군!'

임예정이 일어나 말했다.

"경국지색, 경국지색, 말로만 들었지 실제로 있는 줄은 몰랐는데 이제야 실제로 존재한다는 것을 알게 되었네요. 아름다운 언니의 성함이 어떻게 되시나요?"

미녀는 방긋 웃었다. 순간 주변의 몇몇 남자들은 정신을 빼앗길 뻔했다.

"전 아리라고 해요. 여기 계시는 주 청 자 백 자 되시는 분의 손녀입니다."

주청백이 헛기침을 하고는 입을 열었다.

"자, 그럼 잔치를 시작하지."

주청백의 가족들이 찾아온 손님들에게 감사 인사를 하고 다시 주청백에게 백 세까지 사시라고 축언을 올렸다. 손님들이 다투어 가지고 온 선물을 올리고 축하를 했다. 잔치 분위기는 금세 무르익었다.

원래 이런 자리는 무인들끼리 안면을 익히고 친분을 다지는 기회이기도 했다. 유씨 남매나 강연수 일행, 임예정 역시 각지의 유명한 인물들을 찾아다니며 인사를 했다. 장원 안은 인사를 하고 말을 나누는 사람들로 시장통처럼 시끄러웠다.

그런데 그때였다. 시끄러운 이 안의 소리를 압도하는 한 웃음소리가 있었다.

"하하하, 잘 노는군! 아주 잘 놀고 있어!"

사람들은 놀라 두리번거리다 음식상 위에 한 늙은 거지가 올라앉아 술과 고기를 마시고 있는 것을 발견했다.

'아니, 언제 이곳에 들어왔지?'

모두들 언제부터 늙은 거지가 그곳에 있었는지 알지 못했다. 단지 아무도 모르게 모습을 드러내고 내공이 넘치는 웃음소리로 보아 대단한 고수라고 짐작할 뿐이었다.

장소산 역시 놀라긴 했다. 하지만 놀란 이유는 다른 사람과 달랐다. 늙은 거지는 그가 아는 사람이었던 것이다.

'대장로님이잖아?'

나타난 사람은 개방의 장로였던 것이다. 장소산의 사부 채평안도 개방의 장로였지만 나타난 늙은 거지와는 배분이 달랐다. 현 개방 방주보다 한 항렬이 높은 개방 대장로 추월락이 바로 그였다.

2

　대청의 손님들이 갑자기 나타난 늙은 거지 추월락의 등장에 놀라 수
군거리는 가운데, 주청백이 그를 알아보고 앞으로 나서서 포권했다.

　"개방 대장로께서 저의 생일을 축하하러 와주시다니 영광입니다."

　추월락은 그를 흘금 보고는 툭 내뱉듯이 말했다.

　"영광이라고 생각할 필요 없어. 그냥 먹으러 온 거니까."

　주청백은 화가 나는 것을 참고 억지로 말했다.

　"그럼 마음껏 드십시오."

　"걱정 마라, 네가 말 안 해도 먹을 거니까."

　추월락의 안하무인격인 태도에 이곳에 모인 손님들 대부분이 눈살을
찌푸렸다. 하지만 상대가 강호의 대선배이니 대놓고 뭐라 할 수 없었다.

　장소산은 예전 자신이 개방에 입문할 때 추월락이 참석했던 것을 떠
올렸다. 그때 개방도들의 추월락을 봤을 때의 표정이 지금 손님들과
별 차이가 없었다. 추월락은 개방 내에서도 환영받지 못하는 인간이었
던 것이다.

　자기 멋대로인데다가 남에게 피해를 입히는 데 주저함이 없었다. 그
러고도 내가 뭐 잘못했냐고 박박 우기는 뻔뻔함까지 가지고 있으니 모
두들 뒤에서 그를 개차반 같은 인간이라고 수군거렸다.

　그가 젊었을 때에는 그래도 좀 나았다. 성격이 나았던 것이 아니라
전전 개방 방주 만사형이 끌고 다니며 여차하면 두들겨 패니 별수없이
조용히 지낼 수밖에 없었다. 그러나 제어할 만사형이 죽고, 자신의 배
분이 높아져 뭐라고 할 사람이 없자 막 나가기 시작했다.

오죽하면 만사형이 죽기 전에 마지막으로 한 말이 '그놈 때려죽이고 가야 하는데!' 였을까!

장소산은 예전에 한 번 만난 것이 끝이라 추월락에게 별 피해를 받은 것이 없고, 오랜만에 개방도를 만나게 되자 반가웠다. 즉시 앞으로 나서 인사하고 싶은 것을 꾹 참았다.

'기회를 봐서 살짝 둘만 만나 사부님이 어디 계신지 물어봐야겠다.'

한편 추월락은 남이 어떻게 보든 간에 게걸스럽게 먹어댔다. 그는 배가 빵빵해지자 주변을 두리번거리더니 한쪽에 쌓여 있는 선물들을 보고 눈을 빛냈다. 그는 선물 중 백옥 팔찌에 눈독을 들였다.

'저거 하나 팔면 일 년은 실컷 먹겠다.'

그는 주청백을 보고는 은근하게 말을 꺼냈다.

"자네, 내가 한 가지 부탁이 있는데……."

"말씀하십시오."

"저거 나 주면 안 될까?"

추월락이 백옥 팔찌를 가리키는 것을 보고 주청백은 기가 찼다. 남의 칠순 잔치에 와서 선물은 못 줄지언정 받은 선물을 달라니!

주청백은 그까짓 백옥 팔찌 하나쯤 줘버리고 빨리 추월락을 보내고 싶었다. 하지만 선물 받은 것을 바로 다른 사람에게 줘버린다는 것은 예의가 아니었다. 그는 곤란하다는 표정을 지으며 말했다.

"제가 다른 옥팔찌를 드리겠습니다."

"싫어, 싫어, 나 저거 갖고 싶어!"

드러누워 팔다리를 마구 휘저으며 소리쳐 대는 것이 완전 애가 따로 없다. 손님들 모두 눈살을 찌푸렸다.

주청백은 뒤에 있는 아들 주자청에게 소곤거렸다. 알겠다고 고개를 끄덕인 주자청은 재빨리 안으로 들어가서는 상자를 하나 가져왔다. 주청백은 추월락에게 다가가 상자를 열어 보이며 말했다.

"이 팔찌가 어떻습니까. 백옥 팔찌보다 훨씬 좋지 않습니까?"

상자 안에 든 것은 황금으로 되어 있는 데다가 큼지막한 보석이 여러 개 박혀 있는 것이 척 보기에도 엄청나게 비싸 보였다. 그런데 추월락은 인상을 찌푸리더니 상자를 발로 차버렸다.

"이따위 것 안 받아!"

주청백은 안색이 변했다. 그로서도 상대방의 안하무인격인 태도에 더 이상 참을 수 없었다. 그는 언성을 높여 물었다.

"아니, 왜 못 받겠다는 겁니까?"

"더러운 재물은 받을 수 없네. 그랬다가는 내 손이 썩을 것 같거든."

주청백의 얼굴이 창백해졌다.

"어, 어째서 제 재물이 더럽다는 겁니까."

"자네의 조부 주사진은 황제에게 아첨하고 권력을 얻은 다음, 충신들을 죽이고 백성들을 수탈해 재물을 모으지 않았는가. 자네 집안의 돈이 더럽지 않으면 그럼 깨끗하단 말인가?"

손님들이 수군거리기 시작했다. 그제야 사람들은 추월락이 온 것이 단순히 먹고 가기 위해서가 아니라는 것을 알아차렸다.

주청백은 숨을 들이마셔 마음을 가다듬고는 입을 열었다.

"확실히 당신 말대로 저의 조부는 탐관오리였습니다. 그래서 저는 조부의 죄를 청산하기 위해 해마다 많은 재물을 가난한 백성들에게 나누어주고 있습니다. 그런 일을 한 지 벌써 오십 년, 조부께서 수탈하신 것 이상으로 베풀었다고 자부합니다."

그는 목소리를 높여 손님들에게 물었다.

"여러분, 어떻습니까! 이래도 저희 집안의 재물이 더럽습니까?"

이곳에 모인 사람들은 대부분 주청백과 친분이 있는 사람들이었다. 모두들 그의 말이 맞다고 소리쳤다.

그런데 추월락은 코웃음 치고는 물었다.

"수탈한 것 이상으로 나누어주었다고? 그럼 지금 네가 가지고 있는 이 많은 재물은 뭐지?"

그는 싸늘한 목소리로 말을 이었다.

"자네 조부는 백성들에게서 빼앗은 엄청난 재물을 가지고 이곳에 와 정착했지. 그리고 주변의 전답과 건물들을 닥치는 대로 사들였어. 자네가 해마다 백성들에게서 나누어준 돈은 그 전답과 건물에서 나온 수입이지. 안 그런가?"

"그, 그렇소."

"말로는 수탈한 것 이상으로 베풀었다고 하지만 전답과 건물은 그대로 있네. 자네 조부가 부정한 재물로 산 것은 여전히 그대로 있고, 자네 집안은 앞으로도 그 수입으로 떵떵거리며 잘살 걸세. 그런데도 부정한 재물이 아니라고 할 셈인가? 자네가 정말 조부의 죄를 청산하려면 전답과 건물을 모조리 팔아 그 돈을 모두 백성들에게 나누어줘야 이치에 맞다고 생각하지 않는가?"

몇몇 사람들이 자신도 모르게 고개를 끄덕였다. 추월락의 말이 맞다고 느낀 것이다. 주청백의 가족 모두의 표정이 변했다.

손님들 속에서 한 사람이 소리쳤다.

"당신이 뭔데 남의 집 일에 이래라저래라 하는 건가?!"

주청백과 친한 사람이 주청백 쪽이 불리해 보이자 편을 든 것이다. 추월락은 고개를 끄덕이고는 말했다.

"물론 나도 남이 지랄을 하든 염병을 떨든 알 바 아니다. 하지만 이 주가 녀석은 내 죽은 친구의 제자란 말이다. 이 녀석은 친구의 제자로 들어갈 때 자기가 집안을 이어받으면 선대의 부정한 재물을 모두 백성들에게 돌려주기로 약속을 했다. 그런데 오십 년이 넘도록 약속을 지키지 않고 있으니 죽은 친구 대신 내가 따지러 온 것이다."

사람들은 수군거리며 주청백을 쳐다보았다. 과거 정말로 그런 약속을 했는데 지키지 않고 있다면 분명 신의가 없는 행동이다. 더구나 스승과의 약속이라면 더 말할 것도 없다.

상황을 지켜보며 장소산은 생각했다.

'추 장로님의 나이 이제 팔십이다. 십 년 차이가 나긴 하지만 다 같이 늙어가는 처지에 주청백이 공손했던 것이 스승의 친구였기 때문이었구나. 그건 그렇고 주청백이 어떻게 나올지 모르겠군.'

자신이라도 이 많은 재산을 내놓고 싶지 않을 것이다. 하지만 수많은 사람들이 보는 앞에서 사실이 밝혀졌으니 모른 척 시치미 떼고 있을 수도 없는 노릇이다.

'분명 예전에 그런 약속을 한 것은 젊을 때의 객기였을 것이다. 지금이야 당연히 생각이 달라졌겠지. 내뱉은 말은 주워 담을 수도 없으니 주청백은 그때 한 말을 뼈저리게 후회하고 있을 것이다.'

장소산의 생각대로였다. 주청백은 너무나 당황하여 얼굴이 시뻘게졌다.

사람들은 이 많은 재산을 모조리 내놓으라고 하는 것은 너무 무리한 요구라고 생각했지만, 추월락의 말이 틀린 것도 아니어서 서로의 얼굴을 돌아보며 당황하고 있었다.

"자, 어떡할 거냐. 내놓을 거냐, 안 내놓을 거냐!"

추월락은 주청백이 말을 못하고 어쩔 줄 몰라 하고 있자 다그쳤다. 주청백은 어쩔 줄 모르고 그저 입만 다물고 있었다.

그런데 그때였다. 잠자코 듣고 있던 임예정이 일어나 걸어 나왔다.

"추 노선배님, 제가 한 말씀 드려도 되겠습니까?"

3

추월락은 한창 잘나가던 판에 갑자기 새파랗게 어린 소녀가 끼어들자 눈살을 찌푸렸다.

"넌 뭐냐. 뭔데 나와 주가 녀석의 일에 끼어드는 것이냐?"

임예정은 방긋 웃고는 대답했다.

"추 노선배님께서 돌아가신 친구 분을 대신하여 이 일에 나선 것처럼, 저 역시 주 노선배님의 친구로서 한 말씀 드리고자 하는 것입니다."

"아니, 너처럼 새파란 어린 것이 어찌 늙어빠진 주가와 친구가 될 수 있지?"

"전 선물을 가지고 주 노선배님 칠순 잔치에 축하하러 참석했습니다. 주 노선배님도 기쁘게 절 맞이해 주셨고요. 둘 사이가 이렇게 친하니 친구가 아니면 뭐겠습니까?"

임예정은 주청백을 향해 물었다.

"저희, 친구 맞지요?"

주청백은 그녀가 자신을 위해 나섰다는 것을 알기에 무조건 고개를 끄덕였다.

"그렇지."

추월락은 크게 웃었다.

"좋아, 둘이 친구라고 하니 그렇다고 해두지. 그래, 할 말이 뭐지?"

"예, 추 노선배께서는 주 노선배에게 집안의 모든 재산을 백성에게 나누어주라고 했습니다. 물론 예전에 약속을 했다면 당연히 지켜야겠지요. 하지만 정말 그렇게 하려 한다면 현실적으로 어려움이 있을 뿐 아니라 백성들에게도 좋은 일이라고만은 할 수 없습니다."

"아니, 돈을 나눠주는데 왜 나쁘다는 거냐?"

"생각해 보십시오. 주 노선배님 집안의 전답과 건물은 엄청난 양입니다. 그걸 한꺼번에 다 팔려고 하면 과연 살 사람이 있을까요? 제값을 받지 못하고 별수없이 싼 값에 팔아치울 수밖에 없겠죠. 그렇게 해서 백성들에게 몇 푼의 돈이 돌아간다고 무슨 의미가 있겠습니까?"

추월락은 신경질적으로 말을 내뱉었다.

"최소한 하루 두 끼 먹을 거 세 끼 먹을 수 있겠지."

임예정은 빙그레 웃었다.

"맞습니다. 잠시 배불리 먹을 수 있겠죠. 하지만 잠시일 뿐이지요. 이는 잠시 한 해 풍년이 든 것과 다를 바 없습니다. 그런데 다음 해 또 다음 해 흉년이 들면 어쩌지요? 그때가 되면 굶어 죽게 생겼지 않습니까."

추월락은 화를 벌컥 냈다.

"풍년이나 흉년이나 하늘의 뜻이다! 그걸 어쩐단 말이냐?!"

"그렇지 않습니다. 물론 한 해 농사는 하늘의 뜻이지만, 만일 흉년이 들면 여기 주 노선배님께서 재산을 풀어 백성들이 굶어 죽지 않게 보살펴 주시지 않습니까."

그제야 사람들은 임예정이 말하고자 하는 뜻을 알아차렸다. 추월락은 잔뜩 인상을 쓰며 생각하다가 물었다.

"당장 모조리 나눠주는 것보다 그때그때 급할 때 주는 것이 낫다, 이

거냐?”

“그렇습니다. 실제로 주 노선배께서는 지난 오십 년간 선조께서 수탈한 것 이상으로 백성에게 베푸셨습니다. 또한 앞으로도 대를 이어 그렇게 하실 것입니다. 이는 백성들이 백 냥을 주고 이삼백 냥, 곱절로 돌려받는 격이라 할 수 있을 것입니다.”

추월락은 쉽게 납득할 수 없다는 표정이었다. 임예정은 웃으며 다시 설명했다.

“한 번 생각해 보십시오. 당신께서 예전에 남에게 백 냥을 빼앗겼다고 칩시다. 돌려달라고 하니 지금은 팔십 냥밖에 돌려주지 못한다고 합니다. 대신 지금 팔십 냥을 가져가지 않으면 매년 이십 냥씩 이자를 주겠다고 합니다. 오 년이면 원금을 채우고 그 후부터는 남는 장사지요. 그럼 어떻게 하시겠습니까.”

“흥! 난 어차피 살날이 얼마 남지 않아 당장 받아다 놀고먹는 것이 좋다.”

추월락은 말했지만 설득력이 없다는 것을 알고 있었다.

임예정이 말했다.

“또한 주 노선배께서는 싼 값에 땅과 건물을 백성들에게 임대해 주고 있습니다. 다른 사람이 사서 몇 배나 많은 임대료를 요구하면 오히려 백성들만 고달파지는 사태가 발생할 수 있습니다. 이렇게 되면 백성들이 추 노선배님을 원망할 수도 있지요.”

“날 협박하는 거냐?”

“말이 그렇다는 거지요.”

추월락은 잠시 곰곰이 생각하다 말했다.

“주청백이 번 돈을 백성들에게 나누어주는 것은 좋다. 하지만 본인 역시 호화찬란하게 먹고 쓰고 있지 않느냐. 이는 백성에게 돌아갈 돈을 중간에 갈취하는 것이 아니냐?"

"그렇지 않습니다. 각 고을에서는 현감이 백성들에게 세금을 걷어 일정 부분은 관아에서 쓰고 일정 부분은 조정에 보냅니다. 관아에서 세금을 쓴다고 중간에 갈취한다고 하지 않지요. 주 노선배 역시 백성들의 돈을 대신 관리하고 임금을 받고 있다고 봐야겠지요."

주청백이 재빨리 나서서 말했다.

"나 주청백은 가진 재산이 모두 백성의 것임을 알고 함부로 나 개인의 사치를 위해 낭비하지 않겠소. 수입의 오 푼만을 가지고, 나머지는 모두 백성들에게 나누어주겠소."

상황을 지켜보던 장소산은 속으로 웃었다.

'언뜻 듣기에는 그럴듯하지만 결국 재산을 내놓지 않기 위한 변명에 불과하다. 주씨 집안이 오 푼을 쓰든 오 할을 쓰든 누가 알겠는가. 하긴, 확실히 당장 재산을 모두 내놓으라는 것은 무리한 요구긴 하지.'

그는 추월락이 어떻게 임예정의 말을 반박할까 기대했다. 하지만 추월락은 사실 우기기만 잘했지, 말로 다른 사람을 설득시키는 재주는 영 시원치 않았다. 그는 반박은커녕 임예정이 말이 어느 정도 일리가 있다 생각하고 말았다.

사실 그는 이번에 말로는 죽은 친구를 대신해 나선다고 했지만 주청백이 재산을 내놓을 것을 기대하지는 않았다. 그는 대부분의 거지가 그렇듯이 부모 재산을 물려받아 한 것도 없으면서 잘사는 인간을 보면 배알이 뒤틀리고는 했는데, 주청백의 칠순 잔치에 사람들이 몰려드는 것을 보자 어떻게 한 번 골탕을 먹어볼까 궁리하다 오십 년 전 일이 떠오른 것뿐이었다.

‘잘 나가다가 요 계집애 때문에 산통 다 깼구나.’

추월락은 못마땅한 표정으로 임예정을 보고 물었다.

“그런데 넌 누구냐?”

“숭산파 임 장문인의 여식입니다.”

임예정은 답하고는 선물 더미에서 추월락이 달라고 우겼던 백옥 팔찌를 꺼냈다.

“이 팔찌는 원래 제가 주 노선배님께 선물하려고 했던 것입니다. 하지만 생각이 바뀌어 추 노선배님께 드리고 싶군요. 주 노선배님, 제가 다음에 다른 선물을 드릴 테니 이 선물은 없었던 것으로 해주시지 않겠습니까?”

주청백은 껄껄 웃고는 고개를 끄덕였다.

“그렇게 하게. 하지만 따로 선물을 할 필요는 없네, 이미 충분한 선물을 받았으니까.”

이미 받은 충분한 선물이란 곤란한 상황을 벗어나게 해준 것을 말함이었다. 임예정은 고개를 숙여 감사를 표하고는 추월락에게 팔찌를 내밀었다.

“받으십시오.”

추월락은 떨떠름한 표정이 되었다.

“난 생일도 아니고 너와는 아는 사이도 아니니 선물을 받을 이유가 없다.”

“제 이름을 선배께서 이미 아시고, 저 역시 선배님을 아는데 어찌 모르는 사이가 될 수 있겠습니까. 또한 제 가족은 예전 큰 어려움을 당할 때 귀 방의 제자 덕분에 위기를 벗어나 언제고 그 은혜를 갚을 생각을 늘 가지고 있었습니다. 이건 제가 개방의 은혜에 감사드리며 개방 최고 장로님인 선배님의 백 세 생신을 미리 축하드리려 드리는 것입니다."

임예정은 추월락의 더러움을 신경 쓰지 않고 그의 팔을 잡아서는 팔찌를 끼워주었다. 자신의 팔에 끼워진 어울리지 않는 팔찌를 잠시 쳐다보고 있던 추월락은 껄껄 웃었다.

"하하, 도무지 내가 우길 여지를 주지 않는구나! 내가 졌다, 졌어."

임예정은 싱긋 웃었다.

"졌다니요. 이게 무공 시합도 아닌데요. 설사 싸운다 해도 전 선배님의 일 초도 감당 못합니다."

"내 손발보다 네 혓바닥이 더 무섭구나. 지금까지 살면서 내 말문을 막아버린 인간은 전전대의 만 방주 외에 네가 두 번째다."

임예정은 호기심을 느꼈다.

"만 방주께서는 어떻게 선배님의 말문을 막았는지요?"

"그 인간은 내가 무슨 말을 하려고 하기만 하면 두들겨 팼지. 에잉! 더 이상 묻지 마라. 생각만 해도 열받는다."

그 말만으로도 대충 짐작할 수 있었던 임예정은 웃음을 터뜨렸다.

"호호, 여긴 만 방주님이 계시지 않으니 선배님이 뭐라 하시든 아무도 못 때릴 것입니다. 걱정 마시고 즐겁게 노십시오."

"아니다. 나도 내가 환영받지 못하는 인간이라는 것 정도는 알고 있다. 이곳의 인간들이 겉으로는 때리지 못해도 마음속으로는 아마 날 신나게 두들기고 있겠지. 실컷 먹고 이렇게 선물까지 받았으니 난 그만 가겠다."

말이 끝나기가 무섭게 추월락은 몸을 날려 사라졌다. 개방의 대장로다운 놀라운 솜씨였다. 장소산이 쫓아가려고 했으나 이미 그의 모습은 사라진 후였다.

‘이런, 놓쳐 버렸군!’

그는 살그머니 밖으로 나가 주위를 두리번거렸지만 추월락의 모습은 어디에도 없었다. 할 수 없이 포기하고 돌아오니 안은 온통 임예정의 기지를 칭찬하는 말로 가득했다.

“하하, 숭산의 임 장문인이 이토록 훌륭한 따님을 두었으니 참으로 부럽군.”

주청백은 임예정을 자신의 옆 자리에 앉게 했다. 임예정이 사양하려 했지만 그는 한사코 앉혔다.

“하하, 임 소저와 나는 친구가 아닌가.”

다시 잔치는 벌어졌다. 신나게 먹고 마시고 논 사람들은 날이 저물자 인사를 하고 모두 돌아갔다.

임예정 역시 돌아가려 하는데, 주청백이 그녀가 자기 집에 묵고 가기를 한사코 청했다. 임예정은 사양하지 않고 감사를 표하며 자신의 의자매인 강연수도 함께 묵으면 좋겠다고 했다. 덕분에 강연수와 함께 온 유씨 남매, 황보륜, 가신풍, 연사랑까지 함께 장원에서 머물게 되었다.

장소산 역시 덤으로 한 방을 차지하게 되었다. 덕분에 그는 설죽산장에 있는 방과는 비교도 안 되는 좋은 방에서 편히 밤을 보냈다.

그러나 그의 아침은 결코 편안하지 않았다. 다음날 아침, 집주인인 주청백이 시체로 발견되었던 것이다.

『무공총람』 2권으로 이어집니다